Cinq filles,
trois cadavres,
mais plus de volant

Andrea H. Japp

Cinq filles, trois cadavres, mais plus de volant

MARABOUT

À l'amitié, aux rires, aux larmes aussi.

Dix ans plus tôt : Hélène, 29 ans, Nathalie 35 ans, Juliette, 28 ans.

Lorsque, après avoir slalomé entre les oies, les poules et les chats, Hélène Audibert, biochimiste, chercheur en biologie moléculaire – discipline encore un peu high-tech à cette époque –, se gara dans la cour de la ferme du Gazou-gazou, ex-ferme du Plessis, le même affreux pressentiment l'assaillit. Se tournant vers sa passagère et meilleure amie, Nathalie, elle murmura d'un ton lugubre :

— Je le sens calamiteux, ce coup.

Nathalie, femme au foyer, mariée à vingt ans, mère à vingt et un puis à vingt-deux, jouissait d'un avantage certain sur Hélène, qu'elle considérait comme sa jeune sœur. À l'instar de beaucoup de femmes dans sa situation, Nathalie avait appris le zen avant même de lire pour la première fois le mot dans son magazine préféré. Quelle situation ? Un Laurent de mari qu'elle avait une peine folle à coincer entre deux avions et deux enfants – mâle et femelle – qui, bien que se détestant avec une belle constance et se tirant dans les pattes, pouvaient faire bloc pour lui résister à la moindre broutille. Elle savait d'expérience que « zen » est souvent l'abréviation commode de : « J'en ai encore pris plein la tête, je suis à court de ressources, bref au bord du gaz. » En pareilles circonstances, que faire sinon prétendre se vider l'esprit parce qu'on est une grande fille et qu'on ne va pas fondre en larmes ?

— Mais non, ma chérie, ça va super-bien se passer. Je suis si contente de revoir Juliette ! Ça fait combien de temps qu'elle vit avec… euh, comment s'appelle-t-il déjà ? Je me perds un peu avec tous ses mecs !

— Sept mois, la renseigna Hélène, de plus en plus lugubre. Régis. Je crois qu'il s'appelle Régis.

Suivant d'un regard mauvais les évolutions d'une poulette qui semblait décidée à grimper sur le capot de son break, Hélène poursuivit :

— Enfin, je ne sais pas… Un truc qu'on rebaptise Gazougazou, ça me glace un peu.

— Ce que tu peux être intello ! Ça peut évoquer le gazouillis des oiseaux dès le matin, une métaphore champêtre…

— Ça peut aussi évoquer un méga fondu, si tu veux mon avis. Bon, quand le vin est tiré… On y va.

Elles descendirent de voiture. Un long soupir désolé s'échappa des lèvres d'Hélène lorsqu'elle sentit ses bottes en chevreau gold s'enfoncer jusqu'à la cheville dans ce qu'elle espérait n'être que de la boue.

Une stupéfaction jumelle les scotcha à trois mètres des marches du perron lorsque Juliette – esthéticienne dans une vie antérieure – s'encadra dans le chambranle de la porte. Au demeurant, cette femme était-elle bien Juliette et non un clone défraîchi ? Les jadis magnifiques cheveux blond cuivré de Juliette pendouillaient si lamentablement que Nathalie se demanda à quand remontait son dernier shampooing. Elle portait une ample robe de cotonnade sombre qui lui tombait aux chevilles, bien trop légère pour le zéro degré pointé de cette fin de matinée. Elle avait passé dessus une veste de grosse laine, sans doute arrachée du dos d'un vieux paysan des Andes. Des mitaines d'un bleu canard pénible et des sabots comme les ont affectionnés il y a vingt ans les infirmières des services de gériatrie complétaient sa tenue. Le regard collé aux grosses chaussettes en laine mastic sur lesquelles étaient approximativement brodés des lamas (l'animal), Hélène se maudissait. Pourquoi n'avait-elle pas trouvé un prétexte pour décliner l'invitation de Juliette ? Seule pensée apaisante, bien qu'égoïste : elle avait eu la judicieuse idée de traîner Nathalie dans cette galère. L'objet de leur mutuelle consternation semblait aux anges de les revoir. Sans doute mit-elle au compte d'une émotion générale l'inertie de ses deux amies. Enfin, elle s'écria :

— Ah, ce que je suis heureuse de vous voir, les filles !

Nathalie, femme de tête dans la tourmente, prit les opérations en main. Bras écartés, elle s'avança vers Juliette.

Après moult embrassades, compliments plus ou moins exagérés, pour ne pas dire carrément fallacieux, sur sa bonne mine et le charme de la ferme, Nathalie et Hélène emboîtèrent le pas à leur hôtesse. Hélène eut la nette sensation d'avoir pénétré par mégarde dans un monde parallèle du genre bien déprimant. La salle commune était éclairée par deux petites fenêtres ainsi que des bougies qui dégueulaient leur cire sur une table de bois brut, passée au brou de noix ou au brou de crasse, Nathalie n'aurait juré de rien. Un pingre feu de cheminée s'échinait à réchauffer si, toutefois, on se collait à l'âtre et qu'on n'en bougeait plus d'un pouce. Un vieux chien, au poil collé de boue, ronflotait sur un canapé défoncé, recouvert – il fallait s'y attendre – d'un plaid en laine de lama (encore l'animal). Des piles de vieux journaux poussées contre les murs noirs de suie et de graisse de cuisine menaçaient de s'effondrer sur le téméraire qui passerait à portée. Une odeur indéterminable, mais peu flatteuse, flottait à hauteur des narines, mélange de vieux graillon tenace, d'ail rance et de… Hélène fouillait ses souvenirs olfactifs depuis un moment. Une poule vindicative lui fournit un début de réponse. Le volatile lui fila entre les jambes, s'arrêta pour la considérer d'un œil peu amène. Il inclina la tête par petits mouvements brusques, à droite, puis à gauche, sembla réfléchir à la conduite à tenir, puis décampa non sans avoir abandonné une signature glaireuse de sa brève présence. Hélène songea que le comble venait d'être atteint lorsque Juliette lâcha d'une voix désabusée :

— Oh, laisse, c'est pas grave. Ça sèche.

Hélène avait tort. Terriblement tort. Le comble restait à venir. Le pire également.

Nathalie, décidée à persister dans sa bonne humeur, façon girl-scout survitaminée, fouilla dans son immense sac à main et en extirpa une bouteille de Tullibardine qu'elle brandit comme un trophée :

— On t'a apporté ton whisky préféré !

Le visage fripé et épuisé de Juliette se ferma. Elle récupéra la bouteille avec un sourire contrit et fila la ranger dans un des placards en Formica faux bois qui flanquaient l'entrée. Elle déglutit en baissant les yeux et avoua d'une voix faible :

— Euh... Je n'en bois plus. On ne boit que de la prune ou de la pomme. Un peu de cidre aussi. Le nôtre. Régis répète qu'on doit lutter pied à pied contre l'hégémonie et l'impérialisme américains.

Un peu perdue, Nathalie flûta :

— Chérie... Le whisky est écossais...

— Oui, mais dans les films, c'est surtout des Américains qui en boivent... (Sa voix mourut dans un pénible gargouillis :) Enfin, je veux dire, pas tellement des Écossais.

— Certes, certes... C'est sans doute parce que la production cinématographique écossaise est... on va dire moins intense que celle d'outre-Atlantique.

Rassérénée, Juliette haussa le ton, certaine de marquer le point de son Régis.

— Tu vois, tu le dis toi-même. Ils sont partout ! Ils nous imposent tout ! Leurs films, leurs hamburgers...

Bien que certaine que le mieux consistait à se taire, Hélène intervint :

— Le hamburger, comme son nom l'indique, c'est une création allemande du début du XIXe siècle, mise au point par les négociants de Hambourg pour se sustenter durant leurs voyages d'affaires.

Percevant le flou dans lequel se débattaient ses amies, Juliette, d'une voix dont la jovialité était un peu forcée, son souffle formant un fragile nuage à chaque mot, lança :

— Bon, ben, enlevez vos manteaux, les filles. Il ne fait pas très chaud, mais je vais nous préparer une bonne infusion. Régis est tout à fait opposé aux systèmes modernes de chauffage.

Hélène, qui crispait rythmiquement ses orteils gelés dans l'espoir d'éviter une probable amputation post-congélation, songea qu'il faudrait lui arracher sa doudoune de force. Et qu'elle la défendrait bec et ongles. Nathalie vola à son secours :

— Écoute, on va peut-être les garder encore un peu. Euh… le thermostat du chauffage de la voiture d'Hélène est dans les choux. On a caillé tout le voyage. D'ailleurs, moi, le froid, ça me donne des envies de faire pipi affreuses. C'est où ?

— Juste là, indiqua Juliette en désignant une porte basse qui ouvrait sur le mur opposé à la cheminée. Je prépare nos tisanes. C'est une recette de Régis.

Hélène suivit son amie jusqu'à un évier creusé dans un bloc de pierre. Lorsqu'elle la vit actionner la pompe comme une forcenée jusqu'à ce qu'un avare filet d'eau s'écoule, un vertige la déséquilibra.

— Euh… Il n'y a pas l'eau courante ?

— Oh non… Si tu savais tout ce qu'ils collent dans l'eau pour la désinfecter ! Non, ça, c'est notre puits. Une eau d'une pureté, tu n'imagines pas.

Hélène commençait à en avoir une vague idée qui pouvait se résumer à un concept simplissime : demain, elle ne prendrait pas de douche par brocs de flotte glaciale interposés. Lorsqu'elle vit le visage de fin du monde de Nathalie ressortant des toilettes, elle sentit que la soirée, le séjour, serait un cauchemar.

Nathalie, un peu blême, s'éclaircit la gorge et demanda néanmoins d'une voix suave :

— Eh bien… Je ne sais pas si… j'ai fait ce que je devais faire… C'est assez nouveau.

Un peu interloquée, Hélène s'enquit :

— Tu ne sais pas si tu as fait pipi ?

— Si… Jusque-là, ça va bien. C'est ensuite… euh… une petite pelletée, c'est suffisant ?

— Oh, pour un pipi, oui. Deux pour le reste, répondit Juliette en déposant une vieille marmite pleine d'eau sur la grille de l'âtre. Il en reste assez ? Sans cela, il faudra en découper demain.

Perplexe, Hélène décida d'en avoir le cœur net et prit la suite de Nathalie.

Certes, son esprit scientifique fut soulagé d'obtenir le complément d'explication à l'odeur peu engageante qui régnait dans la maison. Néanmoins, ce qu'elle découvrit la figea d'abord net. Puis elle en fit le tour avec circonspection, en souleva le couvercle et réprima un haut-le-cœur. Il s'agissait d'un cube de planches, troué d'une grosse pleine lune, censé accueillir les postérieurs des visiteurs en ce lieu. Une litière à humains. Aucun doute n'était possible : les étrons de la famille desséchaient dans un mélange de sciure et de petits morceaux de carton découpé, le même mélange qui patientait dans un seau poussé dans un coin des toilettes. Inutile de se bercer d'illusions : on n'utilisait ici aucun désodorisant, trop chimique ! Une vague de découragement lui fit fermer les yeux. Même en tablant sur une exceptionnelle physiologie, elle ne pouvait rester deux jours sans aller aux toilettes. Serrant les dents – après tout, elle était scientifique, donc apte à dépasser un certain nombre de détails matériels –, elle releva sa doudoune.

Lorsqu'elle reparut dans la salle commune, Nathalie l'interrogea du regard. Elle répondit d'un haussement de sourcils.

Un silence s'installa. Juliette repêcha une grosse boîte d'aluminium sur une étagère et lança dans l'eau frémissante de la marmite une poignée noirâtre hérissée de minuscules brindilles.

— C'est quoi ? s'enquit Nathalie.

— Une recette perso de Régis. Queues de nos cerises non traitées, thym, lavande – ça, c'est un copain du Sud qui nous en envoie – avec quelques gouttes d'huile essentielle de tea-tree. C'est un super-désinfectant.

Hélène retint la remarque qui lui montait aux lèvres. Ça, avec la crasse qui régnait partout, ils avaient raison de faire dans la prophylaxie.

Elles s'installèrent autour de la table. Juliette déposa devant elle des tasses en terre dont l'intérieur était noirci de tanins. Répondant à une muette interrogation de Nathalie qui regardait le fond de la tasse comme pour en faire surgir un oracle, Juliette expliqua :

— On n'utilise pas de produit à vaisselle. Ça pollue trop. Et puis, ça culotte, ça contribue au goût.

Une liste de maladies transmissibles par la salive, longue, la liste, défila aussitôt dans l'esprit d'Hélène. En plus de risquer une occlusion intestinale, si ça se trouvait, elle allait choper une hépatite !

Lorsque Juliette déposa la marmite sur la table, une odeur déconcertante se répandit, mélange de parfum et, en effet, d'antiseptique. Elle s'apprêtait à verser une large louche du breuvage rougeâtre dans la tasse de Nathalie, qui minauda :

— Oh, la moitié ça suffira. Euh... j'ai remarqué que... la lavande m'excitait. Ça m'empêche de dormir.

— C'est très puissant les herbes aromatiques, commenta Juliette d'un ton docte.

Hélène jeta un regard douloureux à Nathalie : sa meilleure amie venait de lui piquer le prétexte qu'elle comptait servir, à ceci près qu'elle avait choisi le thym comme excitant notoire. Juliette profita de son manque de réaction pour remplir son gobelet à ras bord.

Lorsque la tisane est tirée, il faut la boire jusqu'à la lie ! Sans sucre, bien sûr, véritable bombe à retardement selon Régis, qu'Hélène commençait à prendre en grippe en dépit de son absence.

La première gorgée, horriblement amère, lui donna un haut-le-cœur. Elle prit une longue inspiration, se boucha le nez et avala d'un trait en espérant ne pas régurgiter aussitôt l'infâme potion.

— Et Bénédicte, elle se plaît à la campagne, cette petite citadine ? s'enquit Nathalie.

Une ombre triste passa sur le visage de leur amie :

— Tu sais… Bien sûr, elle regrette ses copains parisiens. Bon, elle est un peu à l'âge ingrat, aussi…

— À huit ans ? intervint Hélène en mettant les pieds dans le plat avec un réel talent.

— Euh… bientôt neuf, rectifia Juliette. Bon, elle a beau être très intelligente, y'a quand même plein de trucs qu'elle ne comprend pas encore. La superficialité du monde dans lequel on vit, la nécessité de revenir aux vraies valeurs, tout ça quoi… Elle est adorable, mais pour elle, ici, c'est comme vivre au Moyen Âge…

Nathalie jeta un regard discret autour d'elle, songeant que, décidément, Bénédicte possédait un référentiel pertinent. Elle imagina la tête que feraient Morgane et Julien, ses deux enfants, si elle les contraignait à passer un mois de vacances à la ferme du Gazou-gazou. Hum… Une idée à creuser, juste histoire de leur faire entrer un peu de plomb dans le crâne. D'un autre côté, ils risquaient ensuite de la détester à vie et elle ne pourrait pas tout à fait les en blâmer. Un son, intermédiaire entre une quinte de toux et le sifflement d'un pneu en train de se dégonfler, la tira de ses spéculations. Juliette, le visage enfoui entre ses mains, avait fondu en larmes. Hélène, inerte, l'œil rond, affolée, fixait alternativement ses deux amies, dont elle croyait connaître la rare efficacité dans les situations émotionnelles. Nathalie s'élança vers Juliette et s'agenouilla à côté d'elle :

— Qu'est-ce qu'il t'arrive, ma chérie ? Parle !

Entre deux hoquets et trois reniflements, Juliette parvint à expliquer :

— Elle veut aller vivre chez son père !

— Il ne s'est jamais intéressé à elle.

— Ben… elle dit qu'au moins, il lui foutra la paix.

Tournant un visage baigné de pleurs vers son amie, Juliette poursuivit, désespérée :

— Autant que je vous dise la vérité. De toute façon, ma fille ne se gênera pas pour vous le faire comprendre. Régis et elle… on ne peut pas dire que ça colle très bien. Il est… euh, très pédagogue, enfin… un peu autoritaire… c'est pour son bien. Alors, elle lui tient tête. Tu la connais… Une vraie mule par moments.

Tout à son rôle d'amie-mère consolatrice, Nathalie déclara :

— Ça ne peut pas être bien grave. Tu sais, les enfants, il faut souvent ressasser la même chose encore et encore pour qu'ils finissent par admettre que tu as raison.

La suite devait lui prouver qu'il est des phrases qu'il vaut mieux tourner vingt fois dans sa bouche. Pour les ravaler.

Le pas lourd d'un cheval leur fit tourner la tête vers la cour. Juliette s'essuya le visage d'un revers de manche et annonça dans un murmure, sans faire mine de bouger :

— C'est Régis et Mariole. On fait presque tous les travaux de la ferme avec un cheval de trait.

Il sembla à Hélène que l'arrivée de son cher et tendre ne la soulevait pas d'allégresse.

Enfin, le précieux Régis entra, les saluant d'un signe de tête et d'un vague grommellement, leur tournant ensuite le dos pour retirer sa grosse veste de laine et son écharpe, envoyant balader d'un coup de botte en caoutchouc une poule qui s'était faufilée à sa suite. Hélène intercepta le regard sidéré de Nathalie et soupira de soulagement ; elles avaient le même jugement, qui se résumait à quelques mots peu charitables mais très objectifs : qu'est-ce qu'elle avait pu lui trouver ? De petite taille, d'une maigreur nerveuse assez déplaisante, velu, barbu, les cheveux raides, longs et graisseux, l'animal Régis n'avait pas de quoi faire pâmer la donzelle, même une donzelle peu regardante. Il s'approcha de la table et leur tendit une main terminée par de longs ongles endeuillés. Hélène retint sa respiration, certaine qu'il sentait mauvais.

— Salut ! Vous êtes arrivées plus tôt que prévu.

Un peu décontenancée par cet accueil qui fleurait le reproche, Nathalie s'excusa :

— La route était très dégagée.

Une envie folle de lui balancer qu'elles pouvaient repartir tout aussi rapidement saisit Hélène, qui s'abstint pour ne pas peiner Juliette.

Ainsi que devaient le découvrir Hélène et Nathalie, quand c'est mal parti, c'est vraiment mal parti, et si « tous les goûts sont dans la nature », il y en a qui confinent à la faute grave. Tel Régis.

Le déjeuner – impossible d'imaginer plus boulgour, tofu et graines de lentilles germées – traîna en longueur, chacun y allant de petits raclements de gorge, de menus soupirs, de sourires embarrassés pour meubler un silence compact. Hélène se tortillait sur sa chaise. Elle s'en serait volontiers grillé une, pour se calmer les nerfs, mais sentit qu'elle commettrait-là un crime de lèse-Régis du genre irréparable. Elle gonfla les joues de soulagement lorsque, la dernière bouchée avalée, ledit Régis se leva sans un mot et sortit.

Une fois la vaisselle expédiée, ou plus exactement le rinçage des assiettes à l'eau miraculeuse du puits, Juliette proposa à ses amies de faire le tour du propriétaire. Étrangement, Hélène, qui avait toujours manifesté pour les activités physiques une aversion qui frôlait l'allergie, sauta sur l'occasion avec enthousiasme. Elle n'en pouvait plus de cette salle lugubre et glaciale. Quant à Nathalie, elle se demandait depuis le départ de celui qu'elle venait de baptiser le « gnome barbu » si son attitude et son mutisme procédaient de l'hostilité ou d'une absolue indifférence à leur venue.

Vers dix-sept heures trente, l'arrivée de Bénédicte, dont Nathalie avait espéré qu'elle allégerait l'atmosphère, l'écrasa tout à fait. La gamine se rua vers les deux amies de sa mère, s'accrochant à elles pour les embrasser à la façon d'un nageur à bout de forces.

Nathalie, fidèle à sa réputation accommodante, y alla des habituels : « Oh, ce que tu as grandi ! », « Une vraie jeune fille », « Et puis tu as minci, non ? ». À quoi Bénédicte rétorqua un vipérin :

— T'as vu ce qu'on bouffe ici ? Heureusement qu'il y a la cantine le midi. Ça me prouve que je ne suis pas complètement paumée dans la quatrième dimension !

Un silence accueillit cette repartie cinglante. Juliette baissa le nez. Nathalie songea qu'en effet les premières intuitions sont souvent les plus fiables, celle d'Hélène à leur arrivée ne dérogeant pas à la règle : ce coup sentait le grand calamiteux.

La fin d'après-midi se traîna. Juliette y alla de la narration détaillée de leurs récoltes, de la prolificité de leurs poules, des efforts méritoires de Régis pour préparer les nouvelles municipales au cours desquelles il entendait bien « se sacrifier pour virer un maire incompétent et ignare » et pourtant réélu pour la troisième fois avec une écrasante majorité. Hélène s'était déconnectée depuis longtemps de l'échange en cours, alimenté par les haussements de sourcils admiratifs de Nathalie, ses « Ah, oui ! », ses « Ben, dis donc ! ». Elle se préparait mentalement à la réunion scientifique du prochain lundi. Comme d'habitude, la plupart de ces messieurs lui savonneraient la planche pour tenter de récupérer qui l'un de ses sujets de recherche, qui l'un de ses techniciens, ou la manne d'un contrat européen qu'elle s'était échinée à obtenir. En cette épatante époque de libération de la femme et d'égalité des chances, on ne comptait que quelques chercheuses, mais encore moins d'hommes de ménage dans les labos.

Toutefois, Hélène avait mis au point une contre-attaque efficace : son prétendu exécrable caractère. Elle avait beaucoup répété pour en arriver là. Elle hurlait à la moindre menace, ridiculisait ses opposants de perfidies assassines, ruait dans les brancards, sautait à la jugulaire de ceux qui voulaient la tondre. Sa réputation d'irascibilité et d'agressivité la protégeait maintenant sans même qu'elle ait à en faire la démonstration. C'était peut-être la jungle, mais elle refusait de porter la jupette de Jane et de poireauter en attendant que Tarzan l'étrangle à l'aide de sa liane pour la plumer ensuite !

Le regard insistant de Bénédicte la ramena à ici et maintenant. Les yeux bleus de la fillette la vrillaient. Elle plissait les paupières de concentration, s'efforçant à la télépathie pour lui signaler qu'elle avait quelque chose de très important à lui confier. Hélène fronça les lèvres pour lui faire comprendre qu'elle lui accordait toute son attention.

— Euh, t'as vu mon oie ? lança Bénédicte d'un ton tellement forcé qu'Hélène s'étonna du manque de réaction de sa mère, qui n'en finissait pas d'argumenter sur l'hypocrisie fielleuse du monde en général et des autres agriculteurs en particulier.

Une pensée émue vint à Hélène lorsqu'elle rencontra le masque faussement intéressé que maintenait Nathalie avec vaillance en écoutant leur amie. Le même sourire crispait ses lèvres depuis une heure et Hélène se demanda si sa bouche retrouverait un jour un pli normal.

— Non ! s'exclama-t-elle d'un ton exalté, censé traduire toute la joie qui serait sienne de pouvoir enfin rencontrer le volatile. Présente-la-moi.

Elles n'étaient pas sorties de la ferme que la gamine s'accrochait à la manche de la doudoune qu'Hélène n'avait toujours pas accepté d'ôter.

— Faut que vous fassiez quelque chose, vite ! bafouilla Bénédicte, d'un ton d'urgence. Je t'en supplie.

À la fois morte de curiosité et embarrassée parce qu'elle savait que Juliette serait la cible des confidences à venir, Hélène se contenta d'un percutant :

— Mais que… Mais que…

— Non, sans blague… Je suis super-inquiète pour maman. On dirait un zombie. Je suis sûre qu'il la drogue… ou alors il lui vide le cerveau avec son flageolet. Il n'arrête pas avec son truc.

Déroutée, un peu inquiète, Hélène vérifia :

— Euh… Tu l'entends dans quel sens, flageolet ?

L'incompréhension qui se peignit sur le joli visage rond la rassura. Hélène se rattrapa aux branches de justesse :

— Je suis un peu à côté de mes baskets, pardon… bien sûr, comme un pipeau… enfin, je veux dire une flûte, quoi !

— Ben oui, murmura la jeune fille en se demandant si elle avait choisi son interlocutrice avec doigté.

Cela étant, les alternatives ne se bousculaient pas au portillon et elle poursuivit :

— J'ai entendu parler de ces trucs-là. Il paraît qu'en URSS, ils rendaient fous les espions capturés en leur imposant toujours les mêmes bruits horribles. J'suis certaine qu'il est en train de monter un genre de secte, et maman est la première paumée qui se fait piéger. Il l'épuise, comme ça elle n'a plus la force de résister. Faut la sauver de Régis… il est crasse-nul, méchant et il l'aime même pas, sans ça, il la traiterait pas comme une génisse de trait !

— T'exagères pas un peu ? demanda Hélène d'une voix dubitative.

Deux grosses larmes roulèrent sur les joues de Bénédicte lorsqu'elle hocha la tête en signe de dénégation. Hélène suggéra une petite promenade afin de permettre à la fillette de se recomposer. Bénédicte lui présenta Rebelle, son oie. Le teigneux machin couvert de plumes pinça les doigts de la biochimiste lorsqu'elle tenta de lui caresser la tête.

Juste avant qu'elles réintègrent la ferme, Bénédicte supplia la jeune femme :

— Jure que vous allez faire quelque chose. (Affolée, elle ajouta d'un ton heurté :) On n'a plus personne ici. On est toutes seules avec cet allumé sinistre. Il est daube, ce mec, mais t'as pas idée. Daube et toxique !

Nathalie, l'œil hagard, le sourire toujours amidonné, se cramponnait au rebord de la table pour ne pas tomber à la renverse en pleine crise de narcolepsie. Il y avait de quoi : Juliette en était arrivée à la poignante narration de leurs déboires de l'été dernier, où la xénophobie antiparisienne de leurs voisins paysans et leur hargne envers ceux qui s'acharnaient à faire évoluer le monde dans un sens plus harmonieux s'étaient liguées afin de casser les reins de Régis. Tapant du bout de l'index sur le plateau de la table, Juliette s'ulcéra :

— Tu te rends compte qu'ils ont même refusé de nous vendre du foin pour les bêtes quand une de nos prairies a été couchée par un orage de grêle ! Faut être vraiment mesquin !

— Ben, dis donc, chuinta Nathalie à l'extrême limite de sa résistance nerveuse.

Un brin honteuse d'avoir abandonné le navire, Hélène vola au secours de son amie avant que celle-ci s'effondre.

— C'est dingue, ça ! Et comment ça en est arrivé là ? Enfin, les autres agriculteurs devraient plutôt être soulagés que quelqu'un reprenne l'exploitation et s'en occupe. C'est mauvais pour tout le monde une terre abandonnée.

Après une hésitation, Juliette finit par lâcher :

— Ben… c'est à cause des ondes…

— Électromagnétiques ? s'enquit Hélène assez perplexe.

— Euh, non… des ondes négatives.

— Mais encore ? insista la chercheuse en se préparant au pire.

— Eh bien… Il y a trois éleveurs dont les bêtes doivent passer par nos terres pour atteindre la rivière. Pour boire, quoi. En fait, c'est une tolérance, un usage. Il n'existe pas de servitude de passage. Tu comprends... Les vaches de ces éleveurs émettent des ondes négatives, hyper-fortes, d'après Régis... Il est très sensible aux ondes. Il ne veut pas que leurs sabots négatifs piétinent l'herbe de nos vaches qui sont chargées positivement, termina Juliette d'une voix qui mourut dans l'incertitude.

Une insondable consternation figea Hélène quelques instants. L'obscurantisme ! Ah non, pas l'obscurantisme ! Elle éructa :

— Tu t'entends, là ? C'est quoi ces imbécillités de vaches chargées en positif ou en négatif ? Et la queue ? Elle fait prise de terre ?

Juliette leva vers elle un visage affolé en bredouillant :

— Je... je sais pas... c'est Régis qui...

— Donc, du coup, il a fermé l'accès à l'eau et les autres éleveurs se sont vengés. Logique ! interrompit Hélène, la moue belliqueuse.

— Ils doivent faire un détour d'un bon kilomètre par la route pour atteindre la rivière, admit Juliette, piteuse.

Une petite voix s'éleva, tranchante comme un couperet :

— Qu'est-ce que je te disais !

Hélène jeta un regard de compréhension à Bénédicte.

En vertu de l'adage qui veut que « quand y'en a plus, y'en a encore », le cauchemar se poursuivit durant le dîner, au point que les deux visiteuses en vinrent à regretter que Régis ne persiste pas dans son mutisme du déjeuner. Le monsieur avait des avis tranchés sur tout et sur rien et Hélène songea que, décidément, Einstein était un véritable génie. N'avait-il pas lancé un jour : « Il n'existe que deux choses infinies : l'univers et la bêtise humaine. Et encore, je ne suis pas certain de la première. » Juliette approuvait de hochements de tête toutes les sorties de son homme, plus ineptes les unes que les autres, sans toutefois oser interrompre sa logorrhée. La chercheuse finit par se demander si les soupçons de Bénédicte concernant le lavage de cerveau dont était victime sa mère n'étaient pas fondés. Régis semblait très satisfait de lui-même : il se rengorgeait à chaque nouvelle démonstration, sa barbe brune venant frôler son cou. Hélène se demanda s'il fallait l'assommer pour qu'il condescendît enfin à se taire. Allez, haut les cœurs, elle se portait volontaire. Bénédicte n'avait pas pipé mot depuis le début du repas. Le front bas et buté, les mâchoires ne se décrispant que pour enfourner une bouchée, la fillette gardait le regard obstinément fixé vers son assiette.

Juliette se levait, débarrassait, apportait les plats, remplissait les verres d'un cidre aigrelet, vivante reproduction d'une scène sicilienne du siècle dernier. Ne lui manquait que le foulard noir pour couvrir ses cheveux. Elle déposa devant chacun une assiette en terre cuite contenant une part d'omelette au tofu et, au centre de la table, un ragoût de blé germé, lui aussi au tofu.

Après un soupir exaspéré, Bénédicte lâcha :

— Au jambon, c'était pas possible ?

Pédant, Régis y alla d'un couplet dont Nathalie fut certaine qu'il le servait cinq fois par jour :

— Nous ne produisons pas de porc et nous visons l'autosuffisance.

— Parce qu'on cultive du soja ? rétorqua la gamine en lui jetant un regard qui aurait dû le gélifier sur place.

Nullement ému par la remarque pourtant recevable, l'odieux gnome lâcha d'un petit ton supérieur :

— Il existe des subtilités que tu n'es pas à même de comprendre.

Sans qu'elle le souhaite vraiment, Hélène s'entendit demander :

— Lesquelles ?

Le regard noir de leur hôte se posa entre ses deux sourcils. Nathalie, sentant l'imminence de la tornade, tenta la parade du désespoir.

— Euh... Régis, c'est très intéressant ce système de toilettes...

Flatté, celui-ci expliqua :

— Très précurseur.

— Et ensuite… Que fait-on du… contenu ?

— Du compost. La nature revient à la nature, résuma le gnome en dégustant ses mots comme des bonbons.

— Et les bactéries pathogènes de l'homme, les parasites ? s'enquit Hélène.

— Y'en a plus, lança-t-il péremptoire.

— C'est prouvé ?

— C'est bien une réponse de scientifique, ça, rétorqua-t-il, méprisant. La nature n'a pas besoin de preuve, elle est plus forte que toutes les démonstrations. On veut aller violer les étoiles, la lune, le fond des océans. Mais elle se vengera ! La nature est notre mère aimante et nous la bafouons.

Hélène songea que la peste et le choléra étaient la quintessence du naturel mais que, fort heureusement, on les avait empêchés de poursuivre leurs petites affaires : décimer l'humanité. Toutefois, gelée, épuisée, désespérée à l'idée de ne même pas pouvoir se requinquer avec un grand verre de l'excellent whisky qu'elles avaient apporté, elle décida que l'heure de la controverse était dépassée. Il n'en demeurait pas moins que l'idée de manger de la salade engraissée au « compost » de Régis – qui lui déplaisait tout net – lui coupait le peu d'appétit qui lui restait. Du crottin de cheval, d'accord. D'abord, elle ne connaissait pas le cheval en question et ensuite, l'animal ne lui avait jamais pris la tête toute une soirée. Mais Régis, non, vraiment non !

Ayant terminé son omelette en un temps record, Bénédicte se leva et annonça :

— Bon, je vais au lit. De toute façon, y'a rien d'autre à faire.

Juliette suivit la retraite de sa fille d'un regard triste qu'intercepta Hélène. Mais qu'est-ce qu'elle foutait avec ce type ?

Régis en profita pour se lever et déclara d'un ton suffisant en jetant un long regard de reproche à Juliette, qui se ratatina un peu plus sur sa chaise :

— Y'a plein de choses à faire, contrairement aux doléances de la petite demoiselle qui a été bien trop gâtée. Allez, un petit concert. Vous allez voir, je maîtrise très bien, pourtant, je suis autodidacte ! Un autre don que je me suis découvert.

Il prit le flageolet posé sur le manteau de la cheminée. Après quelques petits exercices, sans doute destinés à montrer sa virtuosité, il attaqua le premier morceau. Des notes incertaines, souvent fausses et en tout cas aigres, s'élevèrent. Tout le répertoire des Andes, ou presque, y passa. Le regard halluciné, Nathalie semblait perdue dans un monde d'infinie douleur. Quant à Hélène, voyant Régis porter à nouveau la flûte à ses lèvres, elle résista à l'envie de se ruer sur lui pour lui enfoncer l'instrument dans la gorge. À coup sûr, il suffoquerait. Elle ne lui appliquerait pas la manœuvre d'expulsion de Heimlich, d'abord ! Après une série de râles affreux, ses jambes se détendraient avec violence dans un dernier soubresaut et il trépasserait. L'esprit de la biochimiste se figea sur cette vision. L'inquiétude l'envahit. Mince alors ! Jamais elle n'aurait pensé abriter des pulsions meurtrières, surtout si graphiques.

Une fois dans la chambrette d'invités, Hélène serra contre elle sa doudoune dans l'espoir de repousser le froid humide qui régnait dans la pièce. Deux chandelles éclairaient le petit espace.

— Ah non, je ne peux pas le croire ! gémit-elle. Pas de chauffage, pas d'électricité, rien…

— C'est juste pour une nuit, temporisa Nathalie.

— C'est une nuit de trop ! Et puis, ça pue la moisissure. On va choper des allergies avec ça.

Les deux femmes, grelottantes, se déshabillèrent et passèrent leur pyjama à la vitesse de l'éclair. Hélène ajouta le gros pull qu'elle avait prévu pour le lendemain et huma ses chaussettes en commentant :

— Ça va, ça ne sent pas trop les pieds.

Elle les enfila en moufles.

Une fois glissée dans le lit aux draps chargés d'humidité malsaine, claquant des dents, elle poursuivit :

— Écoute, ou c'est un foudre de guerre au lit ou, comme l'affirme Bénédicte, il la drogue, il lui lave le cerveau, je ne sais pas, moi. Enfin, tu as vu cette piteuse nana comparée à notre ancienne Juliette ? Elle était rayonnante, pomponnée, jolie comme un cœur…

Se frottant les bras dans le vain espoir de les réchauffer, Nathalie la rejoignit et surenchérit :

— Et ses mains ! Toutes flétries. On dirait des mains de vieille femme. Avant, elle ne serait jamais sortie sans une french manucure. Même des pieds.

— Comme qui dirait, une french pédicure, non ?

— C'est vraiment pas le moment d'être raisonneuse, je t'assure, protesta Nathalie.

— Il faut la tirer de cette masure puante. Avant qu'elle chope une tuberculose, ou pire.

— Et tu suggères quoi ?

Hélène la regarda, les neurones en ébullition à la manière d'un flipper fou.

— Je ne sais pas… un genre de plan à la « sauvez Willy l'orque ».

— Quoi ? On l'anesthésie, on l'enroule dans une bâche humide pour qu'elle ne se déshydrate pas et on la fourre dans le coffre de la voiture ? Et puis tu démarres en trombe pendant que je m'accroche au pantalon cradingue de Régis pour le retenir ? Mais tu délires, là, s'emporta Nathalie. Si ça se trouve, elle l'aime !

— C'est impossible, décréta Hélène d'un ton sans appel en croisant ses mains chaussettées sous sa poitrine.

— Pourquoi cela ?

— Parce qu'il est crétin, prétentieux, égoïste, antipathique, moche, très moche, sale, sans doute radin et qu'il pue !

Nathalie considéra son amie durant un instant et admit :

— Tu marques un gros point, là. Alors, pourquoi elle reste avec lui ?

— Parce que, depuis sept mois, elle a lâché tout le monde, son boulot et son appart'. Ils n'ont même pas le téléphone. Avec qui veux-tu qu'elle discute, qu'elle réfléchisse ! À part lui, encore lui et toujours lui. Elle est complètement isolée, dans ce taudis répugnant. Si ça se trouve, il lui a fait payer la litière à humains, elle n'a plus un sou et elle ne sait plus quoi faire…

Conciliante et ouverte, Nathalie l'interrompit :

— Écoute, ces toilettes… Au fond, c'est pas une si mauvaise idée, passé le cap de la surprise. Si ça se trouve, c'est un précurseur, un avant-gardiste…

— Ouais ? Ben, je préférerais qu'il soit à l'avant-garde de la gentillesse et de la bonne humeur, et alors là, il y a du boulot. Pour en revenir à notre Juliette, mon sentiment, c'est qu'elle est piégée, prisonnière, sans personne. Et si Bénédicte part, c'est la cata. Parce que la gamine n'a pas froid aux yeux. Elle est lucide et elle tient tête.

— Qu'est-ce qu'on fait ? demanda Nathalie dont la voix se brisait de chagrin à cette description apocalyptique.

— On lui suggère – subtilement, bien sûr, très subtilement – que nous sommes de son côté et qu'on peut l'entortiller dans une bâche avec sa fille et les faire évader dans le coffre de la voiture… Je plaisante, ajouta-t-elle en voyant les yeux de Nathalie s'arrondir. Je m'en charge. Je vais – tout en finesse – lui rappeler que nous sommes ses amies. Depuis que mon ex-mari a eu l'amabilité de m'accorder le divorce et de disparaître de ma vie, alléluia, j'ai de la place. Je peux l'héberger quelque temps avec Bénédicte. Elle retrouve du boulot et terminé. Aux chiottes Régis. Et on ne tire pas la chasse parce qu'il n'y en a pas, mais on lui vide le seau de litière dessus.

Elles peinèrent à s'endormir à cause du froid, se serrant l'une contre l'autre comme les héroïnes des *Deux Orphelines* et de *La*

Petite Fille aux allumettes, tout en un. Une question taraudait Hélène : après tout, peut-être Juliette aimait-elle son gnome barbu, aussi inconcevable que la chose puisse paraître ? Était-il judicieux de mettre les pieds dans le plat conjugal, au risque de provoquer de vilaines vagues ?

Le lendemain matin, après un petit déjeuner frugal de galettes d'épeautre arrosées d'un miel qui sentait le beurre rance – un peu trop humide, il avait fermenté, mais rien ne pouvait devenir intoxicant dans le miel, les avait rassurées Juliette – et surtout le départ de Régis, Hélène accéléra le processus du retour à Paris. Elle n'en pouvait plus de cette bicoque, de ces remugles, de cette bouffe, de ce froid, de ces poules. S'improvisant cheftaine, elle houspilla Nathalie pour qu'elle fourre ses affaires dans la voiture, se prépare, bref, soit prête à lever le camp au plus vite.

Les reins appuyés à l'évier de pierre, Juliette les regardait s'activer. Une infinie tristesse lui avait mis les larmes aux yeux. Elles partaient. Ses amies partaient comme on fuirait. Normalement, elles auraient dû rester jusqu'après le déjeuner. Juliette s'était fait une telle joie de leur venue. La seule depuis sept interminables mois. Elle allait retrouver ses mornes journées de solitude, ponctuées de corvées qui lui donnaient la nausée. Elle allait retrouver les discours sentencieux de Régis qui avait un avis tranché sur tout, notamment sur ce qu'il ne connaissait pas. Elle allait à nouveau patauger dans la crotte, la bouse, la boue, les fientes. Si ça se trouvait, Bénédicte allait mettre sa menace à exécution et partir chez son père. À cette évocation, la panique remplaça le chagrin en Juliette. Elles ne pouvaient pas partir et la laisser ! Criant presque, elle lança :

— Je… Enfin, je…

Elle s'interrompit, incapable de terminer sa phrase tant la crise de sanglots menaçait.

Hélène se tourna vers elle. Après une seconde d'ultime hésitation, elle songea qu'il était temps de tenir la promesse faite à Nathalie : insinuer, suggérer de façon subtile et délicate que Juliette pouvait compter sur elles et que, peut-être, Régis n'était pas l'homme de sa vie. Pas complètement, du moins. Du tact, du doigté !

— Écoute, ce mec est un sombre connard ignare et t'as l'air d'une pauvre gueuse doublée d'une zombie. Comment peux-tu vivre dans un taudis qui pue autant ? En plus, t'as pris vingt ans ! On dirait que tu sors d'une poubelle. Alors, tu lourdes cette répugnante tache barbue et tu rentres à Paris. Tu viens habiter chez moi avec ta fille, le temps de trouver du travail.

Une trombe fondit sur elle et la serra entre ses bras : Juliette en larmes.

— Ah chérie, chérie… Mes chéries… J'en peux plus. JE N'EN PEUX PLUS !!! J'exècre cette baraque, ces chiottes, ces poules, ce canasson qui m'a mordue trois fois. Le tofu et le boulgour me sortent par les narines. J'ai envie d'une côte de bœuf… non, tiens d'un homard… Oh oui, un homard, tout simple. Un hamburger dégoulinant de ketchup… Avec une montagne de frites… Une religieuse au chocolat… Une douche de Chanel N°5. Un whisky… Non deux, trois…

Inquiète parce qu'une salive de voracité s'amassait à la commissure des lèvres de Juliette, Hélène proposa :

— Bon. Tu prépares ton ballot en vitesse, on va chercher Bénédicte à l'école, et on se barre.

La colère remplaça le chagrin et la reconnaissance sur le visage de Juliette :

— Certainement pas ! Je récupère avant le peu d'argent qui me reste. Oh les filles… Mais qu'est-ce que je deviendrais sans vous ?

Elles se considérèrent et fondirent toutes en larmes avec un bel ensemble.

Trois jours plus tard, Juliette était de retour à Paris et s'installait avec sa fille, aux anges, chez Hélène. Lorsque son amie lui demanda des détails sur son départ, elle répondit, laconique :

— Je ne veux plus parler de ce triste individu ; il m'a fait prendre dix ans que je vais mettre un bon mois à perdre. Sache seulement une chose : j'ai pulvérisé la litière à coups de hache avant de partir ! Je l'avais payée, elle était à moi et il était hors de question qu'il en profite ! Parce que le pire, c'est que cet abruti qui la ramène sans cesse ne sait rien faire de ses dix doigts !

Il y a dix ans, Emma, 23 ans.

Soupirant de soulagement, Emma gara la Mercedes de la compagnie de taxis qui l'employait comme chauffeuse devant l'hôtel de l'Espérance, situé non loin de la place de la Bastille. Le client qu'elle traînait depuis vingt minutes l'avait saoulée de paroles et d'allusions de plus en plus précises qu'elle avait mis un point d'honneur à feindre de ne pas comprendre. À la décharge du bonhomme, Emma était ce qu'il est convenu d'appeler une splendide créature : grande, d'une minceur musclée, les cheveux blond clair retenus en chignon, les yeux d'un bleu de mer froide. La plupart des messieurs en quête d'un taxi étaient prêts à risquer un PV ou un affrontement avec un chauffeur scandalisé pour monter dans sa Mercedes en dédaignant les véhicules garés avant elle. Toutefois, Emma savait charmer tout le monde d'un sourire éclatant, et notamment ses collègues et néanmoins rivaux de file.

Elle jeta un regard dans le rétroviseur et détailla celui qui allait bientôt la débarrasser de sa pesante présence. Un petit gros au crâne dégarni, l'œil allumé de convoitise, un sourire béat et niais aux lèvres. Il était vêtu d'un costume en polyester déstockage massif et cramponnait son petit sac à main en similicuir, très « Jean-Jérôme découvre le plateau du Larzac ». Homme d'affaires, avait-il prétendu. Il la prenait pour une gourde tout droit sortie de sa boîte, avec la garantie toujours pendue autour du cou ?

— Nous sommes arrivés, monsieur.

Le sourire s'élargit encore.

— Euh… c'est un bon hôtel, vous savez, l'Espérance. Discret, en plus. Y'a même un bar… pour discuter, se détendre un peu.

— J'en suis ravie pour vous. Ça fait quarante-deux francs. Vous avez besoin d'un reçu ?

Elle descendit de voiture après avoir déclenché l'ouverture du coffre. Il se précipita à sa suite, et elle remarqua que ses chaussettes dégoulinaient sur ses chevilles, révélant des mollets pâles et velus. Il profita de ce qu'elle se penchait afin d'extraire sa valise pour se plaquer dans son dos. Un frisson de rage dévala le long de l'épine dorsale de la jeune femme qui n'avait vraiment pas besoin d'une démonstration supplémentaire – et très organique – pour se rendre compte qu'elle plaisait au minable. Elle se retourna et une gifle compacte s'abattit sur la joue du prétendu homme d'affaires qui couina :

— Mais vous êtes folle ! Je vais porter plainte !

— Vas-y, bonhomme. Moi, j'appelle ta femme. Ça devrait la rassurer que ça fonctionne si bien. Quarante-deux francs et vite. Garde le pourboire, et paie-toi une nouvelle paire de socquettes avec.

Lorsqu'elle s'éloigna, la lassitude remplaçait déjà sa mauvaise humeur. Cinq fois par jour ! Le même gag pénible se répétait au moins cinq fois par jour, avec les clients, les mécanos, et même ses collègues. Gavée ! Championne junior de boxe française, elle aurait pu les assommer d'une chiquenaude mais s'inquiétait des monceaux de corps évanouis qu'elle sèmerait derrière elle. Changer de métier ? Elle y pensait parfois. Cependant, Emma aimait les voitures, les moteurs, avoir les mains dans le cambouis et les entrailles de métal. Elle décida de terminer sa journée plus tôt et de se consoler en allant au Quartier latin où une salle de cinéma proposait un festival Kurosawa.

Consoler. Le terme était adéquat parce que ce n'était pas comme ça qu'elle l'aurait, son bébé ! Or sans bébé, sa vie ne signifiait rien.

Enfin, un peu, pas mal même, mais pas autant qu'elle le voulait. Dès qu'un représentant du sexe masculin posait le regard sur elle, il perdait toute notion de verticalité. Fini – avant d'avoir commencé – la cour, la tendresse, les conversations et les attentions. Le gars en question devenait aussitôt horizontal. Strictement horizontal. Si c'est souvent l'option la plus confortable pour faire un bébé, Emma ne cherchait pas seulement un donneur direct de sperme. Elle voulait se souvenir toute sa vie, avec la même émotion, du moment précis où son bébé aurait été conçu.

Un profond soupir lui échappa. Comme chaque fois, ses sombres pensées la ramenèrent où elle en arrivait toujours. Si elle n'avait pas son bébé avant trente-cinq ans, tant pis, elle jetterait son dévolu sur Arnaud, l'éternel meilleur ami. Puisque toutes les alléchantes caractéristiques physiques d'Emma laissaient Arnaud de marbre, et surtout le fait qu'elle était une femme, elle le saoulerait avant. Elle avait supporté toutes ses ruptures, le doudounant, le maternant. Elle avait soigné la kyrielle de ses fausses maladies, toutes fatales, du moins pendant une journée, allant jusqu'à lui préparer des laits de poule, raidis de généreuses rasades de rhum pour qu'il s'endorme et la lâche un peu. Il pouvait bien lui faire un enfant, quand même ! Aussitôt, une avalanche d'arguments contraires tempéra son regain d'optimisme. En dépit du fait qu'elle l'adorait, Arnaud était sans conteste la personne la plus exaspérante qu'elle eût rencontrée. Snob, caractériel et hypocondriaque de surcroît. Il était capable de lui faire le coup de la nausée matinale pendant son premier trimestre de grossesse à elle. Viendraient ensuite les douleurs de dos et les jambes lourdes. Il était même assez gonflé pour accuser plus tard LEUR grossesse d'être responsable des varices qui enlaidiraient les beaux mollets qu'il entretenait avec un soin maniaque dans un club de gym. Conclusion : pas Arnaud. Dommage, en plus d'être très beau mec, il était intelligent, bienveillant et d'une rare finesse. S'ajoutait à cela sa totale fiabilité d'ami.

Elle se souvint. Elle avait quinze ans et Arnaud dix-neuf. Ils étaient déjà inséparables malgré les remarques goguenardes ou réprobatrices de sa mère et celles, carrément obscènes, de son père, petits fermiers du centre de la France. Sans doute leur différence, leur inadéquation avec leur environnement avait-elle été un puissant ciment entre eux. Arnaud était déjà un homo convaincu. Quant à elle, elle rêvait de beauté, d'art, de livres, sans trop savoir ce que tout cela signifiait au juste puisque ses parents « lisaient leur bouquin » lorsqu'ils ouvraient le programme télé. Aux dires de ces derniers, la destinée d'Emma était déjà tracée : c'était « une belle fille, pas idiote » et on allait la marier avec le fils unique ou aîné d'un propriétaire un peu important. Pourtant, Emma voulait les lumières, la ville, les galeries d'art, les expositions et les cinémas.

Cette soirée-là. Cette soirée-là demeurerait dans son esprit comme un moment de pure terreur et l'un de ses meilleurs souvenirs. Arnaud et elle finissaient parfois la soirée dans un bar où ils n'auraient jamais dû pénétrer puisqu'elle était mineure. Le sport local de leur minuscule bourgade, à défaut d'autres amusements, consistait pour les clients à boire le maximum de bières dans le minimum de temps. Pourquoi Arnaud aimait-il ce genre d'endroits ? La chose restait un mystère aux yeux d'Emma. Pour s'encanailler ? pour trouver un bel hétéro qu'une expérience d'une nuit « on the wild side » ne défriserait pas ? Toujours est-il qu'elle les avait vite repérés, ces trois jeunes gars attablés au comptoir. L'alcool aidant, ils ne se gênaient plus pour les dévisager, rigoler, se pousser du coude. Lorsque Arnaud et elle étaient ressortis, ils leur avaient emboîté le pas et elle avait aussitôt compris que les choses allaient mal tourner. Les types avaient attendu qu'ils arrivent à hauteur de la voiture d'Arnaud, garée en bout de parking. Les insultes, les plaisanteries graveleuses avaient fusé. Elle avait tenté d'empêcher Arnaud de répondre, sans succès. Lorsqu'il avait lancé d'un ton léger : « Oh, mais c'est que nous avons trois tapettes refoulées ! » elle avait nettement senti que l'humeur des autres virait à l'envie de carnage. Ils s'étaient jetés sur eux, deux contre Arnaud et le troisième – lequel, de toute évidence, venait de décider qu'en plus de massacrer une pédale, il pouvait aussi se violer une pucelle dans la foulée – contre elle. Terrorisée, paniquée à l'idée des deux gars qui avançaient haineux, poings fermés vers Arnaud, elle était restée inerte l'espace d'une seconde, pendant que son assaillant lui martyrisait les seins entre ses grosses pattes répugnantes. L'ordre, incongru, avait fusé :

— Bats-toi ! Vise les couilles ! Tiens bon, j'arrive !

Le genou d'Emma était remonté et avait percuté de plein fouet l'entrejambe de son agresseur qui s'était plié en hurlant de douleur. Un autre coup de genou lui avait fait rentrer le menton dans le cou. Entrelaçant ses mains en prière, elle avait assené des coups partout où elle le pouvait. La fureur était venue, la peur avait disparu. Le minable se roulait au sol en geignant, se protégeant la tête de ses mains, le sexe de ses jambes repliées. Bourreau ordinaire implorant grâce dès qu'il n'était pas le plus fort. Emma s'était retournée pour prêter main-forte à Arnaud. Ce qu'elle avait découvert l'avait laissée pantoise. Un des agresseurs du jeune homme gisait au sol, inconscient. L'autre jetait des regards désespérés autour de lui. Arnaud sautillait d'un pied sur l'autre, aussi gracieux qu'une danseuse, sa garde haute. Il pestait d'un ton agacé :

— Invraisemblable ! Une rixe de sortie de bouge… c'est d'une vulgarité ! Et il fallait que ça tombe sur moi !

La suite avait été si rapide qu'elle n'avait même pas vu les coups de poing et de pied partir. Un, deux, trois, une pluie de coups de poing, de coups de pied. Le type s'était effondré comme un sac.

Une fois dans la voiture, ils étaient demeurés silencieux un moment. Elle avait demandé :

— C'était quoi ?

— La boxe française, chérie. Le noble art. Il n'y a rien de plus élégant. Terriblement efficace. Quand tu es une tarlouze dans un bled de paumés, il vaut mieux que tu apprennes à te défendre. D'ailleurs, c'est un conseil que je te donne, d'autant que tu sembles douée. Comme tu peux le remarquer, nous formons des cibles de choix pour des nuls qui n'oseraient pas s'en prendre à des mecs. Du moins à ce qu'ils croient être un mec, avait-il ajouté avec un sourire ravi.

Inquiète, elle avait demandé :

— Et s'ils portent plainte ?

— Tu plaisantes ! Et admettre qu'une folle et une gonzesse leur ont foutu une raclée ? À trois contre deux ? Non, je t'assure que la version officielle de demain sera qu'ils ont tous pris une porte dans la figure.

Le lendemain, contre l'avis de ses parents mais grâce à l'appui de sa grand-mère – une forte femme qui ne s'en laissait pas conter –, Emma s'était inscrite au cours de boxe française de leur petite ville.

Elle sourit au feu qui redevenait vert. Tiens, et si elle passait papoter avec lui ? Arnaud était gérant d'une assez prestigieuse galerie d'art oriental de la rue Mazarine.

Lorsqu'elle pénétra quelques minutes plus tard dans ce sanctuaire du Yamato finissant, l'émotion la saisit. Tout était parfaitement beau. Une soie gris pâle tendait les murs, mettant en valeur les œuvres. Ses escarpins – car oui, il est très facile de conduire toute la journée avec des escarpins, il suffit d'adopter la position qu'elle avait baptisée « du pied de danseuse » – s'enfoncèrent dans l'épaisse moquette d'un gris plus soutenu. Un subtil parfum, mélange d'ylang-ylang et d'iris, flottait dans l'air. Elle respira avec lenteur, son mal-être s'estompant.

— Arnaud ? lança-t-elle presque gênée de troubler la sérénité des lieux.

Il apparut aussitôt en haut de l'escalier en acier qui montait aux bureaux et à la salle de réunion, vêtu d'un bermuda et d'une invraisemblable chemise à jabot, une tasse en porcelaine à la main.

Un sourire joyeux lui vint d'abord. Vite remplacé par une moue écœurée.

— Tu as l'intention d'assister au vernissage dans cette tenue de fort des halles ? Et avec ce chignon Ab'Fab' sur le retour ? demanda-t-il d'un ton acide.

Le regard d'Emma descendit vers ses ravissants escarpins en chevreau noir, remonta le long de sa jupe droite assez classe pour terminer sur son chemisier en soie beige. Un peu estomaquée, elle songea que les forts des halles avaient drôlement évolué par rapport à ses souvenirs de petite fille, ou alors qu'Arnaud ne fréquentait pas les mêmes. Elle argumenta :

— Ben... Tu portes bien un bermuda.

Il tapa du pied d'un geste rageur, envoyant un écho vindicatif qui se répercuta le long des marches de métal.

— Ah, ce que c'est agaçant, à la fin ! Ce n'est pas un bermuda. C'est un Chanel. Ça fait dix fois que je le répète !

— Ah bon... admit-elle, confuse de sa tragique bévue.

Remonté, Arnaud porta le coup fatal de son perchoir :

— Non, parce que, ma chérie, ce n'est pas n'importe qui Rosetsu... il appartenait à l'entourage du shôgun et a appris le trait avec Okyo ! C'est tout de même un des plus grands peintres japonais. Un véritable esthète, veux-je dire, anticonformiste avec ça... Par respect pour sa mémoire, rentre chez toi et reviens... habillée. Pas en bleu de travail ! Un soupçon de rouge à lèvres ne serait pas non plus superflu. Chic, bien sûr, Shu Uemura peut-être, ou alors, allez... Chanel, c'est une valeur sûre, on est certain de ne pas tomber à côté... même quand on possède un goût déficient. Bon, monte. Je t'offre un expresso avec un zeste de lime du Pérou. C'est la seule façon de le boire ! La seule, tu m'entends !

Un immense réconfort envahit Emma : elle était chez elle. Enfin. Elle gravit les marches.

— Ah, j'ai rencontré une nana très intéressante qui devrait te plaire, poursuivit Arnaud. Elle est habillée comme un sac, coiffée par mon grand-oncle, d'autant qu'elle porte un carré auburn, complètement « out ». En plus, j'ai bien l'impression qu'il s'agit de sa couleur naturelle... La pauvre... Les gènes, quelle injustice quand on y songe ! Enfin... Cela étant, elle est fascinante. Elle s'appelle Hélène Audibert, elle est chercheuse. Elle sera là ce soir. (Arnaud sembla réfléchir, crispa les lèvres d'inquiétude et demanda :) Tu crois qu'elle serait assez folle pour venir en jeans et Paraboots ?

Aujourd'hui,
Charlotte, 37 ans, psychanalyste.

Charlotte avança sans bruit, traversant sa chambre pieds nus pour atteindre la petite salle de bains attenante. Elle jeta un regard anxieux à sa montre. Huit heures dix. Elle venait d'entendre la porte de l'appartement des Valières, situé au-dessus du sien, se refermer. La voix nasillarde et haut perchée de Mme Valières résonna sur le palier :

— Tu rentres à quelle heure ?

Le mari, un bourru qui devait avoir quelques excuses, ayant supporté sa femme plus de vingt ans, répéta, comme chaque matin :

— À l'heure habituelle, pourquoi ?

Accoutumée à l'échange, invariable depuis qu'elle avait emménagé quatre ans plus tôt, Charlotte articula sans un son, en parfait synchronisme avec l'épouse Valières :

— Pour préparer le dîner, bien sûr.

L'époux, toujours aussi acariâtre, rétorqua :

— Pourquoi, on mange autre chose que du jambon ou une pizza surgelée ?

Charlotte n'entendit pas le soupir excédé de dame Valières. Pourtant, elle l'imagina. En revanche, le cliquetis de l'élégante cabine d'ascenseur début de siècle la renseigna. Ils quittaient vraiment les lieux. Pas trop tôt !

Le nouveau voisin du dessous, qui avait emménagé deux mois auparavant, un Charles Dupin qui semblait en permanence se demander ce qu'il faisait là et comment il y était arrivé, répondant aux saluts de Charlotte avec l'air ébahi du monsieur qui ne s'attendait absolument pas à rencontrer un autre être humain dans le vaste désert du XVe arrondissement, était sorti de l'immeuble une demi-heure plus tôt.

Charlotte jugula la rancœur qu'elle sentait monter à l'égard de ses voisins, qu'ils fussent supérieurs ou inférieurs, en termes d'étages. On aurait dit qu'ils l'avaient fait exprès pour achever de lui gâcher la vie, laquelle n'était déjà pas folichonne. Pourtant, elle s'était renseignée avec habileté auprès des uns et des autres, feignant l'incertitude sur ses propres dates de vacances. Le lunaire Dupin, un peu paniqué à l'idée de devoir poursuivre une conversation de plus de dix mots, s'était fendu d'une molle tirade dont la longueur avait dû lui faire crisper les doigts de pieds dans ses éternels mocassins indiens :

— Euh… J'pars toujours début juin. C'est moins cher, et pis… y'a moins de monde.

Sur quoi il avait changé d'épaule son consternant sac à dos en Nylon noir qui portait en grosses lettres blanches une marque de céréales pour petit déjeuner. Marrant comme ce grand type baraqué avait des allures de grosse limace échouée. Il rentrait les épaules au point qu'on aurait dit qu'il portait des vêtements trois tailles trop petits, baissait la tête comme une tortue affligée, comparaison renforcée par ses affreuses lunettes monture Sécurité sociale d'avant-guerre. Quant à sa démarche, on aurait dit que le pauvre garçon supportait sur son dos toute la misère du monde. Il soulevait chaque pied comme s'il pesait trois tonnes et avançait à pas lents et tristes, voûté vers l'avant. Charlotte évitait avec soin de lui tendre la main, certaine que celle de Dupin lui ferait l'effet d'une tranche de pain de mie détrempée. Beurk !

Le sieur Valières, subtilement interrogé, avait à son tour débité d'un ton navré, qui prouvait que la perspective de cohabiter avec sa femme vingt-quatre heures sur vingt-quatre lui filait des aigreurs d'estomac :

— Bof, on prend que les quinze premiers jours de juin. En août, on garde notre petit-fils. Ça repose notre fille et moi... ça me change les idées. Et vous ?

Rassérénée par ses indications d'une plaisante concordance, Charlotte y était allée d'un guilleret :

— Oh, notre immeuble va se vider, alors, puisque je rejoins mon mari en Arabie saoudite pour deux semaines de farniente. Il en a bien besoin.

Détendu par cette conversation qui le changeait de la permanente acrimonie de sa tendre et chère, messire Valières avait opiné du bonnet, commentant d'une voix compatissante :

— C'est pas facile quand même cet éloignement. Surtout quand le couple s'entend bien. Moi, franchement... ça me ferait des vacances d'être ingénieur de forage au loin. (Un sourire extatique avait allumé son visage fripé comme il s'imaginait, loin, tranquille, c'est-à-dire sans madame. Le sourire s'était fracassé et il avait repris :) Dites donc, il ne revient pas souvent, votre mari. Remarquez, comme ça, vous n'avez pas trop l'occasion de vous taper sur les nerfs.

Charlotte avait approuvé d'un généreux hochement de tête :

— C'est l'ennui des missions. Cela étant, ça permet de gagner pas mal d'argent. Nous espérons qu'il pourra rentrer en France à la fin de l'année prochaine.

Bien élevé ou oublieux, M. Valières n'avait pas souligné qu'elle lui avait déjà servi cette explication un an plus tôt.

Coïncidence ou conspiration orchestrée par d'odieux voisins dont le mobile pervers restait à découvrir, on était début juin et les Valières & Dupin la narguaient, toujours présents au rapport. Les voisins qui coinçaient son appartement en sandwich ne pouvaient pas avoir repoussé leurs vacances d'un commun accord, juste pour lui pourrir la vie, quand même ! Et qu'est-ce qu'elle allait devenir, maintenant qu'elle avait claironné qu'elle partait rejoindre son Hervé de mari à l'autre bout du monde ?

Ah mince ! c'était quand, les bonnes nouvelles ?

Aujourd'hui, Emma, 33 ans, propriétaire d'une flotte de limousines.

Le restaurant bruissait de mille conversations, échange de murmures, de confidences qu'un rire léger perçait parfois. Protégés par des palmiers en pot et des claustras japonisants afin de garantir une parfaite discrétion, une faune d'hommes d'affaires, de magistrats, de politiques, sans oublier un concentré des femmes les plus élégantes de Paris, la plupart, elles aussi, femmes d'affaires, magistrates ou politiques, dînaient avec cette humeur paisible et ce détachement que confère la grande richesse. Tout respirait le luxe, l'argent, les manières affables, ces dernières étant toujours plus aisées lorsqu'on n'a pas à se demander comment on paiera la prochaine facture de gaz.

Précédée par le maître d'hôtel, Emma se fraya un chemin parmi les tables nimbées de la lumière mouvante des photophores, escortée par une légion de regards masculins-admiratifs, féminins-curieux. Perchée sur ses escarpins Jimmy Choo, caressée par la ligne exigeante de son tailleur Ralph Lauren, elle était, ne tergiversons pas, à tomber raide. Il est de fait que marcher avec une aisance féline sur des talons très hauts, n'est pas donné à tout le monde. Il en est qui se cramponnent des doigts de pieds pour soulever leurs chaussures, avançant jambes écartées pour maintenir leur équilibre ou, pire, le torse penché pour prévenir la chute. Emma foulait l'épaisse moquette avec autant de grâce que si elle avait été pieds nus. Enfin, elle parvint à hauteur de la table où patientait son rendez-vous – un de ses gros clients américains –, lequel était plongé dans la fascinante consultation de son BlackBerry. Durant les deux secondes où il éteignait l'appareil, bafouillait une excuse, se levait en rattrapant sa serviette et s'approchait d'elle, elle le détailla pour la centième fois. Ah oui… il était vraiment très, très beau mec, grand, très brun, les yeux d'un bleu presque violet, musclé, presque un peu lourd. S'ajoutait à ces caractéristiques physiques ce qu'elle avait appris de lui au cours de leurs discussions d'affaires, qui avaient évolué en échanges amicaux, semés peu à peu de sous-entendus… disons galants. Il n'était pas facile sur les tarifs mais négociait avec charme et courtoisie. Il était drôle, intelligent, cultivé et aimait la France. Bref, l'homme idéal. Pas trop tôt. Après tout, si son bébé devait être franco-américain, c'était aussi bien. Un détail, assez important, la préoccupait pourtant. Elle se faisait fort de l'éclaircir au cours de la soirée : était-il marié ? Il n'avait jamais mentionné ni femme ni enfant, mais la dernière des godiches sait que cela ne constitue pas une preuve, ces messieurs étant souvent affligés d'une amnésie partielle au sujet de leur statut marital, surtout lorsqu'ils se trouvent loin de chez eux.

— Vous êtes magnifique, comme toujours, murmura-t-il avec ce sourire ravageur et ce délicieux accent dont elle ne se lassait pas.

— Et vous êtes un flatteur, cher Jon.

— J'ai pris la liberté de commander deux coupes de champagne. On s'absorbe dans la lecture de la carte ?

— Volontiers, je meurs de faim.

— J'adore les femmes qui mangent, commenta-t-il d'un ton gourmand qui déclencha une série de délicieux frissons chez Emma. Et le vin ? Blanc, rouge ?

— Choisissez.

— Un chablis ? proposa-t-il. Ça va avec tout.

Un enchantement. Pas d'autre terme. Ils dégustèrent leurs huîtres tièdes garnies d'une émulsion de lentilles au caviar tout en discutant de peinture japonaise. Il lui avoua que l'une de ses passions était de faire ses courses dans les marchés parisiens. Elle lui raconta ses débuts de chauffeuse de taxi, la naissance de sa compagnie de transport de luxe qu'elle avait créée cinq ans plus tôt, mais évita de mentionner ses exploits à la boxe française. C'est dingue comme les messieurs se sentent soudain mal à l'aise face à une femme capable de les expédier dans les limbes d'un coup de poing ou de pied. Emma termina son verre. Un serveur, surgi de nulle part et sans doute tapi derrière un des palmiers pour répondre à leurs moindres besoins, le remplit à nouveau. L'alcool montait un peu à la tête d'Emma, d'ordinaire buveuse de thé vert et dont les rares écarts se résumaient à un whisky de temps en temps en compagnie de ses copines.

Emma attendait, de plus en plus fébrile, la fameuse fenêtre. Cette fichue fenêtre qui doit s'ouvrir et dans laquelle il faut s'engouffrer sans trop savoir où elle mène. Toutes les approches qui tournaient en boucle dans sa tête se révélaient aussi ineptes les unes que les autres : « Euh… votre épouse ne vous accompagne jamais ? » ; ou, carrément lourdingue : « Il faudra que je vous donne l'adresse de ce petit magasin d'antiquités… vous devriez y trouver un cadeau qui sorte de l'ordinaire pour votre femme » ; ou à se trouver mal de honte : « Je m'occupe beaucoup de mon neveu. J'adore les enfants. Euh… et vous ? » Au moment précis où un serveur accompagné du chef de rang déposait devant eux leurs effilochées de pintade au miel épicé de poivre du Sichuan, accompagnées de quenelles d'asperges et de pamplemousse, un miracle se produisit. À court d'idées moins crétines, vaguement désespérée, Emma confessa :

— Je ne suis pas une femme d'intérieur, mais j'adore faire la cuisine.

— Mon ex-épouse détestait cela.

Elle leva un visage qu'elle espérait plein de compassion et déclara, faux cul :

— Vous êtes divorcé ? Je suis désolée.

En réalité, elle jubilait, si toutefois il ne s'était pas remarié depuis.

— Depuis deux ans. J'essaie de m'en remettre.

Mince, la poisse. Il aimait vraiment son ex ? Quelle plaie les hommes qui sanglotent après la traîtresse qui leur a brisé le cœur ! Ils se transforment alors en tour imprenable, jugeant toutes les autres à l'aune de la lâcheuse, sorcière ou icône selon les cas.

— Un gros chagrin d'amour ? demanda-t-elle d'un ton pincé.

— Non, une grosse fatigue. Le résultat d'une énorme méprise de ma part. Mon ex-femme était un cauchemar avec toutes les allures d'un rêve. Depuis, je récupère. (Il sourit, ses yeux s'étirant vers les tempes, la tête légèrement inclinée sur le côté, et elle dut fournir un prodigieux effort pour ne pas abattre cartes sur table :) Je vais vous paraître affreusement goujat, pardonnez-moi, mais je préférerais que nous changions de sujet. Susan m'a pourri la vie pendant six ans et moins je l'évoque, mieux je me porte. Heureusement, nous n'avons pas eu d'enfants, la rupture est donc claire, nette et définitive.

De soulagement, elle aurait volontiers embrassé à pleine bouche le serveur qui venait s'enquérir de leur satisfaction et déboucher une nouvelle bouteille commandée d'un signe discret par Jon, mais elle jugea que ce serait une erreur de cible.

La conversation se poursuivit sur les arts premiers qu'il semblait connaître en expert. Emma ne s'était pas sentie aussi bien depuis fort longtemps. Une langueur inhabituelle l'avait envahie. Un sourire conquis aux lèvres, elle l'écoutait, enregistrant le moindre de ses gestes, de ses plissements de bouche, de ses sourires. Un homme vertical, enfin ! Ça, il lui plaisait. Beaucoup même. Une sorte d'instinct lui disait que cet homme-là était celui avec lequel elle voulait faire son bébé. Problème : comment amener le sujet sans avoir l'air de lui sauter à la braguette, ou pire, de le prendre en otage de sa physiologie ovarienne ? Car il était hors de question qu'elle « l'utilise » sans le prévenir avant, ça n'aurait pas été correct. Autre argument incontournable selon elle, un enfant se faisait si possible à deux. L'expérience avait appris à Emma une chose fondamentale au sujet des hommes. Si certains ne s'embarrassent pas de semer leurs rejetons potentiels un peu partout avec la ferme intention de ne jamais s'en occuper, d'autres sont des hippocampes. Il n'existe pas de meilleurs pères que les hippocampes. Ils surveillent leurs œufs, les retournent, les défendent, puis ils accompagnent les petits éclos jusqu'à ce qu'ils puissent se débrouiller seuls. Emma avait une énorme tendresse pour les hommes hippocampes et tout lui disait que Jon appartenait à cette catégorie. Or donc, elle restait avec un épineux problème sur les bras : comment convaincre Jon qu'il avait impérativement envie d'avoir un enfant avec elle ? Outre le fait qu'il lui plaisait vraiment et qu'elle se cramponnait depuis des semaines pour ne pas tomber amoureuse de lui – inutile de prendre une grosse claque d'amour-propre tant qu'elle n'était pas plus avancée –, elle avait trente-trois ans. Or, sa date butoir avait de tout temps été fixée à trente-cinq. Certes, il ne s'agissait que d'une convention qui allait d'elle à elle. Toutefois, au fil du temps, elle avait fini par se convaincre que si bébé il n'y avait pas avant son trente-cinquième anniversaire, bébé il n'y aurait jamais. Et ça, c'était exclu ! Même pas la peine d'y penser ! Perdue dans ses pensées et son rétroplanning gestationnel, elle ne se rendit compte qu'un silence amusé s'était installé de l'autre côté de la table que lorsque Jon murmura :

— Je vous ennuie ?

Elle faillit avaler de travers sa dernière bouchée de quenelle au pamplemousse et se sentit rougir jusqu'à la racine des cheveux. Elle avala une longue gorgée du délicieux chablis pour faire passer et récupérer sa contenance, tout en songeant qu'elle avait sans doute trop bu. En novice, elle s'interrogea : au bout de combien de verres avait-on dépassé la limite ? S'appliquant à contrôler son débit qui commençait à s'empâter, elle détrompa Jon :

— Pas du tout… alors pas du tout. C'est juste que je me dis que vous êtes un extraterrestre. Euh… j'aime beaucoup les extraterrestres, précisa-t-elle, de crainte d'une ambiguïté.

— Nous sommes deux, en ce cas, avoua-t-il dans un renversant sourire.

Il était craquant, vraiment craquant. D'ailleurs, elle se sentait toute craquelée de l'intérieur.

Toujours souriant, il baissa le regard vers son assiette et hésita de cette voix grave, un peu assourdie, qui hérissait l'épine dorsale d'Emma de délicieux frissons :

— Je… Je ne vous surprendrai sans doute pas en vous confessant que je vous trouve très, vraiment très séduisante.

Bingo ! On y était. Emma soupira de bien-être. Elle se trouvait donc déchargée de la redoutable tâche qui consistait à pousser le monsieur vers le canapé en se débrouillant pour qu'il ne s'en aperçoive pas. On en revenait à une situation, certes classique, mais les classiques n'ont pas que des désavantages : c'était l'homme qui faisait le premier pas.

Bon, il convenait maintenant de jouer les choses finement. Autre problème : en dépit d'un compte de neurones plus que satisfaisant, Emma avait eu affaire jusque-là à des hommes hypnotisés par ses charmes – donc très obstinés dans leur horizontalité. Certains hommes possèdent un ahurissant pouvoir d'autosuggestion. Parce qu'ils ont envie de coucher avec vous, ils se persuadent que ladite envie est partagée ou qu'elle viendra au cours de l'exercice susmentionné. Ils s'entêtent, insistent, s'énervent et finissent par devenir exaspérants. Il s'agissait là de la situation de base pour Emma et elle avait fini par la maîtriser avec brio. Une explication assassine – voire, pour les plus crampons, une baffe – plus loin, l'insistant finissait par comprendre que non, vraiment, elle n'avait aucune intention de le rejoindre dans son horizontalité, même pour lui faire plaisir. En revanche, elle se sentait fort peu séductrice, ayant toujours eu à pâtir de sa séduction, justement. Incertaine, très angoissée, elle flûta :

— Eh bien, euh... mais... c'est réciproque.

Il soupira bouche entrouverte et Emma regretta pour la première fois que la téléportation n'ait pas encore été inventée, même si ça devait mettre en faillite sa compagnie de limousines. Elle aurait tant aimé que ce soupir-là soit celui qui lui caresse le cou juste avant qu'ils ne basculent vers un lit. Elle se rassura : Jon devait être capable d'en pousser d'autres. Des soupirs.

— Ouf... C'est toujours un instant paniquant d'avancer à découvert...

Ah, qu'il était chou... à croquer. Un sourire niais aux lèvres, le menton posé sur sa paume en coupe, elle le dévorait du regard, un regard d'affamée convoitant un énorme croissant aux amandes.

— ... Vous ne dites rien. Vous allez me laisser patauger tout seul ? plaisanta-t-il.

Rêveuse, maintenant très éméchée, elle rétorqua :

— Non... enfin si... je suis sous le charme. Et puis... je suis un peu une débutante... Vous comprenez, j'ai passé ma vie à refuser des avances...

— C'est donc que la mienne remporte votre approbation ?

Elle acquiesça d'un sourire et d'un lent clignement de paupières. Son esprit lui faisait maintenant l'effet d'une gigantesque plaine balayée par une tornade. Elle tentait, sans succès, de s'accrocher à des bribes de pensées, de raisonnement, mais le désordre régnait dans sa tête. Sans doute est-ce la raison pour laquelle elle commit la gaffe. *The* bourde. L'énorme, celle du genre dont on ne se remet pas. La phrase sortit sans même qu'elle le veuille, sans même qu'elle y réfléchisse. Avançant le torse vers lui, inspirant profondément, baissant la voix et adoptant la noble langue de Shakespeare pour plus de confidentialité, elle murmura, avec force mouvements de lèvres pour garantir une parfaite articulation en dépit de son ébriété :

— Euh… You know, I am yovoulaiting.

Soudain mutique, son vis-à-vis se crispa et la contempla d'un œil rond. Pensant que son accent n'était pas à la hauteur de ses espérances, elle s'embourba jusqu'aux sourcils :

— Enfin… je suis en période… euh… d'ovulation… C'est-à-dire… C'est un signe, je crois et…

Reprenant contact avec le monde réel, Jon déclara d'un ton beaucoup plus sec :

— Je sais ce que c'est, merci. Un signe de quoi ?

Un bain dans une piscine remplie de glaçons n'aurait pas eu autant d'effet. La cata ! C'était pas vrai qu'elle venait d'en lâcher une de cette envergure ! Quelle sombre gourde, quelle incurable daube ! Secouant en tous sens ses neurones confits dans le chablis afin de trouver une parade, elle bafouilla :

— Euh… je crois que je suis un peu saoule. Je n'ai pas l'habitude de l'alcool. Euh…

L'esprit en déroute, en pleine panique, n'ayant plus qu'une idée – cacher sa honte et sa cuisante défaite, fondre en larmes, tranquille dans un coin –, elle lança en se levant :

— Mon Dieu… je viens de perdre une lentille de contact. Il… Il faut que je la retrouve avant minuit. C'est impératif.

— Avant minuit ? J'ai le sentiment de ne plus rien comprendre, Emma, c'est normal ? demanda Jon d'un ton doux.

— Tout à fait. Je produis souvent cet effet-là. (Elle débita ensuite, à la vitesse d'une kalachnikov gonflée aux amphétamines :) Merci pour ce délicieux repas, ce plaisant moment, votre présence, cette fascinante discussion sur les arts premiers. Cela dit, je dois vraiment retrouver ma lentille.

Là-dessus, elle tourna ses Jimmy Choo et s'enfuit presque du restaurant, une prouesse étant entendu son alcoolémie qui frisait la garde à vue. Elle planta là Jon Norman qui s'immobilisa au milieu d'un geste, fesses en arrière, torse incliné au-dessus de la table alors qu'il se relevait. Du coup, il se laissa à nouveau tomber sur sa chaise. Perplexe, il décida de poursuivre son repas et attaqua son millefeuille de pistache aux fraises, glace à la lavande. Récapitulons : il n'était pas poussif des méninges, loin de là. En conclusion, de deux choses l'une : ou les femmes françaises étaient peu comparables à leurs consœurs américaines, ou alors il s'en était dégotté une du genre gratinée. Un sourire lui vint.

En larmes dans la voiture, son mascara dégoulinant sur son beau tailleur gris pâle, Emma sanglotait en reniflant. Elle se détestait, elle se serait volontiers collé trois claques et elle allait se punir pour sa stupidité. Plus de chaussures pendant trois mois. Non, pendant six. Ça valait au moins ça. Bien fait. Plus de vêtements non plus, plus de coiffeur, plus de… Elle hulula, cognant son front contre le volant. Mon Dieu, qu'elle était malheureuse. En plus, elle était bourrée et même pas certaine de pouvoir conduire jusqu'à chez elle. Si ça se trouvait, elle allait se faire choper par la police, le ballon deviendrait écarlate et même il exploserait sous son souffle d'imbibée notoire et elle aurait six, non huit points de moins et ce serait bien fait, vraiment bien fait pour elle. Et elle passerait la nuit au poste, au milieu des violeurs, des assassins et des clodos qui puaient. Et elle attraperait des poux, des morpions et la gale. Elle ne méritait pas mieux. Elle serait malade en plus d'être déshonorée et crétine à bouffer du foin. Et encore, elle était tellement idiote qu'elle n'était même pas certaine de parvenir à le trouver. Le foin. À cette énumération cataclysmique, une autre vague de sanglots la coucha sur le volant. Désespérée, elle geignit :

— Il est si mignon, si adorable, si parfait… (Crispant les mâchoires de rage contre elle-même, elle feula :) Je me hais, je me hais, je me HAIS !

Peut-être l'ignorait-elle, mais un ange gardien très actif et qui ne comptait plus ses heures sup' veillait sur la jeune femme. Elle lui dut de ne pas percuter les voitures qui l'encadraient lorsqu'elle sortit de sa place de parking, yeux plissés pour évaluer les largeurs, langue tirée pour la concentration. Elle lui fut redevable de l'absence de véhicule venant des côtés lorsqu'elle grilla posément un feu, sans même le voir. Enfin, elle aurait dû le remercier lorsque la jante de sa roue avant frôla, sans la renverser, la haie de poubelles qui ponctuaient le rebord du trottoir situé en bas de chez elle.

Arnaud visionnait, pour la cent dixième fois, *Vertigo*, avachi sur un des canapés profonds de l'immense salon du loft qu'ils occupaient. Il se précipita vers elle et, poings sur les hanches, la bouche serrée en cul de poule, lança d'un ton de reproche :

— Ben, tu rentres ?

Les joues zébrées de mascara, elle le fixa. Son menton trembla et elle fondit à nouveau en larmes entre ses bras.

Aujourd'hui, Nathalie, 45 ans, femme au foyer, et les autres.

Assise contre l'oreiller de son lit d'hôpital, Nathalie écoutait les reniflements d'Emma. Ah oui, là, elle avait commis la bourde du siècle. À la hauteur de son rôle de mère de remplacement, elle tenta d'apaiser le gros chagrin de son amie :

— Écoute, si ce Jon Norman est aussi intelligent que tu le prétends, il a dû se rendre compte que tu n'étais pas complètement sobre.

À l'autre bout de la ligne, Emma couina :

— Tu veux dire que j'étais saoule comme un boudin, oui ! Non seulement, je lui propose de m'engrosser à la première occasion et, en plus, il a une ivrognesse en face de lui. Totale séduction, quoi ! (Reniflement.) Oh non, je suis désespérée. (Re-reniflement.) Je ne sais même pas si je pourrai le regarder en face lorsqu'il se repointera comme client… à moins que je ne le revoie jamais… (Hululement.) Oh, je suis si malheureuse, chérie… et en plus, je ne peux même pas prétendre que c'est la faute de quelqu'un d'autre !

— Et Arnaud, qu'est-ce qu'il en dit ?

Un pesant silence lui répondit d'abord. Puis :

— Il dit qu'avec tous les tuyaux qu'il m'a filés, si je ne suis toujours pas capable de séduire un homme, c'est que je suis irrécupérable.

Nathalie n'était pas loin de penser comme lui mais se doutait que le galeriste n'y avait pas été avec le dos de la cuiller. Ça n'était pas le moment d'enfoncer Emma un peu plus, aussi biaisa-t-elle :

— C'est-à-dire, ma chérie... dans la première phase d'une relation, les hommes sont plutôt dans la passion, la folie, l'aventure, le sexe, le moment présent. Bref, ils ne sont pas trop dans l'achat d'une cuisinière à induction ou d'un stérilisateur à biberons, tu vois.

— Je ne pouvais pas lui cacher que je voulais un bébé ! Ça aurait été malhonnête.

— Certes... Cependant, tu pouvais différer un peu l'information.

— Tu as raison. Vous avez raison, admit Emma d'une voix piteuse. Je suis une pauvre cruche. Oh, et puis, je ne parle que de moi alors que tu viens d'être opérée. Je m'autogave, je me navre. Donc, ils sont archi-sûrs que c'est bénin ?

— Sûrs et certains. Ils le savaient avant l'opération, grâce à la biopsie, mais il valait mieux enlever le kyste. En fait, ils te parlent de kyste pour ne pas affoler la bonne femme, mais il s'agissait d'une tumeur à ceci près qu'elle était bénigne. Enfin, j'ai eu la trouille de ma vie et j'ai récolté une belle cicatrice sous le sein... Heureusement que vous étiez là, les nanas. Sans cela, je crois que j'aurais pété un plomb.

— C'est à ça que ça sert, les amies. Les journées ne sont pas trop longues ?

— Non, les filles sont venues à tour de rôle et puis je regarde la télé, ça fait passer le temps.

Installée dans son magnifique bureau Art déco, les paupières rougies et lourdes de sa cuite et de sa crise de sanglots de la veille, Emma regretta sa phrase au moment même où elle la prononçait :

— Laurent n'est pas en France ?

— Si, si... mais il est débordé, il court d'une réunion à une autre, répondit Nathalie d'une voix hésitante.

Emma pensa que, décidément, elle était à baffer, saoule ou à jeun. Elle se rattrapa comme elle le put :

— Je passe papoter avec toi demain après-midi. J'apporte des gâteaux dégoulinants de cholestérol et de sucres simples. Les meilleurs. Euh… aujourd'hui, je suis pas mal défigurée par l'ivrognerie et le reste… je préfère me terrer.

Une fois la communication coupée, Nathalie fut reconnaissante à son amie de ne pas avoir insisté, posé des questions au sujet de Morgane et Julien. Son fils, qui étudiait aux États-Unis, avait sans doute oublié qu'elle était opérée. Sa fille, qui venait de trouver un stage dans une banque anglaise, l'avait, elle, brièvement appelée pour s'inquiéter : le virement mensuel que lui faisaient ses parents avait deux jours de retard. Une fois rassurée sur ce point crucial, Morgane avait lancé d'un ton détaché :

— Ah oui… Et toi tu vas bien ?

Sans même attendre la réponse, elle avait raccroché sur un :

— Bon, ben génial. Je te quitte… un boulot fou. Bises à papa.

Quant à Laurent, il l'avait déposée à l'hôpital le matin de son admission. Elle avait à peine refermé la portière que la voiture démarrait. Une réunion urgente. Il était passé en coup de vent le lendemain de son opération, cherchant de toute évidence quoi lui dire. Depuis, c'est-à-dire deux jours, il s'était fendu d'un bref coup de téléphone, sa voix haletant au rythme de sa marche comme il se rendait à un déjeuner d'affaires.

Nathalie se laissa aller contre son oreiller et ferma les yeux. Les points qui semaient en lune le dessous de son sein l'élançaient. Elle lutta pour refouler ses larmes. Merde ! Est-ce qu'elle s'était gravement plantée quelque part ? Est-ce qu'elle avait tout faux à force d'avoir voulu récolter un tout juste ? Elle luttait pied à pied depuis des années contre l'implacable constat qui tentait de se frayer un chemin dans son esprit. Elle était seule. Bordel, comme elle était seule ! Et ce n'était pas son statut de femme mariée, mère de deux enfants, qui y changeait quoi que ce fût. Elle avait été seule les trois quarts de sa vie, devenant peu à peu un meuble utile et confortable que, pourtant, on ne remarque plus. Non. Non, elle n'était pas seule. Elle avait ses amies. Quoi qu'il arrive, elles étaient là. Pour elle.

La journée se traîna en longueur. Elle zappa de chaîne en chaîne, passant d'une ineptie à une imbécillité, optant finalement pour un programme ukrainien parce que, au moins, elle ne comprenait pas ce qui se disait. Elle tenta ensuite de lire sans parvenir à s'accrocher aux lignes de son roman.

L'arrivée de Laurent à seize heures la surprit et lui fit un plaisir fou. Il avait dû partir plus tôt pour passer un peu de temps avec elle. Elle s'en voulut de ne pas s'être un peu coiffée, pomponnée. Elle se morigéna de ses pensées sinistres et égoïstes et les mit au compte de l'anesthésie. Quelle idiote !

— Mon chéri… Je suis tellement contente ! Tu as réussi à t'échapper ?

— Oui…

Embarrassé, il se tenait debout devant le lit.

Toute à sa joie de le voir, Nathalie mit quelques instants avant de percevoir sa gêne.

— Des ennuis au travail ? s'enquit-elle, un peu alarmée.

— Non… Oh non, je suis irremplaçable. Je ne crains rien. Et puis, je me défonce.

Soulagée, elle jeta dans un rire :

— Bon alors, tout va bien ! Assieds-toi, dis-moi, raconte tout à la pauvre alitée qui s'ennuie comme un rat mort.

Se balançant d'un pied sur l'autre, il évitait son regard avec soin. Il prit une longue inspiration, recula de deux pas et lança :

— Écoute, Nathalie… Euh, ce n'est sans doute pas le meilleur moment… mais bon, de toute façon, il fallait que ça sorte. Je… J'ai besoin de temps, d'espace… Bref… Enfin, je ne veux pas évoquer le divorce, pas encore, mais quand même… une séparation… Ce que je veux dire… c'est que je veux reprendre ma liberté… On reste amis… bien sûr… et puis, les enfants sont élevés… ce n'est pas si grave… et voilà.

Il sembla à Nathalie que le toit de l'hôpital, sans oublier les étages supérieurs, auxquels s'ajoutait le poids des scanneurs et de l'IRM, venaient de lui tomber sur la tête. Assommée, elle le fixait, incapable de donner un sens à ses paroles. Elles repassaient en boucle dans son cerveau, inintelligibles. Puis, leur meurtrier contenu s'imposa : Laurent la quittait. Il se passa une infinie fraction de seconde durant laquelle elle songea à se jeter par la fenêtre, à hurler comme un animal, à fondre en larmes, à se ruer sur lui pour lui arracher la peau du visage. Ce fut un souvenir de jeunesse, une voix grave de fumeuse qui la tira de ce maelström effroyablement douloureux, celle d'Hélène : « Tu vaux le meilleur, crétine ! Alors, tu arrêtes de penser que tu es une sous-crasse, parce que tu es un des plus beaux êtres que je connaisse. »

Une fureur comme elle ne croyait pas être capable d'en ressentir la jeta sur pieds. Elle s'avança vers Laurent qui recula, impressionné par le visage convulsé de rage de sa presque ex. Un rugissement :

— Espèce de pauvre minable… Espèce d'ordure… Tu crois que tu la dois à qui, ta foutue carrière ? (Le rugissement monta d'un cran :) J'ai lâché mes études pour m'occuper de toi, de tes envies, de tes ennuis, de tes problèmes, de ta baraque, de ton boulot, de tes mômes ! Où est-ce que je suis passée, là-dedans ? Toi, encore toi, toujours toi. Eux et encore eux. Et moi ? Qu'est-ce que tu croyais, sale type ? Tu espérais qu'avec l'opération je ne réagirais pas, que ça se passerait plus simplement pour toi ?

Une infirmière inquiète passa la tête par la porte et s'enquit :

— Ça va, Nathalie ?

— Vachement bien ! Mon mari profite que j'ai eu une tumeur au sein pour me lourder. Il a besoin d'espace, le pauvre chéri…

— Salopard ! cracha la dame en blanc avant de répandre la nouvelle dans le couloir.

Une cavalcade, un brouhaha, puis un vacarme. Vingt femmes, l'air teigneux, qui convergeaient vers la chambre de Nathalie. Une voix hargneuse surnagea, invitant à la curée :

— Où il est cet enfoiré de mes deux que je les lui couse en sautoir !

L'idée qu'il allait se faire lyncher par une horde de furies déchaînées s'imposa brusquement à Laurent. Il ne dut son salut qu'à la rapidité de sa fuite. Il bondit dans le couloir et se rua vers l'escalier de secours, laissant derrière lui une haie de pyjamas à fleurs et de nuisettes vaporeuses qui progressait comme une vague de fond, des femmes au visage fermé, mauvais, et manifestement prêtes à en découdre.

Ces dames se relayèrent ensuite au chevet de la laissée-pour-compte, lui prodiguant moult conseils, mises en garde, confidences, paroles de réconfort. Tout l'étage des femmes. Même celles qui avaient abandonné un sein ou les deux dans leur effroyable et épuisante guerre contre le cancer. Les cappuccinos, les thés au citron du distributeur suivirent les paquets de madeleines ou les barres chocolatées, histoire de la requinquer. Étrangement, en dépit de son envie de mourir, de la certitude que son univers venait de s'effondrer, un sentiment fugace envahit Nathalie : elle vivait là un des plus jolis moments de sa vie. Le pire, sans conteste, mais un des plus jolis. Vingt inconnues étaient devenues des amies, des sœurs d'un instant par le miracle de la compassion.

Clotilde, la dame à la voix de stentor, fromagère sur les marchés, celle qui se proposait de réarranger l'anatomie de Laurent, lança :

— T'as une mère ? une sœur ? des copines ? C'est le moment de les appeler, ma belle !

Emma, Hélène, Charlotte et Juliette s'étaient agglutinées, assises en grappe sur son petit lit. Un silence compact avait suivi la narration de Nathalie.

— Quelle ordure, murmura enfin Juliette. Je ne peux pas le croire !

— Et tu ne l'as pas pilonné ? s'offusqua Emma. Mais… mais, mais… je lui aurais arraché les yeux ! Je l'aurais foutu par terre et je lui aurais sauté sur le bide à pieds joints !

— Pour être franche, ça m'a pas mal coupé les jambes, expliqua Nathalie, en larmes.

— De toute façon, c'était un sous-nul, je l'ai toujours dit, hein les filles ? reprit Juliette. Un pauvre minable qui n'aurait jamais rien réussi sans toi.

Toutes opinèrent du bonnet avec conviction. Même si Juliette n'avait jamais rien dit de tel… eh bien, elle aurait pu. Même qu'elle aurait dû !

Fulminant, Charlotte s'emporta :

— Et ne te laisse pas avoir par des trucs psy à la gomme ! Le genre : « Tu étais castratrice, trop maternelle, j'ai besoin de retrouver mon âge d'homme, blabla », et je t'en tartine trois couches ! Ça, en ce moment, le psycho-schtroumf, c'est la panacée, la tarte à la crème. Comment se démerder pour que l'autre, la victime, devienne le coupable. Ça évite de se sentir foireux et de reconnaître qu'on a une autre nana… plus jeune, bien sûr. Parce que ça, en revanche, c'est vieux comme le monde et je te parie mon poids en marshmallows que c'est le cas de Laurent.

— Écoute-la, c'est une pro, renchérit Emma.

— Tu te défends bec et ongles. Tu récupères l'appartement et tu le lessives du maximum de fric, non mais ! éructa Juliette. Combien ? Vingt-cinq ans de bons et loyaux services ? Ça vaut ça.

Hélène n'avait pas desserré les dents depuis leur arrivée. Plongée dans une tempête émotionnelle, le genre de situation qu'elle maîtrisait fort mal, elle alternait entre l'envie de prendre Nathalie dans ses bras pour la consoler, et celle de pourchasser Laurent dans toute la capitale pour lui faire bouffer ses cartes de crédit et ses clefs de voiture. De force et de travers. Curieusement, alors qu'elle en avait beaucoup voulu à Frédéric, son ex-mari, d'être plein de choses sauf ce qu'elle souhaitait, il se métamorphosait en jardin de roses comparé à ce sale type de Laurent. Au demeurant, depuis qu'elle n'avait plus à supporter son ex légalement et ne le voyait que fort peu, ils s'entendaient plutôt bien. Un gars bien, Frédéric, mais tellement à côté de ses baskets qu'il en devenait épuisant. Le modèle qui pouvait sortir avec son slip sur la tête convaincu qu'il s'agissait de la capuche de son vieux caban. Un dessinateur de BD. Le cauchemar pour une femme qui adorait l'ordre et l'organisation.

Incapable de verbaliser ses sentiments, en pleine confusion mentale, elle s'écria :

— Quel enc…! Enfin… je veux dire… Quel enfoiré !

— Ouais, approuva Emma. Je vote pour la version crue ! prouvant par là que la fréquentation des chauffeurs lui avait permis d'acquérir un beau répertoire classique, capable de rivaliser avec celui que l'on apprend dans les filières scientifiques.

— Oh non, les filles, ce que vous pouvez être vulgaires quand même ! s'insurgea Juliette. Bon, d'Hélène… mais ça m'étonne de toi, Emma.

— Non, non, je rectifie, protesta Hélène. Nous sommes grossières. Enfin moi, surtout. Lui est vulgaire. Annoncer à sa femme qu'on la quitte alors qu'elle sort juste du bloc opératoire, ça c'est le comble de la vulgarité !

— J'adhère ! lança Emma. La grossièreté est un tic de langage, plutôt marrant. La vulgarité, c'est une sale maladie de l'âme et c'est incurable !

Un long silence suivit, chacune remâchant sa hargne et ses plans A destinés à déciller Laurent, à le ramener au bercail et au galop, plans tous plus échevelés et délictueux les uns que les autres. Emma se voyait rouler sur les jambes du félon, au volant de l'une de ses énormes Mercedes. Il finissait dans un fauteuil roulant, avec ses pauvres petites gambettes enveloppées d'un beau plaid, trop content que Nathalie s'occupe de lui jusqu'à la fin de ses jours. Bien sûr, Emma prévoirait un antalgique puissant afin qu'il ne souffre pas durant son transfert à l'hôpital. On n'est pas des brutes, quand même ! Ils formeraient un couple si attendrissant. Une belle histoire de dévouement. Charlotte suivait une direction plus soft. De séance en séance, elle poussait Laurent à bout de sa résistance nerveuse, lui démontrant, preuves à l'appui, d'une voix suave quoiqu'un peu attristée, à quel point il était nul. Un rien du tout sans sa femme. Du coup, il réintégrait, penaud, le domicile conjugal. Juliette cherchait fébrilement comment elle pouvait convaincre l'odieux lâcheur de sa colossale bévue. L'esthétique, même haut de gamme, n'offrait pas grande possibilité. Ce n'était pas avec une stone-therapy ou un micropeeling aux ions négatifs qu'elle ferait entrer dans la tête de Laurent que Nathalie était la femme de sa vie, la seule. À bout d'idées, elle décida d'en discuter avec sa fille. Bénédicte jouissait d'une imagination délirante. Elle trouverait une solution. Quant à Hélène, les molécules avaient toujours été ses alliées. Elle les connaissait comme sa poche. Il existait d'excellents antitestostérone. Elle transformait Laurent en eunuque chimique, de façon transitoire. La débandade au propre et au figuré. Sa petite nana se lassait et il retournait chez sa femme. Tout rentrait dans l'ordre. CQFD.

Nathalie se sentait mieux. C'est une chose de se dire que l'on a raison, c'en est une autre de le savoir à coup sûr. La présence de ces femmes, si dissemblables, liées par leur tendresse et leur fidélité les unes envers les autres, l'apaisait. Laurent et ses enfants avaient tort. Elle n'était pas une quantité négligeable. Elle valait quelque chose, quelque chose d'important puisqu'un seul coup de téléphone avait réuni autour d'elle quatre amitiés que rien, ni le temps ni la vie, n'avait distendues.

Emma, assez convaincue par son plan A, celui de la Mercedes, mordilla son ongle artistement limé en carré et lâcha d'une voix pénétrée :

— Il va revenir. Je t'en fiche mon billet.

— Juste, approuva Juliette.

— Et plus vite que ça, renchérit Charlotte.

Hélène ouvrit la bouche, aussitôt interrompue par Nathalie qui protesta avec vigueur :

— Ça va pas la tête ? J'en veux plus de ce pauvre type ! Quoi ? Il me balance comme une vieille chaussette et il faudrait que j'attende qu'il me reprenne parce qu'il ne trouve plus la paire neuve ? Qu'il aille se faire voir, oui !

— Tu as raison ! acquiesça Charlotte. Non mais, d'abord !

— Parce que moi, les filles, ma vie n'est pas finie ! Et même qu'elle va commencer. J'ai torché, servi, nourri, soigné, consolé tout le monde. Je les ai portés à bout de bras. Je ne le regrette pas. Mais maintenant, c'est moi qui compte. À 45 ans, il est temps.

— T'es géniale, ma chérie ! s'enthousiasma Hélène.

— Et… qu'est-ce que tu vas faire… enfin, je veux dire, ta nouvelle vie… tu la vois comment ? demanda Emma pour qui Nathalie avait toujours été l'exemple parfait. La femme, la mère, comblée.

— Je vais écrire. J'en ai toujours eu envie. Je vous rappelle que j'allais passer une licence de lettres quand j'ai épousé Laurent et abandonné mes études.

— Écrire… Quoi ? Tes Mémoires ? s'informa Charlotte un peu estomaquée.

— Non. De la littérature féminine.

— Quoi ? Princes charmants gommeux, mignonnes bergères avec quatre neurones infoutus de s'allumer en même temps, le tout sur fond de violons ? s'insurgea Hélène. File-moi le Lexomyl tout de suite !

Nathalie ne s'offusqua pas. Venant d'Hélène, un jugement contraire l'eût étonnée. Pédagogue, elle expliqua en se rencognant contre son oreiller :

— Écoutez-moi. À votre avis, c'est quoi Jane Austen et les sœurs Brontë ? De la littérature féminine.

— Oh, comme tu y vas ! protesta Hélène. Là, je suis désolée, mais on est dans la littérature, la vraie. Bref, la littérature tout court.

— Réfléchis. Pense à Austen ou à Brontë : je t'aime, tu m'aimes. Je soupire parce que je crois que tu ne m'aimes pas, j'hésite, je souffre, tu souffres et tout finit bien après plein d'emmerdements. *Jane Eyre* et *Raison et sentiment*. Ou alors, ça se termine mal et je vivrai ma vie entière avec cet enfer, *Les Hauts de Hurlevent*. Bref, tu as peur, tu pleures, tu ris et c'est beau. C'est la vie comme elle devrait être, c'est-à-dire largement moins barbante que le CAC 40, le tiers provisionnel ou les engueulades avec le patron ou le garçon boucher. La grosse différence, qui en fait des chefs-d'œuvre de la littérature tout court, comme tu dis, c'est que ces dames écrivaient et pensaient admirablement bien. C'est ce que je vais tenter de faire.

Une sorte de recueillement accueillit cette tirade, chacune pesant le pour et le contre. Hélène haussa les sourcils de surprise. *Orgueil et préjugés* et *Jane Eyre* faisaient partie des monuments de sa bibliothèque. Pourtant, elle n'y avait jamais songé sous cet angle. Toutefois, en amoureuse des faits et de la logique, force lui était d'admettre que Nathalie n'avait pas tout faux. Loin de là. Or donc, ne voilà-t-il pas qu'elle se retrouvait fan de littérature féminine sans jamais l'avoir soupçonné ? Un choc. Choc partagé si elle en jugeait par les mines concentrées des autres.

Juliette fixait Nathalie comme hypnotisée, produisant parfois de curieux petits bruits de lèvres, au point que l'objet de sa fascination s'inquiéta :

— Tu n'es pas d'accord ?

— Si… Oh si… Attends, *Les Hauts de Hurlevent*… Je ne peux même plus regarder le film avec Merle Oberon, je commence à sangloter dès le générique de début.

— Moi, c'est *Autant en emporte le vent*, avoua Charlotte, et pourtant, je l'ai vu cent fois. « Je n'aurais plus jamais faim », mima-t-elle en levant son petit poing, l'air farouche. Et quand elle tombe dans les escaliers…

— Ah, arrête… Quelle angoisse… gémit Emma. Et lui qui balance : « Franchement, ma chère, je n'en ai plus rien à faire. » Quelle horreur ! Bouleversant.

— Hélène ? demanda Nathalie.

— Ouais, c'est poignant, je ne peux pas dire le contraire, grogna-t-elle. Moi, c'est pareil. *Autant en emporte le vent*, ça me retourne. Mais bon, la vie ce n'est pas que ça. C'en est même assez loin, souvent.

— Bien sûr, on le sait toutes. Donc, nous sommes d'accord ?

Toutes opinèrent avec vigueur.

Nathalie reprit :

— Dans ce cas, pourquoi me regardais-tu comme si je venais de sortir une bordée d'obscénités bien tassées, Juliette ?

L'intéressée rougit jusqu'aux oreilles et piqua du nez.

— Euh… Eh bien… C'est-à-dire… s'embourba-t-elle avec brio.

— C'est pas trop clair, jusque-là, intervint Emma en enfonçant le clou avec une belle inconscience.

Une déglutition pénible lui répondit. Les larmes étaient montées aux yeux de Juliette.

Forte de son sens psychologique d'éléphante adulte, Hélène mit à son tour les pieds dans le plat :

— C'est vrai que, pour l'instant, on ne voit pas complètement. Qu'est-ce que tu voulais dire, Juliette ?

Juliette, rouge comme une tomate, semblait prête à exploser ou à s'envoler vers le plafond de la chambre tel un ballon gonflé à l'hélium.

— Vas-y… On est entre nous, l'encouragea Hélène.

— J'aime beaucoup… la littérature féminine, hoqueta l'esthéticienne de luxe. Enfin… je veux dire… j'en lis pas mal…

— *A priori*, et en mélangeant les définitions, on a l'air toutes d'accord sur le sujet. Pourquoi tu t'affoles comme ça ? tenta de la calmer Charlotte en adoptant sa voix pro.

Juliette la considéra avec un regard de noyée qui vient de se rendre compte que sa bouée est percée et qu'aucune rustine ne se trouve à portée de main. Bon, tant qu'à boire la grosse tasse, du panache, encore du panache, toujours du panache ! Elle se lança :

— … Du coup, je me suis intéressée aux auteurs. Enfin aux auteureuh…

— Il s'agit d'un intérêt légitime, la rassura Hélène, ne voyant absolument pas où elle voulait en venir.

— … Sur Internet… Parce que ce sont des femmes bien sûr. Enfin, il paraît qu'il y a aussi quelques hommes qui écrivent sous pseudo féminin.

— Certes, et… ? tenta pour l'encourager Nathalie, qui était aussi perdue qu'Hélène.

— Eeeet… Elles sont toutes… super. Euh… enfin surtout les Anglo-Saxonnes… Gaulées, quoi… Ooooh… la cata !

Un autre silence s'installa, mélange d'incompréhension pour les plus naïves (à mettre au singulier et à réserver à Nathalie) et de consternation pour les autres. Emma s'éclaircit la gorge de quelques petits raclements très artificiels, Hélène se prit de passion pour la contemplation des lattes du store, Charlotte plongea dans son sac à la recherche d'un mouchoir en papier. Juliette, mains crispées sur les genoux, avait de faux airs de sainte Blandine juste avant le supplice. Nathalie qui, de toute évidence, n'avait pas intégré toutes les subtilités du message subliminal que cette dernière venait de lui envoyer (Juliette, pas sainte Blandine), attendait la suite, un vague sourire aux lèvres. Charlotte, forte du mouchoir qu'elle serrait au creux de sa paume comme si elle voulait l'étrangler, réfléchit à toute vitesse. Qui aimait-elle ? Biscuit, son vieux matou adoré, était mort deux ans auparavant. Une fabuleuse histoire de passion. Une passion morte d'une crise d'urémie. Une passion, cependant, qu'elle n'oublierait jamais. Qui aimait-elle aujourd'hui ? Certainement pas tous les cas rissolés qu'elle s'était ramassés au cours des dix dernières années. Car Charlotte avait le chic pour s'amouracher – plus ou moins platoniquement – de ses patients les plus timbrés et/ou les plus insupportables et/ou les plus égotistes et/ou infantiles et/ou maniaco-dépressifs et/ou les plus épuisants. Et ça faisait du monde ! Cette accumulation systématique aurait dû l'alerter sur un fonctionnement psychologique pas totalement limpide. Toutefois, l'heure n'était pas à l'autoanalyse. Or donc, qui aimait-elle ? Ces quatre femmes qui meublaient son désert, qui ne l'avaient jamais déçue ni trahie. Quand on aime, on n'hésite pas. On se retrouve exposé, vulnérable, en petite culotte s'il le faut, mais on y va.

— Tu marques un point, Juliette, attaqua-t-elle. Elles sont toutes sublimes, il faut le dire. Bon, selon moi, pas mal ont été aidées par un excellent chirurgien esthétique. Peu importe. Je suppose que c'est une obligation professionnelle pour ces femmes. Comme pour les actrices. Il est clair que si tu inventes des histoires d'amour palpitantes et décoiffantes, aussi littéraires soient-elles, tu ne peux pas ressembler à un tas avachi. C'est pas vendeur, quoi.

Un soupir de soulagement de Juliette accueillit ce renfort. Quant à Hélène, elle songea qu'elle aurait difficilement pu faire pire, même en fournissant un gros effort ou avec trois whiskies dans le nez. Se tournant vers la psychanalyste, elle marmonna à son seul bénéfice :

— La prochaine fois, préviens-moi. Je l'assomme avant. Je suis violemment opposée à la vivisection. Y'a combien de suicides chaque année dans ton cabinet ?

Brusquement, Nathalie comprit les insinuations qui s'échangeaient depuis un moment. Son visage se brouilla comme celui d'une petite fille malheureuse et elle remonta le drap sous son menton, les fixant de son joli regard noisette.

— Un tas avachi ? murmura-t-elle, désespérée.

— Mais non… Elle raconte n'importe quoi… l'héritage d'un freudisme fossilisé. Ajoute à ça un zeste de lacanisme et t'as tout compris, s'emporta Hélène en foudroyant la psychanalyste du regard.

— Je suis au-delà des dogmes, dans la mouvance, se défendit cette dernière.

— Mouvance, mon… fesse, oui ! Tu ne veux pas non plus lui faire l'injection létale ? Comme ça, on sera sûres qu'elle n'a aucune chance de s'en sortir entre l'opération, son abruti de mari et ses gosses qui ne sont même pas foutus de l'appeler pour prendre de ses nouvelles.

— Je vous en supplie, ne vous disputez pas, les filles. Je ne suis pas un bébé et je peux écouter ce que vous avez à me dire. Je sais que rien n'est méchant venant de vous, que vous le faites pour m'aider. Alors même si c'est déplaisant, on y va.

— Ah, chérie, ce que tu es brave, souffla Emma en lui prenant les mains. Quand je serai grande, je veux devenir comme toi.

— J'ai dit : on y va, répéta Nathalie en vrillant Juliette du regard.

Celle-ci prit son courage à deux mains et commença d'une voix qu'elle espéra professionnelle et autoritaire, mais point trop n'en faut :

— Tu sais que je t'aime très fort. (Nathalie acquiesça d'un mouvement de tête.) Tu m'as sauvée de la ferme du Gazou-gazou avec l'aide d'Hélène. Vous avez aussi sauvé ma fille que j'aurais perdue sans vous, et ça, je n'aurais jamais pu m'en remettre. Vous m'avez retrouvée fanée, vieillie, moche, pathétique, décérébrée. (Nouveau mouvement de tête de Nathalie.) Donc, ça va faire mal, mais c'est pour ton bien et tu ferais la même chose pour moi. Je veux, nous voulons que tu deviennes une célébrissime auteure, que ce pauvre type de Laurent en bave des ronds de chapeau, qu'il se morde les doigts de regret. Et tu nous inviteras dans des palaces, dans le monde entier. On sera ton assistante à tour de rôle. Cramponne-toi… Tu es trop grosse… synonyme de grasse. Tu t'es laissée aller. Tu as une peau affreuse. Ta coiffure est monstrueuse et tes cheveux sont ternes et cassants. Tu es négligée… regarde tes ongles. Tu as l'air avachie. Avachie et pas à ton avantage. Pourtant sous cette débâcle, tu es une très jolie fille. (Elle ferma les yeux et plaqua les mains sur sa bouche, gémissant :) Oh, chérie, je suis désolée, je me déteste.

— Personne n'a un peu de whisky ? flûta Nathalie, blême jusqu'aux lèvres.

— J'ai ! lança Emma en extirpant une flasque en argent de son magnifique fourre-tout en daim assorti à ses escarpins.

Devant le regard sidéré des autres, elle protesta :

— Ben quoi… Ça peut servir ! La preuve. J'ai aussi des sparadraps, ça ne veut pas dire que je m'en colle partout sur la figure !

Après une longue, très longue rasade, un peu de couleur revint aux joues de Nathalie. Elle déglutit, soupira et déclara, royale, impériale, même :

— Il est vrai que lorsqu'on aperçoit le haut de mon string, c'est que la fermeture Éclair de mon pantalon vient de lâcher sous la poussée. Il n'est pas non plus faux d'affirmer que cet abruti de crayon ne glisse plus lorsque je le place sous mes seins. Même que je coince la trousse entière, maintenant. Bon, on commence par quoi ?

— Quelle classe ! s'émerveilla Charlotte.

— Un galion espagnol ! commenta Hélène.

— Une battante ! renchérit Emma.

— Notre poupée Barbie, se réjouit Juliette. On passe au plan B. Le re-birthing de Nathalie ! Ça va saigner. Une icône, je vous dis. On va en faire une icône sublime.

Prise d'un doute, Hélène préféra en avoir le cœur net :

— Tu ne nous la transformes pas en Paris Hilton, n'est-ce pas ?

— J'ai dit « icône » et « sublime », s'énerva Juliette.

Parking d'un immeuble parisien, une semaine plus tard.

Gérard Malbert fulminait. Quelle conne ! Voyant sa Mini verte garée dans le parking, il s'était convaincu qu'elle serait chez elle. Il avait frappé, sonné, tambouriné sur la porte à double battant, en vain. S'efforçant au calme, adoptant la mine d'un gentil débile, il avait dévalé l'escalier jusqu'à la loge du gardien qui lui avait affirmé qu'elle ne rentrerait pas avant la mi-juin. Quelle gourde, il la détestait. Partir comme ça, sans prévenir. Pour être juste, peut-être l'avait-elle averti. Toutefois, comme il n'écoutait jamais ce qu'elle lui disait, c'était entré par une oreille et sorti par l'autre.

Une sourde angoisse tempéra sa fureur. Qu'allait-il faire maintenant ? Le jeu était serré, dangereux, très, mais sans cela, il n'y aurait pas eu autant d'argent à la clef. Pour l'instant, ses airs de pauvre type pas trop futé avaient berné tout le monde. Il n'était qu'un exécutant, un moins que rien. Il fallait que tous continuent à le croire. Il raflait la mise, tondait tout le monde et il se volatilisait. Fini les entourloupes minables, les coups foireux, les petits gagne-pain, les escroqueries bas de gamme. Il changeait de nom, s'installait en Argentine ou ailleurs, et à lui la vie, la vraie. Pas mal de gens risquaient d'y laisser leur peau. Et alors ? On ne fait pas d'omelette sans casser d'œufs, et tant qu'il ne s'agissait pas de sa peau à lui, les dommages collatéraux, comme on dit, le préoccupaient peu.

Une joie mauvaise fit sourire Gérard Malbert. Des crétins, tous. Elle aussi, une crétine grand modèle. Le gentil Gérard, avec son sourire vacillant, son regard de chien battu, ses épaules rentrées et sa voix hésitante, le pauvre type qu'on avait envie de consoler tant il avait collectionné de misères et d'ennuis – tout droit sortis de son imagination –, allait leur faire un bras d'honneur qu'ils mettraient longtemps à oublier. Lorsqu'on doute d'avoir le dessus, il faut toujours flatter les gens dans le sens du poil, leur montrer à quel point ils vous sont supérieurs. Ils n'y résistent pas et se sentent soudain des tendresses de grand frère à votre égard, même ceux qui n'hésiteraient pas à vous faire trancher la gorge dans d'autres circonstances. Cette stratégie avait toujours réussi à Gérard, surtout avec les femmes. Dans leur cas, il faisait vibrer la corde maternelle et devenait le pauvre petit garçon malmené par l'existence.

Un bruissement dans son dos. Il se retourna d'un bloc, plissa les paupières, tentant de discerner une forme dans la semi-pénombre trouée par les veilleuses du parking. Un épais silence l'environnait, rythmé par le ronronnement anesthésiant de l'air conditionné. Rien. Il était un peu sur les nerfs.

Il extirpa ses clefs de voiture en lançant un regard meurtrier à la Mini verte, résistant à l'envie de la vandaliser, et se dirigea vers les quelques places réservées aux visiteurs. L'écho de ses pas sur le béton cru du sol résonnait de façon étrange, se répercutant contre les lourds piliers de soutènement.

Le claquement sec des serrures de portière qui se déverrouillaient fut la dernière chose qu'entendit Gérard Malbert. Pas tout à fait. Un souffle puissant, un mouvement d'air. Une chose très fine, très dure, impitoyable, s'enroula autour de sa gorge. Il lutta, tentant de donner des coups de pied, de coude, de saisir l'agresseur plaqué contre son dos. Le souffle, maintenant heurté, de l'autre balayait son cou. Le lien froid se resserra brutalement. Gérard sentit que quelque chose cédait dans sa gorge. Un flot de sang lui monta aux lèvres. Il ouvrit grand la bouche, s'évertuant à forcer l'air dans ses poumons. Le sang, tiède, coula sans hâte vers son menton. Son cerveau s'obscurcit. Ses jambes lâchèrent sous lui. Il s'effondra, déjà mort.

Emma, la même semaine, plus tard.

Tétanisée derrière son bureau, le regard halluciné, la bouche entrouverte, Emma était en apnée depuis un bon quart d'heure. L'entrée de sa collaboratrice, Cynthia, l'encouragea à reprendre sa respiration pour éviter l'asphyxie cérébrale.

— Emma… il attend. En bas. Ça fait un quart d'heure… Euh… y'a quelque chose que je ne sais pas ? C'est un gros client, quand même !

— Mouipfff, bafouilla sa patronne. Euh… j'y vais. J'y vais…

Cynthia sortit avec la certitude qu'en effet elle avait raté un bout du film.

Flirtant avec l'incohérence « totale attitude », Emma passait par des bourrasques hormonales fort contradictoires. Adrénaline et cortisol chahutaient sévère dans ses veines. « Je fonce, je dévale l'escalier et je lui tends la main sur un grand sourire conquérant en prétendant n'avoir conservé aucun souvenir de ma prestation calamiteuse au restaurant » *versus* : « Je rampe sur les coudes, façon *GI Jane* dans la brousse, le long de la mezzanine où est installé mon bureau pour qu'il ne me voie pas et je me débine par l'issue d'incendie. » Aucune des deux stratégies ne remportant ses suffrages, elle était coincée, incapable de décrisper un doigt de pied depuis un quart d'heure. Elle appela à la rescousse la mauvaise foi d'Hélène : « Je ne suis pas de mauvaise foi. Ce n'est pas ma faute si j'ai toujours raison » ; le calme olympien de Nathalie : « Ma pauvre chérie, quand tu as compris que tes énervements n'émouvaient plus personne, il te reste le calme » ; l'art de noyer le poisson dans l'eau de Charlotte : « Quand un poisson se noie, ça le surprend tellement qu'il te fout la paix cinq minutes ! » ; l'extraordinaire faculté de Juliette d'avoir le regard en permanence fixé sur la ligne bleue des Vosges : « Quand tu ne vois pas, ne comprends pas, tu n'as plus besoin de fâcher personne. Tu passes pour la gourde d'esthéticienne mais tu t'évites le stress. » Forte de cette osmose, Emma se leva d'un élan. D'une allure qu'elle espéra royale mais naturelle, elle sortit de son bureau et longea la passerelle métallique jusqu'à l'escalier. L'apercevant en haut des marches, une main sur la rambarde en câbles d'usine, Jon Norman leva le visage vers elle. Elle descendit sans hâte, se programmant un sourire chaleureux mais avant tout commercial. Un monument de sérénité donc, alors qu'un petit spasme nerveux agitait la commissure de ses lèvres, que son cœur battait la chamade, que ses paumes devenaient moites – elle ne lui tendrait pas la main – et qu'une terrible envie de faire pipi la prenait. L'émotion. Il l'attendait en bas de l'escalier, un indéfinissable sourire aux lèvres. Un doute affreux effleura Emma : pas un sourire amusé ou, pire, narquois, quand même !

— Comment allez-vous, Emma ?

— Bien, très bien. Et vous ?

— On ne peut mieux.

— En quoi puis-je vous être utile, Jon ? Besoin d'une voiture ? s'enquit-elle de sa voix la plus professionnelle en prenant soin de formuler des phrases courtes de crainte d'un lamentable couac.

— Je vous en ai loué une pour la durée de mon séjour à Paris. Deux seraient sans doute superflues pour la même personne, rétorqua-t-il.

Ah non… Là, c'était certain, son ton frisait l'amusement. Un comble ! Comment pouvait-il se distraire alors qu'elle sentait ses jambes se raidir de panique ? Allez, ma fille. Un peu de colonne vertébrale, s'admonesta-t-elle. On se tient droite, on lève la tête et on ne s'en laisse pas conter !

— Vous m'offrez un café ou je suis devenu *persona non grata* ?

— Non, non... *grata* tout à fait, s'emmêla-t-elle. Montez...

Il la suivit dans l'escalier.

Le chuchotement de la machine à expresso installée dans son bureau rythma leur silence. Elle sentait le poids de son regard dans son dos comme elle prétendait s'activer avec les tasses, les soucoupes, les touillettes, le sucre, pas de sucre, l'édulcorant. Le doute se faisait tenace : il prenait son pied l'animal, à la voir s'enfoncer jusqu'au cou dans la moquette ! Bon, d'accord, elle s'était ridiculisée au-delà du supportable. Toutefois, il aurait pu avoir l'élégance de prétendre l'amnésie. Une bouffée de colère la retourna et elle lui balança presque la tasse fumante sur les genoux. Elle posa une fesse rageuse sur le plateau de son bureau et le fixa, lèvres pincées.

De toute évidence plongé dans une intense réflexion, il dégusta une gorgée de café et commença d'un ton paisible :

— Vous savez comme les Américains manquent de subtilité...

— Ah bon ? l'interrompit-elle, hargneuse.

— C'était censé vous détendre ou vous faire sourire. Tant pis. On passe à autre chose. Pourquoi est-ce toujours aux hommes de se dépêtrer avec ce genre de sac de nœuds ?

— Sans doute parce que vous ne pouvez pas avoir tous les avantages, lâcha-t-elle, toujours aussi aimable.

Il soupira, ne la quittant pas du regard :

— Bon... Ça ne va pas être facile. (Il pouffa, ce qu'Emma trouva terriblement déplacé étant donné son état de nerfs à elle.) Écoutez... (Ça y est, il lui faisait le coup du sourire ravageur, l'arme fatale. Elle se cramponna à sa feinte dignité.) J'ai trouvé votre... légère ébriété absolument délicieuse, charmante... J'ai beaucoup regretté que vous ne goûtiez pas le millefeuille de pistache aux fraises. Sublime.

Elle commençait à se fendiller de l'intérieur. D'un ton penaud, elle murmura :

— Vous voulez parler de ma soûlographie catégorie poids lourds ?

— Disons que vous étiez un peu éméchée. Ça arrive aux meilleurs d'entre nous. L'alcool vous rend tendre, c'est plutôt un excellent point, non ? Donc, je suis venu vous proposer de rembobiner le film et de recommencer. Quel soir êtes-vous libre ?

Oh, qu'il était craquant. Elle fondait. Mais TOUS les soirs, imbécile ! Au lieu de cela, elle déclara :

— Euh… la semaine est un peu chargée… Disons… vendredi.

Ah mince… elle allait devoir attendre quatre jours. Ce qu'il ne faut pas faire, quand même !

Charlotte, la même semaine, plus tard.

Avançant à pas de loup dans son appartement, guidée par la lueur de sa torche, Charlotte passa dans son dressing pour s'habiller. Elle prendrait sa douche et boirait un café en rentrant. Elle s'installa sur le siège des toilettes, crispant ses abdominaux façon Pilates pour faire pipi en mince filet, en se répétant qu'elle ne devait surtout pas tirer la chasse d'eau. Elle jeta un regard à sa montre. Quatre heures du matin. Le taxi, commandé pour quatre heures trente, l'attendrait deux rues plus loin. Prenant garde de ne rien laisser tomber, ses chaussures à la main, elle souleva comme une plume l'énorme sac de voyage renflé, qu'elle avait bourré hier de boules de papier journal. Il faudrait qu'elle ait l'air de peiner sous le poids, pas trop quand même pour ne pas risquer qu'un galant homme – s'il en restait un dans les parages – lui propose son aide. Le gars risquait la surprise de sa vie. L'oreille aux aguets, elle entrouvrit la porte palière. Elle leva un visage revanchard vers l'étage des Valières. Maudits voisins, le Dupin du dessous ne valant pas mieux. Elle leur devait une semaine de pur cauchemar ! Mais pourquoi avaient-ils reporté leurs vacances, ces abrutis ? Elle avait dû rester terrée chez elle, ne répondant pas au téléphone, rampant comme une pauvre limace, n'allumant ni lumière, ni télévision de peur de se faire repérer, ne pouvant utiliser la cuisine, les toilettes ou la salle de bains que lorsque ces traîtres étaient partis au travail, s'alimentant de maquereaux au vin blanc, dont elle semblait avoir accumulé une provision presque illimitée. Étant parvenue à la conclusion qu'elle ne résisterait pas une autre semaine à cette claustration, elle avait décidé de prétendre qu'elle avait été contrainte d'écourter son séjour en Arabie saoudite.

Bon. Il ne lui restait plus qu'à tuer le temps en attendant les fatidiques huit heures dix, heure à laquelle le couple Valières partait travailler. Elle se les encadrait et claironnait ainsi son retour.

S'étant fait déposer par le taxi à la gare Montparnasse, elle s'installa en terrasse de la brasserie du premier niveau et engloutit café derrière thé, derrière jus d'orange, sous l'œil un peu surpris d'un serveur mal réveillé. Enfin, l'heure de son salut arriva et elle sauta dans un autre taxi pour se faire reconduire chez elle.

L'ascenseur descendait lorsqu'elle posa son sac devant la porte en fer forgé. Les Valières, mâle et femelle.

— Quelle surprise ! s'exclama madame de son ton nasillard.

— Oui… La poisse. Mon mari a été appelé en urgence sur un chantier, en plein désert. Un oléoduc qui se fissurait. Il ne savait pas pour combien de temps il en aurait et j'ai préféré rentrer. Je ne connais personne là-bas.

Charlotte produisit un assez joli soupir de déception.

— Pas de chance, grommela monsieur que la nouvelle laissait parfaitement indifférent.

— Vous n'êtes pas tellement bronzée, reprit madame.

— Il fait si chaud dans ces pays… personne ne s'expose.

— Bon, lâcha Valières, soudain impatient. Ben, vous aurez quand même profité de votre mari durant une grosse semaine.

— Tout à fait. Bonne journée.

Remplie d'allégresse, enfin libre, Charlotte fit claquer la porte de son appartement, résonner ses talons sur le parquet. Elle se paya le luxe suprême d'un énorme pipi bruyant-cascadant – fruit des cinq thés et cafés descendus plus tôt – et prit une longue douche en vociférant : « Je suis maladeuh… Complètement maladeuh… t'entends, je suis malââàhâââdeuh… »

Hélène, la même semaine, plus tard.

Le regard gris acier s'était assombri d'une rage meurtrière. Les mâchoires crispées de fureur, Hélène serrait la lourde clef à molette au point que ses phalanges avaient blanchi. Elle résistait à la folle envie de l'abattre de toutes ses forces, de saccager, de détruire, de pulvériser, de se venger. Elle transpirait de colère. Une petite voix intérieure la mit en garde : elle allait commettre l'irréparable et elle risquait de le regretter amèrement. Du coup, elle jeta son arme improvisée et alluma une cigarette d'une main tremblante. Une longue bouffée la détendit un peu.

Bon, reprenons. Elle avait bac + 11 et un CV scientifique prestigieux et long comme le bras. En d'autres termes, *a priori* et même *a posteriori*, elle était parfaitement apte à changer ce foutu joint de robinet ! La longue bordée d'injures qui suivit, graphique et pleine d'inventivité, lui calma un peu les nerfs. Le robinet de l'évier, bien que s'étant fait traiter de tous les noms, ne bronchait pas et la narguait.

Prendre le problème de façon scientifique : posée, objective, rationnelle.

Au bout d'une nouvelle demi-heure d'efforts et d'énervement, durant laquelle elle insulta de nouveau copieusement le robinet, le gifla, puis le supplia de se laisser faire, lui promit qu'elle retirait toutes les méchantes choses injustes qu'elle avait proférées à son sujet, la fuite, de goutte à goutte, s'écoulait maintenant en filet. Ce truc lui en voulait. Personnellement. Il n'y avait pas d'autre explication. Bien, elle le haïssait – le robinet –, et elle appelait le plombier, dans cet ordre. Avec un peu de chance et beaucoup de charme, celui-ci se déplacerait peut-être dans trois mois. Il arriverait enfin en protestant, grommelant, répétant que « c'était bien parce que c'était elle », et lui pomperait cent cinquante euros – l'essence pour le déplacement est devenue tellement chère – pour dix minutes de boulot. En plus, il faudrait qu'elle le remercie avec un grand sourire au cas où elle aurait encore besoin de lui. Pas juste !

Un cognement contre la porte la tira de ses pensées funestes.

Vivien, son voisin de palier, pénétra, l'air endormi mais toujours aussi jovial. Vivien sous-louait depuis trois mois l'appartement mitoyen de celui d'Hélène, dont le légitime propriétaire – Didier Santoni, excellent ami de Frédéric, l'ex-mari d'Hélène, et bon copain dudit Vivien – était en poste aux États-Unis. Vivien était plutôt très sympa, quoiqu'un peu collant dans le genre « Maman, ma brosse à dents est tombée dans la cuvette des toilettes. Qu'est-ce que je dois faire ? ». Pas mal non plus. Une sorte de grand nounours châtain clair, aux cheveux mi-longs, à la barbe de deux jours – même après une semaine –, un peu beaucoup lunaire et gentil comme un cœur. Vivien vivait de petits boulots : nounou, moniteur de centre aéré, dog-sitter, garde-malade, etc. Cette vie lui convenait comme un gant. Il faisait partie de ces êtres bienheureux, bienveillants, que rien n'a jamais fâchés contre l'existence ou les autres. Rare et reposant. Il avait cinq ans de moins qu'Hélène et elle se sentait une sorte d'attendrissement de grande sœur pour lui. Sauf aujourd'hui. Aujourd'hui était un jour de grande désillusion, d'humiliation, et Hélène détestait les échecs.

— J'te dérange pas, là ? lança Vivien en se dirigeant vers la cuisine.

Difficile de répondre : « Si, casse-toi ! » Elle l'aimait bien.

— Non, Non.

— Je viens de m'apercevoir que j'ai pas de café et plus de lait non plus. Et puis, j'ai oublié le pain, hier. D'ailleurs, y'a pas de beurre dans le réfrigérateur et la confiture est toute moisie. Un petit jus-tartine, ça t'embêterait ?

— Pas du tout, répondit-elle en forçant un sourire, clef à molette en main.

La scène se reproduisait presque quotidiennement, avec des variantes, toutefois : la lessive, le papier hygiénique, le shampooing, le dentifrice, l'huile, ou un dîner complet, etc. Bref, elle s'improvisait supérette et parapharmacie pour son mignon voisin dont elle finissait par se demander s'il rebranchait bien tous ses neurones chaque matin au réveil. Car Vivien était intelligent, fin, leurs conversations l'avaient prouvé à Hélène. Manque de bol, il était sorti du même moule que Frédéric, son ex-mari. Le moule qui ne sait pas qu'une facture de téléphone, ça ne se froisse pas en boule dans une poche de pantalon qu'on fourre ensuite dans la machine à laver. Ça se paie avant qu'on vous coupe la ligne. Le moule auquel il manque la case pour intégrer qu'un flacon de shampooing vide, ça ne se rebouche pas avec soin et ça ne se repose pas sur le rebord de la douche. Ça se jette de sorte que l'autre ne se rende pas compte, une fois nu et trempé, qu'il lui faut ressortir, traverser l'appartement en dégoulinant et en grelottant, afin de trouver un flacon neuf. Le moule dont plein de logettes ayant trait au quotidien ont été obstruées, dont celle qui indique qu'un abattant de toilettes se relève. Geste simple, mais ô combien crucial, qui évite à la fille tirée du sommeil par une pressante envie, de faire pipi sur ledit abattant parce que, dans son semi-coma, elle ne s'est pas aperçue qu'il était abaissé. Bref, Vivien était une sorte de clone domestique de Frédéric. Fort heureusement, elle n'avait pas épousé celui-là et il vivait de l'autre côté du palier.

— Et ta mère ? Des nouvelles ? bafouilla Vivien en mâchonnant la dernière bouchée de tartine.

— Non, lâcha Hélène d'un ton sec.

— Elle est toujours à Tanger, dans son… je ne sais pas comment on appelle ça… Thalasso, spa cinq étoiles… ?

Un « oui » encore plus sec lui répondit.

Les incessantes prises de bec entre Hélène et sa mère étaient de notoriété publique. À la décharge d'Hélène, Béatrice, sa mère, semblait incapable de digérer une donnée biologique fondamentale : sa fille était plus jeune qu'elle. Un vrai scandale !

Vivien, sentant le terrain glissant, très, abandonna le sujet.

Doté d'un sens aigu de l'observation, il ne se rendit compte que la boîte à outils patientait sur le plan de travail de la cuisine qu'après avoir terminé d'engloutir café et tartines et alors qu'Hélène reposait le couvercle sur le beurrier et essuyait d'un geste machinal les miettes tombées sur la table – elle avait une aversion pour les miettes. D'ailleurs, elle avait une aversion pour le désordre, dont les beurriers non clos. Désignant la clef à molette qu'Hélène avait posée sur la table pour le servir, il s'enquit :

— Tu bricolais ?

— Euh… j'allais m'y mettre, mentit-elle.

— C'est quoi ?

— Un joint. C'est l'affaire d'un quart d'heure, sauf que je ne suis pas en avance, précisa-t-elle avec une mauvaise foi digne d'éloges puisque cela faisait deux bonnes heures qu'elle s'arrachait les cheveux sur ce fichu robinet.

— Ben laisse. Va te préparer. Je m'en occupe.

Hélène n'hésita qu'une fraction de seconde. Soupesant d'un côté son envie farouche d'en découdre avec cet abruti de robinet, de l'autre le plombier, l'attente de trois mois, les cent cinquante euros, elle feignit une indifférence courtoise :

— Mouipff… si tu veux… C'est sympa. Au fait, tu as des nouvelles de Didier ? Ça se passe toujours bien à Chicago ?

— Ouais… J'ai reçu un mail il y a deux jours. Son job lui plaît super. Il a toujours aimé les challenges. C'est dans son tempérament.

— Génial. Bon, je fonce.

Dix minutes plus tard, elle était prête. Le joint était changé, la fuite résolue, l'évier récuré, la vaisselle du petit déjeuner faite, la boîte à outils rangée à sa place, en bas à droite dans le long placard de l'entrée, et Vivien avait réintégré son *home sweet home.*

Hélène poussa un long soupir en songeant à la réunion de labo qui l'attendait. Elle espéra ne pas avoir épuisé toutes ses réserves d'agressivité avec ce foutu robinet. Une autre exécrable journée dans la vie du docteur Hélène Audibert continuait.

Nathalie et Juliette,
la même semaine plus tard.

Fixant le ginkgo qui s'épanouissait dans la charmante courette intérieure, un horrible creux dans l'estomac, lequel estomac protestait avec force borborygmes, Nathalie attendait que Juliette la fît entrer, rencognée sous l'imposant porche de cet hôtel particulier du VIIIe arrondissement. Mon Dieu, ce qu'elle avait faim ! En plus, elle était épuisée. Et ça ne faisait que quatre jours. Après un week-end détox à choper une dépression nerveuse – bouillon clair de légumes matin et midi (à volonté, on n'est pas des rats, sauf que ça lasse, le bouillon clair), un yaourt 0 % en collation et les légumes du bouillon le soir –, elle avait attaqué le régime à proprement parler. Juliette naviguait au milieu des hydrates de carbone, des protéines, des lipides – les nobles et les plébéiens –, des index glycémiques avec une aisance d'initiée. Nathalie rejoignait chaque soir son amie après la fermeture du luxueux institut de beauté qu'elle gérait de main de maître, institut réservé à une clientèle masculine triée sur le volet. Le calvaire continuait. Après une bonne heure de souffrance durant laquelle elle se faisait suer au propre et au figuré sur des appareils de musculation, d'étirement et de marche, Juliette déployait son art à son seul profit. Momifiée dans une série de masques, huilée, palpée, pincée, dépoilée, scrubbée, peelée, triturée dans tous les sens, Nathalie devenait peu à peu

Selena Morgan, le pseudo un chouia artificiel qu'elle avait choisi – après beaucoup d'hésitations – pour sa future vie d'icône de la littérature féminine. Ces dames téléphonaient à tour de rôle afin de s'enquérir de ses progrès, s'extasiant dès que Juliette annonçait :

— Nous avons perdu un kilo ! Un kilo cinq ! Moins deux kilos… Génial, plus que douze à perdre… Et nous gardons la cuisse et le fessier toniques, j'y veille !

Nathalie cavalait comme un hamster hystérique sur son tapis roulant depuis vingt minutes, tout en levant et baissant rythmiquement ses bras alourdis d'haltères. Elle se demandait pour la millième fois si elle avait l'air aussi godiche qu'elle le soupçonnait avec son bandana en éponge rose fluo, sa petite queue-de-cheval retenue par une chouquette et ses jambières qui lui dégoulinaient sur les chevilles, le tout très boby-building années 1980. Sans doute. Une musique techno martiale censée l'encourager braillait dans les haut-parleurs, à réveiller tout un cimetière.

Soudain, Juliette apparut dans l'encadrement de la porte. Un sourire alluma le visage de Nathalie : la torture était terminée ! L'air affolé de son amie la détrompa. Celle-ci chuchota :

— La poisse… Vincent ! Il est repassé. Bon, tu dis tout comme moi. Joue les idiotes, ça marche très bien avec lui.

Vincent Castelnin était le propriétaire de ce sanctuaire raffiné de la forme et de la beauté masculine. Si l'on en croyait Juliette, Vincent, soixante ans, quatre divorces à son palmarès et un nombre si ahurissant de maîtresses qu'elles pouvaient avantageusement remplacer les brebis que l'on compte pour s'endormir, même dans le cas d'un grand insomniaque, avait tout du play-boy sur le retour. Sa grande tendresse pour les jolies femmes le rendait parfois insistant. Juliette, regard sur la ligne bleue des Vosges, mettait un point d'honneur à prétendre ne pas remarquer qu'il la trouvait assez à son goût. À l'instar d'une bonne centaine d'autres femmes.

La voix de stentor dudit Vincent résonna dans l'escalier qui montait vers l'institut :

— Hou, hou… Juliette ?

— Vincent ! s'exclama l'intéressée, en se tournant vers le couloir. (Elle se programma un vaste sourire qui découvrait des dents parfaites.) Quelle excellente surprise, vous avez oublié quelque chose ?

Contrainte de continuer à pédaler comme le hamster déjà cité puisqu'elle ignorait comment on arrêtait le tapis roulant, Nathalie songea qu'elle ferait mieux de balancer les haltères et de sauter au sol pour avoir l'air un peu plus digne. Trop tard : Vincent pénétrait dans la salle de muscu. Il s'arrêta, un peu surpris de découvrir une autre personne. Nathalie, allongeant la foulée, étira les lèvres à l'horizontale, lui offrant son irremplaçable sourire cruche. Parant au plus pressé, elle enfonça un des boutons du guidon. Le tapis fit une embardée qui manqua la jeter par terre et accéléra. Cavalant comme une furie, sa mini queue-de-cheval s'envolant au-dessus de son bandana, soufflant comme un phoque, elle appuya sur un autre bouton. Le tapis s'arrêta avec une telle brusquerie qu'elle se sentit partir vers l'arrière et tomba sur son derrière avec un gros floc sous les regards médusés de Vincent et de Juliette. Une pensée réconfortante lui traversa l'esprit : même en faisant de gros efforts, elle pouvait difficilement avoir l'air plus ridicule. C'était toujours ça de gagné.

Du ton posé de la dame en visite, elle déclara, jambes écartées devant elle, mains à plat sur le tapis, dégoulinante de sueur :

— Bonjour cher M. Castelnin. Juliette m'a beaucoup parlé de vous. Quelle chance elle a de vous avoir ! Comme patron, veux-je dire ! s'enfonça-t-elle.

La difficulté consistait à se relever avec un brin d'élégance, sans se retourner et donc en évitant de présenter son postérieur sanglé dans un jogging encore trop juste sous le nez des autres. Elle se mit à quatre pattes afin de pouvoir se redresser. Grâce et légèreté !

— Vincent, je vous présente Nathalie, ma… grande sœur. Elle habite Versailles mais reste quelques jours chez moi. Elle est passée me prendre mais comme je n'avais pas terminé, je l'ai autorisée à essayer les appareils. Vous n'y voyez pas d'inconvénient, j'espère ?

— Du tout. Vous avez une sœur ?

— Euh… Comme tout le monde… Enfin… presque.

Le regard de Vincent Castelnin passait de la grande liane aux cheveux blond cuivré et aux yeux bleus à la petite rondouillette châtain foncé, au joli regard noisette pétillant de vitalité. La génétique, quel mystère, quand même !

Enfin rendue à sa condition de bipède, Nathalie s'avança, tentant de rentrer un peu le ventre, se redressant de toute sa petite taille et levant le menton pour atténuer le bourrelet qu'y avaient laissé ses quinze kilos excédentaires. Elle ne reverrait sans doute jamais cet homme. Néanmoins, faire bonne impression est une question d'amour-propre. Surtout après un début aussi prometteur !

Juliette avait quand même la dent dure. Grand, musclé, le cheveu un peu long, bouclé, poivre et sel, l'œil châtaigne, il n'était pas mal du tout, le gars Vincent. Elle lui tendit la main qu'il serra d'une poigne ferme, sans excessive virilité. Pas le genre à vous en broyer cinq pour vous prouver qu'ils ont de la testostérone à revendre. Certes, Vincent devait être l'un des bons clients de son institut. Néanmoins, c'était à son honneur. Les hommes en avaient terminé avec le laisser-aller physique, ayant compris que ce n'était pas parce qu'on s'entretenait et qu'on sentait bon qu'on passait pour un pédé – leur terreur – et toutes les femmes s'en félicitaient.

— Enchantée.

— Moi de même, chère madame. Bon, eh bien je vais récupérer mon portable que j'avais oublié et je vous laisse. (Il s'inclina légèrement devant Nathalie et poursuivit :) Faites-nous le plaisir d'assister à notre soirée d'anniversaire demain soir. Nous fêtons la première bougie de l'institut et son fulgurant succès, succès dû à votre sœur.

Nathalie ravala de justesse le « qui ça ? » qui lui venait aux lèvres et acquiesça d'un lent clignement de paupières qu'elle souhaita plein d'allure.

Charlotte,
le lendemain soir.

Charlotte avait hésité avant de téléphoner à ses amies. Déjà, leur mentir en prétendant qu'elle partait rejoindre son mari en Arabie saoudite lui avait beaucoup pesé, mais se fendre d'un nouveau bobard en forme d'oléoduc défectueux, c'était vraiment moche. Toutefois, elle s'ennuyait des copines, d'autant qu'elle avait laissé son carnet de rendez-vous vierge toute la quinzaine de ses prétendues vacances conjugales. La honte au front, bourrelée de remords, elle avait donc appelé Hélène puis Juliette pour leur annoncer son retour. Juliette s'était félicitée et avait lancé :

— Génial, donc tu viens à la soirée d'anniversaire de l'institut ! Oh, c'est chouette, on sera toutes présentes. Bénédicte nous fait l'honneur de passer bien qu'elle trouve ce genre de trucs « bourg'ringard ». Il y aura tous les plus beaux mâles de Paris, et parmi les plus fascinants. Pas mal sont déjà en main. Cela étant, il y a encore quelques célibataires, divorcés ou veufs sur qui se rabattre.

— Le plan drague, ce n'est pas trop mon truc.

— C'est vraiment la galère, Hervé coincé en Arabie saoudite… avait soupiré Juliette.

Si je te racontais ma pauvre chérie, avait songé Charlotte au bord de la déconfiture. Je pourrais remplir une éphéméride avec tous les ravagés de la carafe, tous les frisottés des neurones, tous les vermoulus du préfrontal que je me suis ramassés depuis des années. Une petite période off-drague devrait me faire le plus grand bien.

— Ah, j'oubliais, détail qui tue… un voiturier est engagé. Donc, tu peux venir en voiture, pas de prise de tête pour se garer. On ne peut pas lui ôter cela : Vincent sait recevoir, avait précisé Juliette avant de raccrocher.

Charlotte se réjouissait à la perspective de cette sortie. Un peu de superficialité n'a jamais tué sa nana et le champagne, les jolies toilettes, les cancans parisiens, sans oublier la présence des filles lui remonteraient le moral. Après un long bain suivi d'une séance de maquillage destinée à faire ressortir son intrigant regard vert, elle passa une robe fluide dont le décolleté plongeait jusqu'au nombril et une paire de sandales à talons de douze centimètres. Le pied n'étant retenu que par deux minces brides de cuir, elle avait intérêt à adopter une démarche lente et chaloupée – on va dire sexy – au risque, sans cette précaution, de laisser les godasses plantées dans la moquette. Elle jeta un châle de soie épaisse sur ses épaules. Après un minutieux examen devant le miroir du dressing, elle décida que « Ouais, elle était pas mal canon ».

Elle laissa les lumières du salon et de l'entrée allumées, vieux réflexe de célibataire, et se dirigea vers la cuisine pour récupérer un sac poubelle, les conteneurs de tri sélectif étant alignés dans le parking.

Tenant le sac à bout de bras pour ne pas risquer de tacher sa robe, elle attendit l'ascenseur et se glissa dans la cabine exiguë. L'appareil commença à tressauter en parvenant à l'étage inférieur. Mince, un voisin. Elle allait devoir y aller de la petite conversation habituelle. La cata : le Dupin Charles, la grande Limace affligée, avec son petit sac à dos en vinyle, pénétra dans l'ascenseur.

Elle dut rabattre un peu son bras pour lui faciliter l'entrée, se gardant de frôler sa robe avec le sac poubelle. Si une tache de graisse ou une coulure de sauce arrivait sur son jean à lui, c'était moins grave que sur elle.

— Euh… Bonsoir, Dr Claudanel.

— Bonsoir, M. Dupin. Vous allez bien ?

— Euh… pas mal.

Le pauvre Dupin ne savait où poser les yeux. Son regard semblait aimanté par le décolleté ravageur de Charlotte, et il sentait le rouge lui envahir le visage. Il essayait bien de lever la tête vers les câbles. Cependant, par un curieux phénomène, ses yeux repartaient vers le bas, vers ce long « V » de peau pâle qui s'arrêtait juste au-dessus du nombril. L'esprit en capilotade, il se contraignit à regarder tout droit. Manque de chance, il rencontra deux longues amandes vert émeraude qui achevèrent de lui faire perdre son sang-froid. Se rattrapant à ce qu'il pouvait, il bafouilla :

— Euh… je vais au cinéma.

— Oh, quelle excellente idée ! s'exclama Charlotte comme si un tel projet de sortie ne lui avait jamais traversé l'esprit.

Il lui semblait que ce fichu ascenseur mettait un temps interminable pour descendre quatre étages. Dupin, cher Dupin, la fille qui aura la déroutante idée de te récupérer ne va pas se gondoler de rire tous les jours, songea-t-elle, s'en voulant un peu de son manque de charité.

Enfin, la cabine s'immobilisa. Ils prirent congé et Charlotte, son sac poubelle brandi devant elle, poussa la porte qui menait au parking. Elle descendit avec lenteur la volée de marches, soulevant tout le pied en canard pour ne pas perdre une chaussure, et s'avança dans le long parking. Elle leva de deux doigts le couvercle d'un gros conteneur et balança le sac à l'intérieur, puis rejoignit sa voiture. Elle resta là, statufiée, incapable d'un geste. La clef lui échappa des mains et rebondit avec un son métallique sur le sol de ciment. Ceci était-il véritablement sa Mini ? Le caducée apposé contre le pare-brise lui ôta toute illusion : elle ne s'était pas trompée. Ceci étant sa Mini, pourquoi un homme était-il installé derrière le volant, ou plus exactement avachi dessus ? Pire, pourquoi était-il menotté audit volant ? Enfin et sans doute surtout, pourquoi avait-il l'air très mort, yeux exorbités, langue bleuie et gonflée sortant de la bouche ? Cette plate énumération lui permit de reprendre ses esprits, manque de bol. En effet, soudain, le profil du menotté lui parut familier. Sans avancer d'un pas, elle tendit le cou. Aaaahhhh nooon ! Cerise sur la montagne d'emmerdements que Charlotte sentait se profiler, elle connaissait ce type. Gérard. Gérard Malbert ! Un patient doublé d'un amant transitoire. Aaaahhh nooon ! Elle poussa un chuintement étranglé et se rua à l'autre bout du parking, sans trop savoir ce qu'elle faisait ni où elle allait. Appuyée contre un gros pilier de soutènement, elle tentait d'ordonner le chaos qui régnait dans sa tête, jetant de fréquents regards à la Mini. Elle se laissa glisser vers le sol, se tassant au maximum. Et si le... tueur, pas d'autre mot, se trouvait encore sur place ? Paniquée, elle récupéra son portable et composa le numéro de Juliette. Mince, le répondeur. Même topo avec le portable de Nathalie. Ah mon Dieu... Si ça se trouvait, elle allait se faire trucider dans sa belle robe qu'elle étrennait. Et, avec ce décolleté, ça allait être dur de faire un cadavre présentable. Claquant des dents de trouille, elle composa le numéro d'Hélène qui décrocha à la troisième sonnerie. Merci, mon Dieu !

— Allô ? Allô ?

Murmurant, la bouche collée à l'appareil, Charlotte gémit :

— Y'a un macchabée dans ma voiture.

— Quoi ? hurla la biochimiste. Je t'entends... mal, c'est... Charlotte ?

Charlotte éleva le ton, juste un peu.

— Je te dis qu'il y a un cadavre, du genre très mort, dans ma voiture.

— Pas... problème... avec voiture, il y... voiturier. Je suis presque... J'ai... peu de retard. Et toi ? Tu... où ?

Les tonnes de béton du parking bloquaient le réseau. Elle entendait relativement bien son amie sur fond de crachouillis, mais l'inverse ne semblait pas vrai. Remonter. Elle devait remonter pour appeler à l'aide. Elle se déconnecta, se déchaussa et une sandale dans chaque main, talons brandis vers l'avant en guise d'arme, elle fonça vers l'escalier. Parvenue sur le palier, à bout de souffle, les jambes flageolantes, elle rappela Hélène.

— Comment ça, y'a un cadavre menotté au volant de ta voiture. Ça n'a aucun sens !

— C'est ce que je me répète, mais c'est pourtant le cas. Oh, il n'est pas beau à voir, tu sais. Il a été salement étranglé. Tu verrais ce bourrelet qui court autour de son cou. À mon avis, il n'est pas complètement frais. En plus, ça va puer dans ma Mini !

— Appelle la police !

— Ben, je me tâte, hésita Charlotte.

— Pourquoi ?

— Euh… C'est-à-dire… C'est un de mes patients et j'ai eu… comment… une liaison avec lui. Je me dis que ça commence à faire beaucoup et que ça risque de les rendre méfiants, les flics. Je sais pas quoi faire.

— Bon, j'arrive. Je réfléchis en chemin. Remonte chez toi, je passe te prendre.

Armées, pour l'une, d'une raquette de tennis, et pour l'autre d'un club de golf, Hélène et Charlotte rasaient les murs du parking, progressant avec circonspection. Charlotte murmura à l'oreille de son amie :

— Remarque, il était très mort. Enfin, je veux dire… il ne risque pas de nous sauter dessus.

— On ne sait jamais. Bon, s'il se passe quoi que ce soit, on cogne d'abord sur tout ce qui bouge et on s'explique après, chuchota à son tour Hélène.

— D'ac' ! (Après une pause, et d'une voix assez admirative, Charlotte se renseigna :) T'as déjà fait ça ? Non, parce que je te trouve très dans ton élément.

— Non… mais c'est vrai que ça me vient avec aisance. Un genre d'instinct. J'ai peut-être raté ma vocation, moi.

Elles parvinrent enfin à hauteur de la Mini verte. La mine peu amène, l'œil farouche, la raquette de tennis pincée sous l'aisselle, Hélène pointa l'index vers le bout de son nez et ordonna :

— Souffle, tout de suite !

— Ça va pas ? T'es malade ? Je n'ai rien bu, protesta la psychanalyste.

— Ah ouais ? Alors, où il est le cadavre ? (Elle s'activa sur les portières et enfonça le clou :) Toutes les serrures sont bouclées. Ma question est donc, où se trouve ton foutu cadavre ?

Éperdue, le front collé à la vitre de la portière conducteur, Charlotte rassemblait ses esprits. Soudain, elle s'écria :

— Le volant !

— Quoi, le volant ?

— Y'en a plus. Ils ont piqué mon volant ! Normal, le gars – Gérard il s'appelait, Gérard Malbert – y était menotté.

Hélène constata à son tour qu'en effet l'arbre de direction semblait tout nu, sans cet utile appendice nommé « volant ». Pourtant, un gros doute l'habitait. C'était quand même énorme, cette histoire de trucidé pas frais. Enfin, on était à Paris, au IIIe millénaire, dans le XVe arrondissement, dans un immeuble tout ce qu'il y avait de convenable. En conclusion, les cadavres en voie de décomposition n'avaient aucune raison de s'entêter à squatter la Mini d'une psychanalyste qui pouvait se prévaloir d'une jolie clientèle et d'une réputation sans ombre.

— Enfin… Il y a sûrement d'autres raisons qui expliquent la disparition d'un volant de voiture, argumenta Hélène.

— Lesquelles ? lança Charlotte d'un ton irrité.

— Euh… Je sais pas… Du vandalisme, ou un collectionneur…

— Et il aurait refermé les portières derrière lui ? Un petit gars attentionné !

Sentant les hésitations de son amie, Charlotte insista :

— Je te donne ma parole que je n'ai rien pris, ni psychotropes, ni alcool. Même que j'ai oublié de croquer ma multi-vitamines ce matin ! Gérard Malbert, un patient donc, le genre « Tu peux te mettre sur la tête et faire le poirier en entonnant *La Marseillaise*, tu ne parviendras jamais à l'aider parce que, de toute façon, il aime trop ses névroses », était archimort, menotté au volant de ma voiture.

— C'était peut-être un reflet, proposa Hélène avec une moue dubitative.

— Un reflet ? Avec une énorme langue violacée qui pendait sur son menton ?

— Bon, bon, bougonna Hélène, toujours pas convaincue. Écoute… on va retracer chacun de tes mouvements depuis l'étage supérieur.

— Ça marche, approuva Charlotte en remontant quatre à quatre l'escalier.

Prétendant tenir un sac poubelle entre le pouce et l'index, adoptant une démarche de mammouth arthritique, levant haut les pieds, elle descendit les marches une à une en précisant :

— J'avais des godasses sublimes mais pas complètement pratiques. Ensuite, je me suis dirigée vers ce conteneur-là et j'ai soulevé le couvercle, comme ça… Oooohhhh, hulula-t-elle. (Glapissant soudain, elle trépigna :) Il est dedans, avec mon volant !

Hélène la rejoignit en trois enjambées et se pencha au-dessus du gros conteneur. Une pesante odeur de décomposition lui leva le cœur.

— Ah oui… il pue, admit-elle dans un hoquet déplaisant.

Tassé en position fœtale, le volant sur les genoux, l'air toujours aussi mort – voire un peu plus –, langue pendante, le fameux

Gérard les considérait de ses yeux exorbités. Hélène lâcha le couvercle qui se rabattit dans un claquement sec, les faisant toutes deux sursauter.

— À ton avis, il est mort depuis combien de temps ? demanda-t-elle, par simple curiosité scientifique.

— Comment tu veux que je le sache ! s'énerva Charlotte.

— Ben, t'es médecin, quand même, non ?

— Psychanalyste, pas légiste. J'ai même jamais pratiqué la médecine générale. Je ne serais pas foutue de distinguer un rhume d'une grippe !

— Bon, c'est pas grave. De toute façon, ça ne change pas le problème. Ni pour lui, ni pour nous, rétorqua Hélène, jouant l'apaisement tant elle sentait que la crise de nerfs menaçait Charlotte.

— Qu'est-ce qu'on fait ? geignit celle-ci en se cramponnant à la manche de son amie.

— Chut… Je réfléchis.

Le silence, seulement troublé par le ronronnement de l'air conditionné.

— Je me demande si on ne devrait pas appeler les flics, suggéra Hélène, à court de plan C, D ou E.

— Je le sens super-mal. JE retrouve MON patient, qui a été un de MES amants – grave erreur – étranglé et menotté au volant de MA bagnole, toutes portières verrouillées. Je fais la suspecte idéale. Ils n'iront pas chercher plus loin, d'autant que je suis psychanalyste, donc, à leurs yeux, encore plus choucroutée que les gens que je soigne.

— Tu marques un point, là, admit la biochimiste. Euh… Les menottes, c'est pas les tiennes, des fois ?

Agacée, Charlotte haussa les épaules :

— Je ne suis pas là-dedans. Un coup de bol : ça fait un indice incriminant qu'on ne pourra pas me coller sur le dos !

Hélène poussa un long soupir défait et déclara :

— Il nous reste une seule option… nous débarrasser du cadavre.

Aussitôt requinquée, Charlotte s'extasia :

— Excellente idée ! Et on procède comment ?

— Ben, y'a pas trente-six solutions. Gros avantage, il est déjà dans le conteneur, lequel est monté sur roues. On pousse la poubelle devant un autre immeuble et ils se débrouillent. Tu fileras de généreuses étrennes aux éboueurs pour te faire pardonner, parce qu'ils risquent d'avoir un vilain choc.

— Ça marche.

Charlotte était si soulagée qu'elle était prête à pousser ce fichu conteneur jusqu'en haut du mont Blanc, sans faire halte.

Méfiante, Hélène vérifia que l'adresse de l'immeuble de son amie n'était pas inscrite sur les flancs de plastique verdâtre. Parfait. Elle fit un essai en poussant sur la barre du couvercle. Fastoche : le conteneur accepta de rouler sans faire d'histoire. Prenant très au sérieux son rôle de stratège du crime, elle décida :

— Tu sers d'éclaireuse. Tu passes devant et tu me dis s'il y a quelqu'un. Pas la peine de se faire repérer.

Charlotte acquiesça d'un vigoureux mouvement de tête en avouant :

— Quelle veine que tu sois là !

Le transfert du corps deux rues plus loin se passa sans encombre. À un moment, elles aperçurent au coin de la rue un couple enlacé qui venait dans leur direction. Hélène lâcha aussitôt le conteneur et s'avança de quelques pas, prétendant allumer une cigarette. Le couple les dépassa sans leur prêter la moindre attention. Jugeant qu'elles étaient assez éloignées de chez la psy, elles abandonnèrent leur délicate cargaison au milieu des autres poubelles remisées sous le porche d'un immeuble.

Une fois rentrées, apaisées par un excellent whisky, Charlotte se confondit en remerciements et louanges. Hélène les accepta avec une feinte humilité qu'elle espérait convaincante. Pour une novice en escamotage de cadavres, c'est vrai qu'elle se débrouillait plutôt bien.

— Qu'est-ce qu'on fait, maintenant ?

— On fonce à la fête, bien sûr.

— On va être horriblement en retard.

— On dira que ta voiture a été vandalisée, qu'on t'a piqué le volant et que j'ai dû venir te chercher. C'est assez proche de la vérité.

— On raconte tout aux filles ? s'enquit Charlotte en jetant un regard vindicatif aux nu-pieds à très hauts talons qu'elle avait abandonnés au milieu du salon.

Hélène termina son whisky, pensive :

— Pas ce soir. Le macchabée faisandé entre les canapés au saumon et les sushis, bonjour l'info qui détend l'atmosphère.

Charlotte déclara d'une voix lourde de reproches :

— Oh non… je ne pourrai plus jamais les porter.

Hélène lui jeta un regard interrogatif. Désignant les sandales qui gisaient sur le tapis d'un signe de menton, la psy ajouta :

— La robe et le châle non plus. Quel gâchis ! Un ensemble méga-quinou, jamais porté. Ça me rappellera toujours un Gérard verdâtre. Quand je pense que j'aurais pu me faire zigouiller dans cette robe… (Jetant un regard appuyé sur les Paraboot très patinées de son amie, elle poursuivit :) Bon, c'est pas trop ton style. Nathalie est encore un peu dodue pour ce genre de décolletés et elle a des pieds minuscules. Juliette chausse du 40. C'est Emma la veinarde.

— Oh, elle ne refusera pas, sourit Hélène.

— Et au moins, elle ne ressemblera pas à un hussard raide des rotules en marchant avec. Cette fille pourrait être engoncée dans un sac à patates et chaussée de pataugas qu'elle aurait toujours l'air élégante et sexy. Quand je pense au mal que je me donne pour parvenir à un résultat très inférieur… C'est pas juste ! Et ta mère, au fait ? s'enquit soudain la psy en sautant du coq à l'âne. Ça se passe bien dans sa thalasso haut de gamme ? Je crois que je vais m'offrir une petite cure, cet hiver.

Le regard soudain assassin que lui jeta Hélène la dissuada de poursuivre. Elle lança d'un ton alerte :

— Bon… Ben on y va, alors ?

Charlotte, le lendemain du premier cadavre.

Charlotte remâchait sa mauvaise humeur depuis le lever. Après être allée vider deux bombes de parfum de cabinet dans l'habitacle de la Mini tôt ce matin, elle avait appelé le garage afin qu'ils remorquent, réparent et nettoient le véhicule de fond en comble.

Assise sur le canapé, elle terminait son quatrième café du matin, ressassant les événements de la veille. Non seulement ON lui avait collé un macchabée puant dans sa voiture, mais ON lui avait piqué le volant et, en plus, ON lui avait gâché sa soirée. Parce que, autant l'avouer, elle n'avait pas réussi à se vider l'esprit et à partager la légèreté et la gaîté des autres convives. C'est fou ce que ça peut vous pourrir une invitation ! Une question l'obsédait depuis la veille : pourquoi feu Gérard Malbert avait-il atterri dans SA Mini ? Ce n'était pas par simple vacherie, ni pour se venger tardivement de leur rupture, ni même l'expression tordue d'un transfert négatif. Il n'avait pas pu s'étrangler tout seul, rester planqué dans un petit coin, le temps de se décomposer un peu – puisqu'elle avait utilisé sa Mini hier, une Mini vierge de tout corps –, puis se traîner dans sa voiture, se menotter, verrouiller les portières et se débarrasser des clefs, tout ça juste pour embêter sa psy. Il fallait que quelqu'un lui eût donné un sérieux coup de main. Tout de même, c'était pas correct de faire un truc pareil !

Ah non, ça, si elle mettait la main sur le responsable, il aurait droit à un sacré savon et elle exigerait le remboursement du nettoyage intégral de sa voiture !

Gérard… quel boulet ! Si elle établissait le top-ten de ses investissements sentimentaux les plus calamiteux, il obtenait haut la main la médaille d'argent, le champion toutes catégories – médaille d'or incontestée – demeurant quand même Mathieu. Ne pas penser à ce spécimen unique, même parmi les azimutés du cortex. La simple mention de son prénom lui filait encore des aigreurs d'estomac et lui donnait des envies de meurtre. Or elle avait déjà son content de cadavres. Trop de bonnes choses à la fois peut nuire ! Gérard, donc ! Le sieur Malbert avait fait vibrer la corde « saint-bernard avec son tonnelet de rhum » dont Charlotte ne parvenait pas à se dépêtrer. On pouvait dire qu'elle avait trépidé, la corde ! Ahurissant le nombre d'emmerdements que ce pauvre type avait ramassés au cours de ses trente-sept ans d'existence. Enfant de la DDASS, placé dans une série de foyers d'alcooliques, cogneurs, violeurs, affameurs, esclavagistes, il avait ensuite collectionné les échecs professionnels et les déceptions sentimentales avec une application. Il avait retrouvé sa mère biologique qui avait refusé de lui serrer la main en lui lançant qu'elle n'avait jamais voulu de lui. Quel horrible traumatisme ! Il suffisait qu'une ardoise ou une antenne parabolique se décroche d'un toit parisien pour qu'elle tombe sur la tête de Gérard, ou qu'une bagarre éclate entre deux gars pour que ce soit lui qui reçoive les gnons. Pourtant, il avait raconté cette vie apocalyptique à Charlotte d'un petit ton défait mais jamais vindicatif, sur le mode : « la vie me hait avec acharnement, alors que je suis si mignon et si vulnérable. Cependant, je lui pardonne ». Du coup, la redoutable équation s'était formée dans l'esprit de la psy : pauvre type broyé par la malchance = nécessairement brave type = la preuse chevalière Charlotte allait sauver un petit bonhomme injustement malmené par l'existence. Elle soupira d'exaspération contre elle-même. Mince, avec le nombre de lamentables répétitions qu'elle avait accumulées au cours de sa pratique, elle aurait dû se méfier ! Ben non ! Ils avaient donc couché ensemble. Même les piètres performances de Gérard ne lui avaient pas ouvert les yeux. Il faisait partie de cette espèce d'hommes en voie de disparition – pas complètement éteinte – qui ne parvient pas à comprendre cette chose toute simple : il convient de s'occuper un tout petit peu de la dame qui se trouve à vos côtés si vous souhaitez qu'elle ait envie de récidiver. Charlotte avait mis l'égoïsme triomphant de Gérard sur le compte de sa névrose, de son passé, de ses désillusions féminines. Pauvre petit poussin ! Jusqu'au jour (ou plus exactement la nuit) où un modeste signal d'alarme s'était allumé loin dans son esprit, très loin : Gérard s'était retourné après un dernier râle – alors que, frisant l'ennui mortel, elle se demandait si elle n'avait pas oublié d'acheter du nettoyant à moquette – en grommelant : « J'suis crevé, tu m'en veux pas, hein ? » Pas du tout ! Un ronflement bienheureux s'était aussitôt élevé. Des détails, des menus riens l'avaient ensuite troublée. Ce qu'elle avait pris pour des étourderies de sa part se répétait avec une telle fréquence qu'elle avait opté pour le programme « un peu de vigilance ne serait pas superflu ». Des billets disparaissaient de son sac ou du tiroir du bureau de son cabinet, mitoyen de l'appartement. Gérard se coupait : un parent d'accueil esclavagiste devenait ivrogne puis limite pédophile, selon les versions. Sa mère, non contente de refuser de lui serrer la main, l'avait injurié et il avait évité de justesse la gifle qu'elle lui destinait, etc. J'en passe et des plus croustillantes. Forte de longues années d'études, Charlotte s'était d'abord demandé s'il n'était pas mythomane, en plus d'être cleptomane et particulièrement atteint du néocortex. Force lui avait été d'admettre qu'il existe aussi des cas non pathologiques que l'on nomme « gros bobards » et « escroquerie de sous-nul » en langage vulgaire. Gérard ne vivant pas chez elle –, elle n'avait tout de même pas eu l'imbécillité crasse de déroger à la règle qu'elle s'était fixée – elle lui avait tendu un matin le petit sac en plastique dans lequel elle avait fourré ses trois slips et sa paire de chaussettes de rechange, sans oublier sa brosse à dents et son rasoir jetable, en expliquant d'une voix pénétrée :

— Après mûre réflexion, je pense que notre liaison n'est pas un atout thérapeutique. Déjà, déontologiquement, ce n'était pas top.

Il avait fait la gueule. Toutefois, les choses s'étaient mieux passées qu'elle le craignait. Il avait disparu de la circulation quelques jours, puis avait repris ses séances, à l'étonnement de Charlotte. Un patient désormais facile puisqu'elle ne gobait plus un mot des prétendues catastrophes qui lui étaient arrivées ou allaient lui tomber dessus incessamment sous peu. Un patient reposant, puisqu'elle se mettait en pilotage automatique, l'écoutant avec un dixième de son cerveau et lui répondant avec un autre, ce qui lui laissait huit dixièmes pour penser à des choses plus intéressantes.

Un coup de poing assené sur la porte la fit bondir. M'enfin, les gens ne pouvaient pas se servir de la sonnette !

Une voix de stentor, indiscutablement masculine, résonna derrière le battant :

— Police !

Aaaahhhh mon Dieu ! Elle bredouilla :

— Euh… c'est à quel sujet ?

— Ouvrez, Dr Claudanel. Le gardien nous dit que vous êtes chez vous.

Elle plaqua les cils à l'œilleton. Une carte tricolore était brandie devant. Aaaahhhh, mon Dieu. Elle n'avait pas le temps de téléphoner à Hélène pour lui demander la marche à suivre.

— Euh… J'arrive.

Prise de panique, elle fonça dans sa chambre, tourna sur elle-même telle une toupie, puis revint au pas de charge vers la porte. Elle prit une profonde inspiration, s'efforça au calme et ouvrit.

Il n'avait pas l'air commode, le policier qui se tenait sur son paillasson. Grand, baraqué, vêtu d'un bomber et d'un jean, les cheveux bruns coupés très courts, le regard – sombre, le regard – d'une intensité déplaisante, il ne lui faisait pas l'effet d'un gentil lutin. Elle se demanda si elle devait l'inviter à entrer. Inutile puisqu'il la prit de vitesse.

— Inspecteur divisionnaire Benoît Levasseur. De la criminelle. On peut discuter cinq minutes ailleurs que sur le palier ?

Oh, merde ! La criminelle ! Et pourquoi pas la Sainte Inquisition ? Il la torturait. Puisqu'elle était plutôt d'une nature douillette, elle avouait. Il la saucissonnait à l'aide de lourdes chaînes avant de la pousser sur le bûcher et ils se quittaient avec civilité. Au lieu de cela, il avait l'air de lui en vouloir personnellement, alors qu'elle ne lui avait rien fait.

— Je vous en prie, parvint-elle à articuler en s'effaçant pour le laisser entrer.

— Je ne vous dérange pas pendant une consultation ? demanda-t-il en détaillant son long kimono et ses mules.

— Du tout, j'ai pris de petites vacances.

— En Arabie saoudite ?

— Oh… Juste un passage éclair.

Aïe-aïe-aïe : en plus il s'était renseigné sur elle. Elle était cuite !

Le regard brun la dévisagea.

— Vous êtes-vous rendue récemment dans le parking ? Pour prendre votre voiture ou vous débarrasser d'ordures ?

Gagner du temps.

— Euh… Je ne m'en souviens pas vraiment… je fais très peu de cuisine. Enfin… je veux dire, pour les ordures.

— C'est bizarre, lâcha-t-il d'une voix neutre, sans la quitter des yeux.

— Ah bon ?

Une goutte de sueur lui dévala dans le dos.

— Oui, parce que j'ai croisé votre voisin du dessous au moment où il sortait de l'immeuble. Charles Dupin, c'est cela ? Il m'a confié être descendu hier en votre compagnie et vous avoir vue vous diriger vers le parking. Vous portiez une robe de soirée. Et un sac poubelle.

L'odieuse grande Limace ! Et en plus, il fallait qu'il cafte, celui-là.

L'alternative était simple : elle racontait tout et elle terminait sur la paille humide des cachots, sans compter les ennuis qu'elle occasionnerait à Hélène, ou elle mentait comme une arracheuse de dents. Toutefois, dans ce cas-là, elle avait intérêt à se montrer convaincante. Elle ne tergiversa qu'une demi-seconde :

— Où avais-je la tête ! Tout à fait. Une mauvaise surprise m'y attendait. On avait vandalisé ma voiture.

— Comment cela ?

— On a subtilisé le volant. J'ai dû appeler une amie qui est venue me chercher et m'a raccompagnée plus tard.

— Pas d'autres dégâts ?

Qu'est-ce qu'il avait à la fixer, ce type ? Quoi ? Si elle baissait les yeux, elle était jugée coupable ?

— C'est suffisant pour rendre une voiture inutilisable, lâcha-t-elle un peu agacée.

— Elle est toujours au parking ? demanda-t-il d'un ton méfiant.

Ouf… Le monde appartient aux menteurs qui se lèvent tôt pour appeler leur garagiste.

— Non. Je l'ai fait remorquer ce matin.

— Vous n'avez rien remarqué d'étrange dans le parking ?

— Étrange dans quel sens ?

— Inhabituel.

Elle prétendit réfléchir, puis :

— Non, rien.

Songeant qu'elle risquait de l'alerter si elle ne se montrait pas un tant soit peu curieuse, elle s'enquit :

— Qu'est-ce qu'il se passe au juste ? Si ce n'est pas indiscret.

— Les éboueurs ont retrouvé un cadavre dans l'un des conteneurs à ordures ménagères de votre immeuble. L'homme a été étranglé.

Elle n'eut pas à feindre sur ce coup, elle était véritablement affolée :

— Co… co… comment ça, une de nos poubelles ? Enfin… c'est monstrueux !

Hélène avait pris soin de vérifier que l'adresse n'était inscrite nulle part. Mince… le mystère s'épaississait et pourtant il ressemblait déjà à une vraie purée de pois. Quelqu'un avait-il ramené la poubelle dans le parking de son immeuble ? Et pourquoi ?

— Plus intrigant, la poubelle avait été poussée deux rues plus loin, poursuivit-il en la vrillant toujours de son regard sombre. Or, selon votre gardien, elle était bien dans le parking hier matin.

— Ah bon ? chuinta-t-elle en se cramponnant à son sang-froid qui se délabrait à la vitesse de la lumière.

— Encore plus déroutant, selon l'autopsie qui a été réalisée ce matin, l'homme est mort depuis environ quatre jours. Voyez-vous, Dr Claudanel, la question que je me pose est la suivante : est-il vraisemblable que ce type soit resté quatre jours dans une poubelle sans qu'aucun des habitants de l'immeuble s'en aperçoive ?

— Question judicieuse, tenta de le flatter Charlotte.

— Vous trouvez ? rétorqua-t-il, glacial.

— Tout à fait.

— Ah bon ? Parce que la réponse est négative, bien sûr.

— C'est-à-dire… je ne suis pas une professionnelle du crime et…

— Je le souhaite pour nos futures relations, car nous nous reverrons sous peu. Au revoir, Dr Claudanel.

Elle s'apprêtait à repousser la porte derrière lui lorsqu'il se retourna d'un bloc :

— Vous êtes psychiatre et psychanalyste, n'est-ce pas ?

Était-ce une moue critique qu'elle voyait sur son visage ?

— En effet.

— Vous voyez donc défiler un joli catalogue de timbrés parmi vos patients.

Crispant la bouche en cul de poule réprobateur, elle balança :

— Il ne s'agit jamais de timbrés, inspecteur, mais de souffrants !

En général, cette repartie cinglante coupait le sifflet à tout le monde. Pas à lui, de toute évidence.

— Futé ! Je la ressortirai. Elle me plaît bien.

Elle colla l'oreille au battant de la porte, patienta le temps qu'il monte dans l'ascenseur, puis jusqu'à entendre le cliquetis lointain des câbles lorsque l'appareil s'arrêta au rez-de-chaussée. Elle se rua dans sa chambre dont elle ferma la porte et composa le numéro d'Hélène.

Hélène, le même lendemain du premier cadavre.

— Non, je vous assure, je n'en peux plus, répéta Élodie au bord des larmes. Fabrice, je ne peux plus ! Il est répugnant, ce type, et dès qu'on est seuls, il faut qu'il me frôle, qu'il se colle à moi, qu'il essaie de me tripoter ! En plus, il est débile et moite. Ah non, et puis ses blagues immondes sur les femmes, les Juifs, les Arabes et les homos, c'est trop. Pour l'instant, on a évité les niakoués, mais je sens que ça ne va pas tarder, et là, je le noie dans le bain-marie ou je le fourre dans la centrifugeuse et je la lance à pleine vitesse, 200 000 tours/minute ! Il faut que vous interveniez, madame.

Hélène détailla la ravissante jeune femme d'origine vietnamienne. L'une de ses DEA, la plus brillante. Elle retint un gros soupir las. Bac + 11. Deux maîtrises, un doctorat, un post-doctorat à Harvard, excusez-moi du peu, et son rôle consistait à tempérer les bouffées de testostérone d'un jeune stagiaire animalier. Un cas.

— Je vais discuter avec lui, lui faire prendre conscience de certaines choses, Élodie. Bon, il n'est pas de notre niveau intellectuel… Il a des excuses. Très recevables. Il faut être pédagogue, expliquer, répéter. Les gens apprennent toujours si on se donne la peine de mettre le doigt sur leurs erreurs. Avec compréhension.

Nous avons aussi un rôle de formateur à tenir, ne l'oubliez pas. Cela étant, tranquillisez-vous, je vais lui parler. Gentiment.

— Oh merci, madame.

Lorsque Hélène sortit de son bureau peu après, Fabrice rigolait avec deux techniciens au bout du couloir. Le rire gras du beauf le soir au fond des bois. Elle s'avança vers le trio d'un pas ferme, mains dans les poches de sa blouse, adoptant la mine revêche qui lui allait comme un gant. Les deux techniciens piquèrent du nez et regagnèrent leurs labos. Ça sert, une réputation d'effroyable caractère, quand même ! Elle lança, péremptoire, aussi plaisante qu'une porte de prison haute sécurité un soir glacial de novembre :

— Fabrice, tu me suis. On fait l'inventaire des consommables.

Durant la demi-heure qui suivit, ils passèrent en revue les seringues, les boîtes de gants de latex, les boîtes de Pétri, les pipettes usage unique entassées dans la réserve.

— Je pensais pas que les directeurs de labo faisaient ce boulot, remarqua-t-il un peu méprisant.

Elle le pulvérisa du regard et lâcha :

— Comme ça, j'ai le bonheur de ta présence.

Il fronça les sourcils d'incompréhension et la regarda avec un air de jeune génisse égarée. Hélène se posa la même question pour la millionième fois : certains hommes ont-ils des rétines particulières qui leur permettent de ne surtout pas se voir dans une glace ? Enfin, quoi ! Ce jeune type était moche, crétin, vulgaire, inculte, en plus il puait la vieille transpiration et il avait les cheveux gras. Pourtant, il jetait son dévolu sur une fille supérieurement intelligente, cultivée, jolie comme un cœur, bien élevée, mignonne comme tout, sans comprendre que non, décidément, il n'avait aucune chance, même en cherchant bien, et que ses insistantes avances lui portaient sur les nerfs.

— Euh… Madame… Vous êtes une grande scientifique, il paraît.

— Non, il ne paraît pas. Il est. (Voyant qu'il ne comprenait pas, elle l'encouragea :) Continue.

— Eh ben... Quand un homme... enfin, quand une fille lui plaît vraiment et que, enfin, ça lui fait de l'effet... Enfin, voyez ce je veux dire... c'est qu'est-ce qu'il faut faire ?

Hélène se redressa de toute sa haute taille et, le regard gris acier fixé sur l'entrejambe de Fabrice, un regard de géomètre qui évaluerait le boulot, proposa d'une voix paisible :

— La castration. Ça marche très bien chez les bovins.

Le voyant se décomposer et blêmir, elle ajouta, conciliante :

— Non, mais attends... Avec une anesthésie, bien sûr. J'ai l'habitude chez les rats. Je me suis fait la main, y'aura pas de problème. C'est même beaucoup plus facile... plus volumineux.

Le menton de Fabrice tomba presque sur ses genoux et il la regarda comme s'il avait affaire à une folle furieuse.

— Non ? Ça ne te branche pas ? Pourtant, tu sais, les bœufs, ensuite, ils sont vachement cool... sans jeu de mots ! Ils broutent, tranquilles. Ils regardent passer les trains, peinards. Alors que les taureaux, quelle galère ! Les corridas, les prélèvements de sperme, alors qu'ils ne voient plus jamais une vache. Ils sont tout seuls dans un champ à cause de leur irascibilité. On se méfie d'eux. Personne ne veut les approcher. Les pauv' petites bêtes. Franchement, les bœufs ont fait le bon choix... Ça ne te dit vraiment pas ?

Fabrice recula vers la porte de la réserve, paniqué. Soudain teigneuse, Hélène porta l'estocade :

— Non ? Alors, un conseil, mon pote, tu lâches mes filles ! Achète-toi une poupée gonflable. En plus, tu ravales tes plaisanteries de raciste. Tu ne vas pas comprendre le concept, mais je te le fourgue quand même : nous, les scientifiques, on a constitué notre communauté internationale depuis l'Antiquité. Nous, on échange depuis des millénaires, et la seule chose qui compte, ce sont les neurones de chacun. Donc, tu es disqualifié, haut la main. Quoi qu'il en soit, en cas de manquement à l'une de ces deux règles – mes filles, les blagues de beauf – je m'occupe de toi. Compris ?

Il se précipita vers le couloir et elle l'entendit galoper vers la sortie.

Hélène soupira d'aise : il y avait quand même de bons moments dans la vie !

Sa satisfaction fut de courte durée. Très courte.

Son téléphone vibra dans sa poche. Une voix hystérique se déversa dans son conduit auditif.

— Répète, en audible, exigea Hélène au bout de trois minutes d'une logorrhée quasi incompréhensible.

Charlotte, à l'autre bout de la ligne, s'efforça à la mesure. Elle lui narra en détail la visite du policier. Très déplaisant, le mec. Ça, ils avaient du boulot avant de décrocher une norme ISO « Qualité du service. Écoute du personnel. Fidélisation de la clientèle ». Réfléchissant à la vitesse de l'éclair, Hélène demanda :

— Il a parlé des menottes ? du volant ?

— Non…

— C'est pas normal. Un volant de Mini, c'est très reconnaissable, donc s'ils l'avaient retrouvé, ils devraient savoir que c'est celui de ton véhicule.

— Comment ils ont pu déduire que la poubelle qu'on a poussée deux rues plus loin était celle de mon immeuble ?

— Je ne sais pas chérie, je ne suis pas flic. Elle ne portait aucun signe distinctif, j'ai vérifié. Écoute, je crois qu'il faut convoquer une réunion des filles. À nous toutes, on devrait trouver une parade.

Toutes ces dames, le soir du lendemain du premier cadavre.

Profitant de ce qu'Arnaud découchait et secouée par le ton d'urgence d'Hélène, Emma avait invité ses amies dans son loft. Emma adorait faire la cuisine et nourrir les êtres qu'elle aimait. Elle leur avait donc concocté un petit dîner sublime, crevettes à la diable, suivies d'un tandoori de poulet, lentilles à l'indienne à se damner.

Entre la crevette et le pilon, Hélène s'était éclairci la voix et avait lancé :

— J'ai un truc… on va dire, peu réjouissant, à vous annoncer…

Un silence massif s'était fait.

— Eh bien, voilà… Il s'agit d'un cadavre…

Elle avait ensuite relaté par le menu leurs aventures de la veille au soir et celles, plus personnelles, de Charlotte, ce matin. Juliette s'était exclamée :

— Et vous êtes quand même venues à ma fête ! Quel courage ! Oh, je vous adore, les filles.

Nathalie, un peu épuisée par son régime et ses abdominaux, avait demandé :

— Euh… On parle bien d'un assassiné pas frais, c'est ça ?

Deux hochements de tête lui avaient donné raison.

Emma se leva et déclara :

— Je vais chercher le crumble au pamplemousse. Rien d'important ne se dit en mon absence !

Lorsqu'elle revint avec un plateau lesté de cinq ramequins débordant d'une croûte légère et dorée, pas un mot ne s'était échangé entre ses amies.

Emma posa son chargement et, fixant Charlotte, demanda :

— Je veux que tu me jures que tu n'as rien à voir dans ce meurtre !

— T'es malade ! s'offusqua la psy. Gérard était exaspérant. Cela étant, si j'avais dû buter tous les mecs usants que je me suis récoltés, ce serait une hécatombe !

— Je suis dans le flou intégral, marmonna Juliette. Pourquoi est-ce que ce type a terminé dans ta voiture, menotté, toutes portières fermées ?

Nathalie, la sage, qui avait passé son tour de crumble avec une infinie tristesse, réfléchit à haute voix :

— Je me demande… Enfin, pour ce que j'en sais, ça m'évoque assez un truc des services secrets.

— Ah ouais ?

— Oui… Tu sais, des cadavres improbables, qui se baladent un peu partout… Les flics ne sont jamais au courant et tu te retrouves dans les ennuis jusqu'au cou, parce qu'ils sont méfiants comme pas possible et qu'ils voient des tueurs partout. En fait, il s'agit d'exécutions, de contrats, bref de choses super-sérieuses qui n'ont rien à voir avec « je dézingue mon mari qui me cocufie » ou « je trucide le voisin qui veut faire piquer mon chien parce qu'il aboie ».

— Écoute, on ne voit ça que dans les films, rétorqua Hélène.

— Je ne comprends pas plus que vous, résuma Juliette. Mais une chose est certaine, on se serre les coudes. On est toutes l'alibi les unes des autres et on n'en démord pas ! On n'est pas coupables, et ils ne vont pas nous prendre la tête !

— Juste, on se serre les coudes, et on n'en dévie pas, répéta Emma en pointant un index parfaitement manucuré sur Charlotte. (Réfléchissant, elle demanda :) Tu ne crois pas que tu devrais prévenir ton mari ? Enfin, là, on sort un peu du simple incident domestique, je trouve.

Les couleurs qui se succédèrent sur le visage de Charlotte les stupéfièrent : rouge, vert, blanc. En scientifique avisée, Hélène se demanda comment elle parvenait à réaliser ce caméléonisme, peu fréquent dans l'espèce humaine. Un soupir de fin du monde échappa à la psychanalyste qui sembla se ratatiner dans son fauteuil. De grosses larmes silencieuses dévalèrent le long de ses joues.

Les quatre autres se considérèrent, à tour de rôle, perdues.

— Euh… quelqu'un a dit quelque chose de déplacé ? murmura Hélène décontenancée.

— J'crois pas, balbutia Juliette.

— Ma chérie… Ça va, ma chérie ? demanda Nathalie en pleine incompréhension.

— Non… NOOOONNNN !!! brama Charlotte en se levant si brusquement que toutes sursautèrent. Aaaaahhhh, je me hais, je me hais, je me hais ! (Trépignant, poings serrés, yeux fermés, le visage farouche, elle glapit :) Je suis lamentable, impardonnable, en dessous de tout, pitoyable, détestable… tout ! Un cloporte… Un répugnant cloporte, vous dis-je ! hurla-t-elle en faisant mine d'écraser un insecte dégoûtant sous sa semelle.

— Oh… pas à ce point, quand même, chuchota Juliette en pleine confusion mentale.

— SIIIIIII ! rugit Charlotte en la fixant comme si elle allait la mordre. Je suis une menteuse, une traîtresse, une pleutre, doublée d'une félonne…

— C'est les nerfs qui lâchent, tu crois ? murmura Emma à l'oreille d'Hélène qui haussa les épaules d'incertitude.

Sentant que l'on s'acheminait vers un appel d'urgence au SAMU psychiatrique – un peu désordre dans le cas d'une psychiatre –, Nathalie sauta sur ses pieds. Poings sur les hanches, droite comme un « i », elle lança de sa voix de girl-scout toujours prête :

— Bon, alors là, je dis : on se calme ! On reprend au début et on met tout à plat. On est des grandes filles et on ne pète pas un câble.

Le ton à la fois maternel, efficace et sans chichi eut un effet magique. Charlotte se laissa choir comme un sac dans son fauteuil. Les fixant d'un regard éploré de cocker à qui on vient de piquer son os en buffle, elle avoua d'une voix vaincue :

— Je vous ai menti. Je ne suis pas mariée, y'a pas d'Hervé et je ne sais même pas où c'est l'Arabie saoudite, d'abord !

Un flot de larmes la noya et la coucha vers l'avant. Un silence complet accueillit ce déluge, silence que rompit une Hélène en pleine déroute :

— Euh… Je ne suis pas sûre d'avoir tout compris, là.

À l'air d'Emma, elle sentit que celle-ci nageait, elle aussi, à grandes brasses.

Toute honte bue, durant le quart d'heure qui suivit, Charlotte déballa son pathétique mensonge d'une voix atone.

— … Vous comprenez, les filles ? Vous, vous êtes toutes tombées sur des types normaux. Même si ça s'est gâté après, vous aviez des choses chouettes, normales à raconter. Moi, je me suis collectionné tous les fêlés XXL… pas les petits fêlés, sympas, genre modeste artisanat de la fêlure quoi… Non, non, moi je fais dans les super-pros toutes catégories ! Le pire, c'est que je ne peux même pas prétendre que c'est juste la poisse. C'est moi qui les attire, je le sais. Alors, j'avais besoin d'un Hervé. Pour pouvoir en parler. Un gars normal, intelligent, gentil comme tout, qui prend des coups de soleil en plein désert et qui tète son bandana imbibé de sueur lorsqu'il n'a plus d'eau, juste pour gagner plus de sous et acheter une jolie maison de campagne à sa femme adorée ! Avec une piste de boules… J'adore la pétanque. Et je suis sûre qu'Hervé m'aurait fait ma piste... pour mon anniversaire... J'en suis certaine... Parce qu'il était trop mignon...

Charlotte termina son *mea culpa, mea maxima culpa* dans une crise de sanglots.

— Vous allez me détester tout le reste de votre vie, hein ? hoqueta-t-elle.

Quatre regards hallucinés la scrutaient. Hélène se demandait si elle ne tenait pas, enfin, la preuve formelle de l'existence de la quatrième dimension, preuve qui lui vaudrait à tous les coups le Nobel, si toutefois elle survivait à cette soirée. Assumant jusqu'au bout son rôle de coach plein d'entrain et jamais à cours de solutions pour toutes occasions, Nathalie récapitula d'une voix posée :

— Bien, bien... Eh bien, je crois que nous avons tous les éléments en main... Tout cela s'enchaîne logiquement, je dirais. Pas de quoi fouetter un chat. Il suffit de s'organiser... Hein ? Hein, les filles ? conclut-elle un peu désespérée par le silence en béton armé des autres.

Emma cherchait avec fébrilité quelque chose de sensé, de tendre et de réconfortant à dire :

— Euh... J'ai déjà joué à la pétanque... C'est cool. J'aime bien pointer, moi.

Juliette se rua dans la brèche :

— Oui-oui-oui... C'est vraiment cool. Mais attention aux ongles, ça casse !

Hélène les regardait comme si elle avait deux pauvres toquées sous les yeux. S'astreignant à un mémorable effort pour ne pas s'emporter, elle déclara d'une voix un brin cassante :

— C'est chouette, la pétanque. Néanmoins, je crois qu'on s'égare un peu ! Ce que je veux dire, c'est que je ne suis pas certaine que ce soit la réponse que Charlotte attend.

Secouant son index pour attirer l'attention, Nathalie approuva :

— Hélène marque un point... Euh... me semble-t-il.

— Charlotte… commença Hélène en se demandant comment il convenait d'aborder la suite. (« Cruche de compèt' », « Mais tu ne te fais pas peur ? » ou « Ma vieille, faut que tu consultes d'urgence » semblaient également inadéquats et manquaient sans doute un peu de cœur. Aborder les choses de façon scientifique : calme, lucide et raisonnable.)

L'intéressée sanglotait toujours entre ses mains.

— Woh ! Charlotte, je te cause, là ! vociféra la scientifique.

La psychanalyste leva un visage dévasté, aux paupières gonflées et rougies. Le cœur de Juliette se serra. Leur amie allait être défigurée demain. Bon, quand tout cela serait réglé – si possible par Hélène –, elle demanderait des sachets d'infusion à Emma. Elle devait bien avoir de la verveine quelque part. Pour faire des compresses oculaires. Souverain pour décongestionner.

— Écoute… En ce qui me concerne, ça ne me fait pas grand-chose qu'Hervé n'existe pas. Bon… D'accord, c'était un peu crétin de l'inventer, pas trop mature, on va dire… (Hélène tapa dans ses mains, réjouie, et éclata de rire :) Mais, on emmerde la maturité, non ? On sera matures quand on aura quatre-vingt-dix ans !

— Oh… Oooh, c'est super-intelligent ce que tu viens de dire, la félicita Juliette. Oui, on l'emmerde, à pied, à cheval et en voiture !

— Je signe des deux mains, approuva Emma. Qui a envie d'être mature ? à part les gens qui y sont forcés ?

— Ben moi, je l'ai été, annonça Nathalie d'un ton songeur. Ça ne m'a pas DU TOUT amusée. D'ailleurs, si je l'avais été un peu moins, je ne suis pas sûre que Laurent serait parti. Ce qui est fait est fait ; de toute façon, c'est un pauvre type. N'empêche, je me dématurise. Et puis, Charlotte… Rien de toi n'est détestable. Rien.

— Ben oui, ça tombe sous le sens ! renchérit Emma.

— Pffftttt, bien sûr, qu'elle est bête. C'est un coup de blues, résuma Hélène.

— Un cadavre dans sa Mini, ça fragilise sa femme, observa Juliette. Elle a des excuses !

— Et l'important c'est d'être ensemble, conclut Nathalie.

Toutes se levèrent et se serrèrent les unes contre les autres. Un sanglot de soulagement rompit le silence :

— Oh… Ce que je me sens mieux, les filles. Qu'est-ce que je deviendrais sans vous ! J'ai l'impression de sortir d'un vieux cauchemar.

Charlotte et Emma, ce même soir du lendemain du premier cadavre, plus tard.

C'est vraiment sympa de m'avoir raccompagnée, déclara Charlotte lorsque Emma gara l'une des grosses Mercedes de sa compagnie en bas de son immeuble.

— Je t'en prie, chérie ! Hélène est crevée et elle a une réunion aux aurores, Nathalie n'a pas de bagnole, et Juliette devait rentrer pour sa fille. La limo était en bas, vraiment, c'est tout simple.

— Euh… Emma… Tu ne peux pas savoir ce que ça me soulage de vous avoir dit la vérité. Je me détestais de vous raconter ce bobard. Le problème, c'est qu'une fois que tu as commencé, tu ne peux plus faire machine arrière. C'est comme avec mes voisins. Quand je pense que j'ai passé une semaine à ramper pour ne pas faire de bruit et que j'en étais réduite à faire pipi dans la baignoire parce que c'est plus silencieux que dans les toilettes ! Et eux, qu'est-ce que je fais ? Je ne peux tout de même pas leur avouer la vérité !

— Tu divorces… Tu en as assez de te languir après ton mari. Ou alors, il a rencontré une sublime Émiratie… aux yeux verts…

— En Arabie saoudite ?

— C'est pas des Émiraties en Arabie saoudite ? s'inquiéta Emma.

— Je dirais que c'est plutôt des Saoudiennes.

— Bon, alors une Saoudienne, ou alors une Émiratie qui voyageait en compagnie de ses vieux parents… mais canon, la fille, sublime. Et puis riche. Très riche. Ça ne peut pas nuire. Tu l'as très mal pris, normal. D'où divorce. Un genre de divorce éclair, façon Las Vegas.

— En Arabie saoudite ?

— Ils n'iront pas vérifier, rétorqua Emma.

— Oh, ce que je suis soulagée, répéta Charlotte. Je t'offre un petit verre, rapide ?

— Allez, pourquoi pas !

Charlotte déverrouilla la porte de son appartement en continuant sur sa lancée :

— Je sais bien que ça a l'air complètement dingue, le cadavre de Gérard. Mais je t'assure qu'on n'a rien exagéré, ni Hélène ni moi.

— Je vous connais. Donc je vous crois. C'est juste que… c'est dingue, effectivement.

Charlotte avança de deux pas. Tiens, elle avait oublié de laisser allumé dans le couloir. Un réflexe, pourtant. Tendant le bras à la recherche de l'interrupteur, elle buta sur un truc. Mou, le truc. Lorsque la lumière fut, un silence de sépulcre s'abattit. Métaphore appropriée puisque le gars assis par terre, le dos contre le mur du couloir, les jambes étendues devant lui était indiscutablement mort. Très. Un poignard planté dans la gorge, le devant de sa chemise blanche imbibé de sang.

— Aaaahhhh, mon Dieu ! glapit Charlotte.

— Là, on a effectivement un gros problème, résuma Emma du ton de la dame qui trouve que certaines personnes ont tendance à charger un peu trop la mule. Tu le connais, celui-là ?

Charlotte détailla le cadavre et assura :

— Pas du tout. Quel soulagement ! Ce n'est pas un de mes patients, ni un des livreurs, ni même le gars qui nettoie mes vitres.

— Tu penses que quelqu'un pourrait t'en vouloir terriblement… au point d'abandonner des macchabées dans ton sillage ?

— Je finis par me le demander. Pourtant, je t'assure, après mon analyse, je peux affirmer que je ne suis pas paranoïaque.

Les poings plantés sur les hanches, Emma détaillait le cadavre, une moue de franc déplaisir aux lèvres.

— Ce que c'est agaçant ! D'abord, pourquoi est-il venu mourir chez toi ? C'est quand même pas la place qui manque ! Comme si on n'avait pas déjà assez de trucs à gérer dans la journée ! Non mais, c'est vrai. On est quand même très occupées… (Mécontente, elle enfonça le clou :) On frise la grossièreté, j'te jure !

Charlotte, les yeux mi-clos, la bouche serrée en cul de poule, regardait le mort. D'une voix hésitante, elle lâcha :

— Je me demande si je ne vais pas un peu craquer, là ? Non, je veux dire, un ça va encore, deux ça gâche pas mal.

— Ça manque de considération, je suis d'accord avec toi. C'est un reflet de notre société. On devient de plus en plus égoïstes et discourtois… Et que je te colle mon cadavre parce que je ne sais pas quoi en faire. C'est comme les gens qui balancent leurs papiers gras et leurs canettes de boisson dans la nature. Cela étant, ajouta-t-elle d'une voix péremptoire, tu ne craques pas, parce que ce n'est pas le moment. Un temps pour tout et les vaches seront bien gardées. Okay ?

— Okay !

— Bien. On se tape notre whisky avec un gros morceau de chocolat pour se refaire de mignons nerfs costauds, et on appelle les filles pour décider de la suite.

— Ça tombe à pic, j'ai reconstitué ma provision de tablettes, 85 % cacao.

— Venant de toi, le contraire m'aurait déçue. Tu connais beaucoup de femmes qui ne carburent pas au chocolat ? Je trouve que ça devrait être remboursé par la Sécu.

Après moult échanges téléphoniques assez complexes, l'une posant une question à l'autre qui devait vérifier avec la troisième, la quatrième et la cinquième, il fut décidé que l'arrivée, même nocturne, de trois véhicules, dont le taxi de Nathalie – traçable, donc – en plus de la grosse limo d'Emma garée en bas de l'immeuble, risquait de manquer un peu de discrétion. Emma et Charlotte décidèrent donc d'aller chercher ces dames pour les ramener sur la scène embarrassante. Fidèle à sa stratégie, Hélène, qui semblait virer maître ès cadavres, promit qu'elle réfléchirait, le temps du voyage, à la conduite à tenir. Juliette suggéra d'apporter des fards, histoire de rendre plus pimpant celui qui avait passé l'arme à gauche. Ainsi, elles pourraient le sortir de l'immeuble en prétendant qu'il était ivre au cas où elles rencontreraient quelqu'un. Elle avait vu cette astuce dans un film. Ça avait très bien marché pour les héros. Nathalie, déjà en nuisette et qui s'apprêtait à se coucher lorsque le téléphone avait sonné, se ramona les neurones en concluant :

— Quand même, ça devient un peu systématique et pour ainsi dire inquiétant. Charlotte serait-elle visée ? Enfin, je veux dire, on ne tombe pas si souvent que cela sur des cadavres. Je m'en félicite, d'ailleurs. Deux, comme ça, coup sur coup… On frôle le rythme industriel !

Lorsque la limo eut accueilli toutes les amies et Emma repris avec une aisance de pro la route du XVe arrondissement, un silence tomba dans l'habitacle, troublé seulement par de sporadiques « Ça va, hein ? », « Ouais, ouais, ça va ! » « Si, je t'assure, ça va ». Hélène passait en revue tous les plans – de W à Z – pour sortir ce nouveau cadavre de l'appartement de Charlotte. Ça, à la limite, elle se faisait fort de trouver une parade. Mais ensuite ? Que faisaient-elles du gars ? C'est que c'est encombrant, un macchabée, quand on n'a pas les réseaux de sous-traitance derrière. Les criminels, eux, ont les contacts adéquats, pas les pauvres novices.

Lorsque la Mercedes glissa le long de la rampe qui conduisait au parking de l'immeuble de Charlotte, celle-ci déclara :

— Bon, si on rencontre un voisin, on termine une soirée chez moi. Cette Limace de Dupin Charles, par exemple... faut toujours qu'il sorte de chez lui au mauvais moment, ce type !

— T'aurais pas un vieux tapis, grand... ? s'enquit Hélène, songeuse.

— Ben si, celui qui était dans ma salle d'attente. Je l'ai conservé parce que c'était le préféré de Biscuit.

— On enroule le gars dedans pour le sortir... Façon Cléopâtre qui s'offre à César...

— Les classiques, c'est indémodable, approuva Juliette d'un air pénétré.

Deux des filles prirent l'ascenseur, les trois autres grimpèrent quatre à quatre l'escalier, prenant garde de ne faire aucun bruit. Juliette sentit son cœur lui remonter dans la gorge lorsque Charlotte ouvrit la porte d'une main peu assurée. L'esprit en pleine déroute, celle-ci poussa le battant, dévoilant le large couloir illuminé. Absolument indemne de cadavre.

—Je vous assure qu'il y en avait un, balbutia-t-elle.

—Je suis formelle, ajouta Emma en fouillant du regard le bas des murs.

—Je suggère que nous entrions et refermions la porte, proposa Nathalie, toujours pratique.

Agglutinées dans le couloir, elles en scrutaient chaque centimètre carré depuis deux bonnes minutes. Toujours pleine de bon sens, Nathalie déclara :

— Là, je crois qu'on peut conclure qu'il n'y a pas d'occis.

— Oh, j'adore ton vocabulaire, s'émerveilla Emma qui avait toujours eu du goût pour le classicisme.

— Bon, on visite l'appart', au cas où, décida Hélène.

Cinq minutes plus tard, elles avaient tout retourné. Rien.

Une généreuse tournée de whisky n'apporta aucun éclair de compréhension, excepté l'imparable déduction d'Hélène :

— Donc, quelqu'un est revenu pour embarquer le gars. De là à songer qu'il s'agissait du meurtrier et que, de surcroît, il possède un double de tes clefs – voiture, appartement, parking – il n'y a qu'un pas !

— Aaaahhhh, mon Dieu ! gémit Charlotte.

— Je crois qu'il faut positiver un peu, remarqua Juliette…

Quatre regards méfiants se tournèrent vers elle.

— … Ben oui… Au fond, il vaut mieux qu'on n'ait plus de corps, plutôt qu'un supplémentaire… Je veux dire, en termes de logistique. Pas de cadavre, c'est plus simple à gérer que deux ou même qu'un seul. Ça allège la corvée…

— Vu sous cet angle, c'est pertinent, acquiesça Hélène.

— Moi, il y a quand même un détail qui me chiffonne, commença Emma d'un ton rêveur.

— Quoi ?

— Le sang. Bon, je ne suis pas une professionnelle, mais quand tu poignardes quelqu'un, normalement, il saigne. Il n'y a pas une seule goutte de sang dans le couloir alors que la chemise du type en était gorgée. Donc, on devrait en retrouver sur le parquet, au moins un peu.

Toutes se ruèrent dans le couloir. À quatre pattes, Nathalie vérifia la netteté des lattes.

— Elle a raison, lança-t-elle en relevant le nez du sol. Pas la moindre traçouille de sang… Tu utilises de la cire d'abeille, non ? vérifia-t-elle en s'adressant à la propriétaire des lieux. Belle patine, chaude… À part ça : cette histoire n'est pas franche du collier, j'en mettrais ma main à couper.

— En d'autres termes, il n'a pas été tué sur place. Chez toi, conclut Hélène en s'adressant à Charlotte qui blêmit un peu plus.

— Attends, attends… Tu veux dire qu'on a buté ce gars ailleurs mais qu'on a ressenti l'impérieuse nécessité de le coller quand même chez moi, avant de l'escamoter ?

— En substance.

— Mais pourquoi ? s'affola la psy.

Soudain, son regard s'élargit d'effroi et elle couina :

— Ooohhh, un truc à la Cukor, vous savez, quand ce monstre essaie de rendre sa femme dingue ! Pauvre Ingrid Bergman… Elle est tellement mimine, en plus !

— *Gaslight*, murmura Emma, grande fan devant l'Éternel du papa de *Women*.

— Sauf que… Je n'ai pas de mari, tenta de raisonner Charlotte, histoire de se remonter un peu le moral, lequel moral avait glissé dans ses talons. Tout au fond.

— Cependant… pas mal d'amants, si j'ai bien compris, argumenta Hélène.

— Amants, amants… C'est une façon de parler ! Si un amant est un type qui t'allonge, ne parle que de lui et de ses problèmes et sait à peine que tu existes, alors oui, j'en ai eu pas mal. Beaucoup. Si c'est un gars qui éprouve un peu d'affection, de respect et d'intérêt pour toi, là… ma virginité est intacte. Encore une fois… C'est ma faute. On dirait que je leur fais passer des tests avant. Le plus nul, je me le garde !

— Oui… Toutefois, si on en croit tes confidences de tout à l'heure… ils ont l'air nombreux et… graves, justement et…

Un coup de coude appuyé de Nathalie interrompit Hélène dans sa démonstration. Toutes suivirent les grands mouvements de menton de leur amie en direction de Juliette.

Cette dernière semblait transformée en statue de sel, juste après que se fussent abattues les foudres divines. Une histoire assez compliquée que nous ne relaterons pas ici, mais les lecteurs intéressés pourront se référer à l'Ancien Testament.

— Juliette… Chère Juliette, chantonna Nathalie de crainte d'éveiller son amie en pleine crise de somnambulisme ou de visitation par des esprits.

Celle-ci parut sortir d'un pesant rêve et, fixant ses amies comme si elle ne les voyait pas, chuchota d'une voix d'outre-tombe :

— La moquette !

— Y'en a pas dans le couloir. C'est du parquet ciré, lança Hélène pour la forme puisqu'il était difficile de penser le contraire.

Juliette hocha la tête en signe de dénégation, avec une extrême lenteur, et poursuivit de ce même ton désincarné :

— La cabine d'ascenseur… Il n'y avait plus de moquette au sol. Ça m'a surprise, parce que mes semelles accrochaient. Sur le moment, je n'y ai pas prêté plus d'attention que ça. Et puis, ça sentait le produit nettoyant au pin. Ça m'a étonnée, en début de nuit…

Toutes se précipitèrent vers la porte. Arrivée la première, Nathalie se plaqua contre le battant et ordonna à voix basse :

— Couchées ! On ne sort pas en trombe à deux heures du matin, au risque de rameuter tout l'immeuble ! On désigne une experte qui sort avec délicatesse et discrétion et qui vérifie si notre cadavre voyageur a bien trépassé dans ladite cabine.

Tous les regards convergèrent vers Hélène, en dépit d'un constat sans méchanceté, quoique désagréable, de Charlotte :

— Experte, d'accord… Délicate et discrète, j'ai quelques doutes.

— Je sais m'adapter à tous les protocoles, à toutes les contingences expérimentales, protesta l'intéressée.

L'oreille aux aguets, tendue à l'extrême, Hélène sortit de l'appartement à pas de loup et appela l'ascenseur. Mer… Mince, pourquoi était-ce toujours elle qui écopait des situations pourries ? Scientifique, scientifique… ! Ça ne veut pas dire chef sioux capable de tresser des lianes avec les cheveux de ses ennemis, ni apte à provoquer un incendie de forêt en frottant deux brindilles l'une contre l'autre ! Elle était docteur en chimie et en biochimie. On se calme ! Pas Béret Vert et Navy Seal tout à la fois. D'ailleurs, elle avait été infichue de décoller du nœud de la corde lisse le jour du bac. Même pas d'un mètre. Quant à l'épreuve de natation, elle avait plongé en fermant les yeux, arrachant involontairement le Bikini d'une gourde qui se la jouait Brigitte Bardot en vichy rose. D'où l'aversion proverbiale qu'elle avait pour le sport. Hélène, pas Brigitte Bardot.

Les autres s'étaient massées contre le panneau entrouvert de la porte. Elles formaient un étonnant tableau de conspiratrices pas trop futées, au point que si quiconque avait ouvert sa porte à ce moment, il aurait immédiatement composé le numéro d'urgence de la police, sans même chercher d'explication. Tel ne fut pas le cas. L'ange gardien d'Emma devait encore pédaler comme un forcené, aidé en cela par les robustes mollets des anges gardiens des quatre autres.

La cabine s'arrêta dans un grelottement de câbles. Sur le qui-vive, jetant de fréquents regards vers la guirlande de têtes de nanas qui ponctuait le chambranle de la porte de Charlotte, Hélène passa à l'inspection. Première constatation : la moquette de sol avait bien été arrachée. On distinguait avec netteté les zones noirâtres de colle ancienne. À quatre pattes, la truffe alerte, Hélène renifla les parois à la manière d'un labrador levant une poule d'eau. Ça fleurait bon le nettoyant tous usages au pin. Elle ne signala pas sa découverte par une vive oscillation de queue, n'en ayant pas, ni par des bruits humides de babines inondées de bave – un peu de tenue. Et ça, cette longue dégoulinure d'un rouge brunâtre dans un coin, ça ressemblait à s'y méprendre à du sang sec. Après un regard entendu à l'adresse des quatre têtes, elle se releva et poursuivit son expertise. Ah oui... ce joli pointillé – à hauteur d'homme, ou plus exactement à hauteur de gorge d'homme –, sorte de constellation d'étoiles de même couleur et de même matière épaisse que la dégoulinure se nommait, à n'en point douter, un panache. Le panache de sang que produit une lame tranchante lorsqu'elle se plante dans une artère. CQFD : le gars avait bien été dézingué dans l'ascenseur. Restait à savoir par qui, pourquoi et la raison de son bref séjour chez Charlotte.

Hélène réfléchit à toute vitesse. De l'organisation, avant toute chose ! Elle ôta l'une de ses Paraboot et en coinça la porte de l'ascenseur, au cas où un improbable noceur rentrerait. Sur la pointe d'un pied et de l'autre Paraboot, elle se rapprocha de la porte et de la guirlande de têtes, et chuchota :

— Il me faut une gratounette et de l'eau de Javel ou un machin de ce genre. Le gentil petit gars qui a nettoyé devait être pressé. C'est du boulot de sagouin.

Hélène effaça la constellation puis la longue dégoulinure avant de réintégrer l'appartement, sous les exclamations, étouffées mais admiratives, des autres.

À la question pressante et inquiète de Charlotte, elle répondit :

— Je t'assure… il s'est fait trucider dans la cabine. Attends, j'ai assez vu *Les Experts* ! Je sais reconnaître un panache sanguin quand j'en vois un ! T'as vu l'épisode, quand ils défoncent le crâne d'un mannequin rempli de sang.

— Surtout *Les Experts Las Vegas*, approuva Juliette. La version Miami, j'ai moins accroché…

— Ah ? Moi, j'ai bien aimé, même si j'ai préféré Las Vegas. C'est plutôt la série à New York qui m'a moins plu, argumenta Emma.

— Bon, les filles… On fait pas critique télé, là ! intervint Nathalie afin de remettre un peu d'ordre. On a quelques petits tracas objectifs à régler.

À bout de sa résistance nerveuse, Charlotte s'enquit d'une voix faible :

— Admettons qu'on ait eu une excellente raison de tuer ce monsieur, celui de ce soir… Sans oublier Gérard avant lui…

— Personne ne peut affirmer qu'il s'agit du même meurtrier, observa Hélène. L'un a été étranglé, l'autre poignardé.

— Parce que, en plus, deux tueurs graviteraient autour de moi ? chuinta Charlotte au bord de la crise de nerfs.

— Je crois qu'un petit whisky ferait du bien à tout le monde, proposa Nathalie d'une voix enjouée en se dirigeant vers le salon.

Affalées par terre, dans le fauteuil ou sur le canapé, se requinquant avec la généreuse rasade servie par Nathalie, elles poursuivirent leur ramonage de méninges. Reprenant où elle en était restée, Charlotte poursuivit :

— Donc, on les tue. Jusque-là, pourquoi pas ? Ce que je ne comprends pas, c'est qu'ON se sente obligé de les coller l'un dans ma Mini, l'autre dans mon couloir... surtout pour l'enlever ensuite.

Un silence massif accueillit cette question pertinente.

— Je cherche une explication depuis qu'on est arrivées et, franchement, je ne vois pas, admit Juliette.

— Euh... une fâcheuse coïncidence peut-être, proposa Emma sans grand enthousiasme.

— Non mais tu veux rire, là ? s'emporta Hélène. Deux mecs se font buter à trois jours d'intervalle dans le même immeuble, par ailleurs très calme, et se retrouvent chez Charlotte ou extension de son domicile, à savoir sa bagnole ?

— Hélène a raison. Je vous dis que c'est un truc des services secrets. Quand c'est complètement aberrant, y'a des espions en dessous, insista Nathalie qui ne démordait pas de sa théorie.

— Pourquoi, à la fin ? Pourquoi moi ? s'emporta Charlotte, au bord des larmes.

— Un montage type des services secrets. Personne ne comprend jamais rien à ce qu'ils font, proposa Nathalie. À part John Le Carré !

Elles eurent beau se triturer les neurones durant l'heure qui suivit, rien d'un tant soit peu percutant n'en sortit.

— Écoutez, les filles, je me répète, mais on a un bon karma sur ce coup, résuma Juliette. Je veux dire, si on avait eu le corps sur les bras, qu'est-ce qu'on en faisait ? Bon, j'avais une idée, l'enterrer sous le ginkgo de la courette intérieure de l'institut de beauté... Il servait d'engrais et dans quelques années, tripette, on ne retrouvait rien… mais ça demandait pas mal d'efforts. Là, je trouve qu'on ne s'en sort pas si mal.

Après réflexion, toutes approuvèrent. Le cœur un peu plus léger, elles décidèrent de réintégrer leurs pénates respectifs, Emma servant de chauffeur. Sauf Nathalie qui, n'ayant plus charge d'âme et aucune obligation le lendemain, décida de passer la nuit chez Charlotte. Demain, elle attendrait que le serrurier sommé de venir changer les serrures, et plus vite que ça, ait terminé pour rentrer chez elle. Non mais ! Ce n'était pas un serrurier qui allait leur casser les pieds, en plus du reste !

— Oh ma chérie, ça me rassure tellement que tu restes avec moi, fondit l'intéressée en l'embrassant de soulagement.

Nathalie et Charlotte, le lendemain du deuxième cadavre.

Nathalie se réveilla au son des ronflements de bouledogue français de Charlotte (pour ceux qui n'auraient pas eu le privilège de côtoyer la race, imaginer les chutes du Niagara sur fond de rhinite allergique) et tenta, sans grand résultat, de repousser le bras étendu de son amie qui l'étranglait. Mon Dieu, ce qu'elle ronflait ! Le whisky ne devait pas y être étranger. Elles avaient terminé la bouteille, une fois les autres parties. Sans doute un peu excessif. Toutefois, permis par le régime, puisque l'index glycémique de ce noble breuvage était bas… Euh… du moins en quantité raisonnable. À leur décharge, des circonstances qui sortaient un peu de l'ordinaire. Un début de migraine prometteur cognait contre les tempes de Nathalie. Elle décida de se lever, d'avaler une brouette d'aspirine et de préparer le petit déjeuner. Jambon, œuf ou fromage blanc pour elle, une tomate si elle en trouvait, puisque Juliette avait décidé qu'un régime moyen-bas index glycémique convenait à son surpoids. De fait, elle avait perdu trois kilos en moins d'une semaine. N'empêche… quand tout cela serait terminé, quand elle aurait abandonné ses bourrelets, elle se taperait une pleine assiette de religieuses au chocolat… de millefeuilles peut-être… ou, soyons fous, de paris-brest. Salivant de convoitise, elle détailla le contenu du réfrigérateur de son amie. Pas de quoi tomber en pâmoison.

Pas étonnant qu'elle soit si mince et si élégante dans n'importe quelle tenue. Non, parce que, soyons claires : les fausses copines qui vous font le plan de « Moi, ma chérie, je mange ce que je veux, autant que je veux », il y en a peut-être trois dans le tas qui disent la vérité, qui jouissent d'un métabolisme scandaleux – archi-scandaleux – capable de brûler toutes les calories ingérées, mais les autres bidonnent ! Comme celles, plates comme des limandes, qui reviennent de pseudo-vacances avec une paire de seins qui retiennent à eux seuls la robe : la natation, bien sûr ! Ou les filles, ravinées des bajoues et gondolées des paupières, qui ressortent avec trente ans de moins, aussi lisses que des fesses de poupon. La chirurgie esthétique ? Non, non : la méditation et les anti-oxydants du poireau, sans oublier les bains de siège à la coriandre. On se moque de qui, là ?

Elles petit-déjeunèrent en silence, chacune luttant contre un mal de crâne postéthylique, plongée dans ses réflexions. Charlotte n'avait pas l'air trop en forme. Histoire d'alléger l'atmosphère, Nathalie gazouilla :

— Tu sais, je crois que je commence à avoir un début d'idée pour mon roman.

— Ah oui ? Quoi ?

— Eh bien, voilà… C'est l'histoire d'une femme, la petite trentaine, intelligente et tout, pas mal du tout, mais pas le genre bombe, tu vois. Et alors, elle tombe amoureuse de ce gars, sublime, frisant la quarantaine, en se disant qu'elle n'a aucune chance… T'en penses quoi ?

Charlotte lui fit l'amitié de prétendre réfléchir avant de répondre :

— Prometteur… Prometteur. Mais je me demande si la trame n'est pas un peu usée… On va dire par un bon millier de déclinaisons ?

— Je la sentais un peu convenue, moi aussi. Le problème, c'est que Laurent, l'immonde cancrelat, a embarqué l'ordinateur. Je ne peux même pas jeter mes idées… Et en ce moment, avec le prochain divorce… je ne suis pas vraiment en fonds.

— Je te passe mon portable. Je ne me sers que du gros qui est installé dans mon cabinet, proposa aussitôt Charlotte.

— Oh, ce serait vraiment sympa. Ça ne va pas te gêner ?

— J'ai dû l'allumer trois fois depuis que je l'ai acheté. Et puis, comme ça, j'aurai l'impression d'avoir un peu contribué à ta nouvelle vie. Y'a pas que Juliette, quand même, ajouta Charlotte dans un sourire.

Nathalie inclina la tête et avoua, d'un ton doux et assez triste :

— Je vais te dire… Si vous n'étiez pas toutes là, je ne suis pas sûre que je me battrais. Je crois que je me laisserais glisser.

— Ah… La réactivité, quelle poisse ! C'est surtout féminin. Je ne fais rien pour moi, par moi, puisque je ne m'aime pas tant que cela. Je fais pour les autres et alors, là, je me défonce. Je réagis, je n'agis pas.

— C'est assez ça. Ça vient d'où ?

— Je crois que c'est l'éducation des filles…

— C'est la barbe, non ? demanda Nathalie en avalant une tranche de tomate.

— Je ne suis pas sûre, au fond. Regarde… Toi, tu as tes amies. Une autre a sa vieille mère, son mari ou ses enfants, une autre encore un vieux voisin cacochyme, ses poissons rouges ou ses bégonias. Si tu réfléchis bien, on a toujours quelqu'un ou quelque chose dont on doit s'occuper, sur lequel on doit veiller. Ça nous porte. Ça nous maintient en vie.

Nathalie réfléchit et un sourire illumina son visage plein d'entrain :

— C'est une jolie philosophie… Ah mince, j'ai un pépin de tomate coincé entre les dents. Je vieillis.

— Pardon ?

— Lorsque tu es jeune, tu n'as jamais rien de coincé entre les dents. Quand tu vieillis, n'importe quoi s'y fourre. Comme tu es bien élevée et que tu ne vas pas te fourrer les doigts dans la bouche, tu passes la demi-heure qui suit à essayer de le repousser, discrètement, avec la langue.

— Tu as peur de vieillir ? demanda Charlotte qui dépensait une fortune en crèmes antirides et avait commencé à prévoir, deux ans plus tôt, son budget laser, Botox®, acide hyaluronique, clinique du jeûne, chirurgie esthétique et autres.

— J'ai eu, j'ai plus. Sans doute grâce à Laurent. Je n'ai jamais eu peur de vieillir pour moi, mais à cause de lui. Et, tu vois, ça n'a rien changé. Encore un problème de réactivité. Tu sais, j'avais une très bonne amie, l'âge de ma mère. Hélène l'a connue. Elle est morte d'une attaque cérébrale avant que je vous rencontre, Juliette, Emma et toi. Elle me répétait « Ce qui compte quand tu atteins soixante-dix ans, ce n'est pas que tu aies une gueule ridée. C'est que tu aies une belle gueule et que tu puisses lui dire, chaque matin dans la glace : je t'aime bien [1]. »

— Oh, tu vas me faire pleurer…, murmura Charlotte.

Un remue-ménage provenant du palier brisa net son émotion. Une voix résonna, très masculine, sans toutefois que les deux femmes parviennent à comprendre ce qu'elle proférait.

Les yeux écarquillés, les joues pâles, Charlotte crachouilla sans presque décoller les lèvres :

— Ch'est lech flich !

— Pardon ?

Chuchotant, la psychanalyste répéta :

— C'est le flic.

Nathalie blêmit à son tour :

— Qu'est-ce qu'il vient faire ?

— Pas la moindre idée… Gérard… ?

Elles se dévisagèrent durant une longue seconde puis, reprenant ses esprits, Nathalie se leva et ôta ses chaussures.

1. *Thank you, dear Elizabeth.*

— Je vais voir.

Avançant sur la pointe des pieds avec autant d'allure qu'un Gros Minet décidé à s'offrir une estouffade de Titi, elle se dirigea vers le couloir.

Tétanisée dans la cuisine, Charlotte s'efforçait de compter les secondes, se trompant chaque fois qu'elle changeait de dizaine, accélérant au rythme de sa panique montante au point que si on se fiait à son énumération, Nathalie était déjà partie depuis une heure cinq minutes et vingt secondes lorsqu'elle reparut deux minutes plus tard.

Charlotte lui jeta un regard de chien perdu. Son amie annonça d'une voix blanche et basse :

— Ça sent pas top, là. Ils sont trois. Il y a un grand type aux cheveux bruns, très courts…

— C'est lui ! Ce Benoît Levasseur, inspecteur divisionnaire…

— Et deux autres types en combinaison blanche, avec des protège-chaussures, des masques et des gants. Ils sont en train de trifouiller dans la cabine d'ascenseur. Il y en a un qui vaporise un produit sur toutes les parois.

— La cata ! Du lumi-machin. *Les Experts* ! Si ça vire au rose, c'est que c'est du sang ou du sperme, ou je ne sais plus quoi… Argh…

— Qu'est-ce qu'on fait… ? bredouilla Nathalie.

— Qu'est-ce que tu veux qu'on fasse ? Je ne peux pas sortir en m'exclamant : « Vous ici ? »… d'autant qu'il te regarde toujours comme si tu venais de lui piquer son paquet de chewing-gums tout neuf. Donc, on attend.

Les tasses de café se succédèrent dans un silence angoissé, pour ce qui sembla une éternité aux deux femmes. Nathalie jeta un regard à sa montre. Mince, plus d'une heure ! Elle tendit l'oreille. Rien, sauf le souffle accéléré de Charlotte.

— J'y retourne.

Elle s'avança à pas de loup vers la porte palière et se colla à l'œilleton.

Un cri de soulagement lui échappa :

— Ils sont partis !

Charlotte, le surlendemain matin du deuxième cadavre.

Charlotte terminait sa lecture assidue de *Journal of psychiatry* – pas aussi distrayant que *Gala* ou *Closer*, mais plus informatif en termes de dysfonctionnements mentaux… quoique, avec certains people, on avait quand même parfois de la clinique édifiante – lorsqu'un coup de poing contre la porte la fit bondir.

— Police… Levasseur. Mme Claudanel, ouvrez !

Nooon, pas lui ! La mauvaise humeur prit soudain le pas sur son inquiétude. Elle avança à pas lents dans le couloir. Il faudrait quand même se calmer et revenir à une perception un peu objective de la réalité ! Elle n'avait pas tué ces deux types. On n'allait pas lui pourrir la vie parce qu'un individu, très mal élevé, avait jugé bon de semer des cadavres – qui étaient de son fait – pour l'un dans sa voiture, pour l'autre dans son couloir. Franchement, elle était une femme posée, de bonne volonté, une citoyenne qui obéissait aux lois, même si elle prenait quelques libertés avec l'administration fiscale en ne déclarant pas tout à fait scrupuleusement les consultations payées en liquide. Pas de quoi fouetter un chat. Pauvre bête. Donc, on n'allait pas la harceler, la victimiser. Elle ouvrit la porte, prête à en découdre.

— Mme Claudanel…

— M. Levasseur…

— Inspecteur Levasseur…

— Sans blague ? Moi, c'est docteur. Vous voulez votre titre ? Donnez-moi le mien.

Le regard très noir l'épingla. Bon, ce type commençait à lui chauffer les doigts de pieds, et il lui pompait l'air. C'était pas lui qui se retrouvait avec des trépassés dans son couloir ou dans sa bagnole. Alors, un peu de décence et de compréhension, s'il vous plaît !

Il avança, massif, dans le couloir, la contraignant à reculer vers le salon.

— Nous avons un petit problème, Dr Claudanel… Quelqu'un a été abattu dans votre cabine d'ascenseur… Nous pensions qu'il s'agissait de Gérard Malbert. Les analyses ADN sont formelles, ce n'est pas lui. C'est un autre sujet de sexe masculin.

— Qu'est-ce que vous voulez que je vous dise ?

— Gérard Malbert était bien l'un de vos patients, n'est-ce pas ?

Bon, se cramponner. Faire face.

— En effet. Avec plus ou moins d'assiduité.

— Ce qui nous ennuie… c'est que le sang de cet… inconnu, visiblement abattu dans la cabine d'ascenseur, mène jusqu'à votre porte. Les traces, sur la moquette du palier…

Elle aurait dû avoir peur. Pourtant, il commençait vraiment à lui casser les pieds. Mince, qu'il cherche ailleurs. Elle lâcha d'un ton sec :

— Encore une fois, que voulez-vous que je vous dise ?

Il ferma les yeux. Elle se fit la réflexion déroutante qu'il pouvait avoir l'air d'autre chose que d'une sorte d'implacable Zorro, le genre qui vous cloue contre un mur d'un coup de fouet pendant que des voix barrissent sur fond de musiquette : « Son nom est Zorro, Zorrrrrôôôô !!! »

— Pas grand-chose, Dr Claudanel. D'autant que nous avons également retrouvé le même sang conduisant à l'appartement de

M. Dupin et des Valières. Étrange, étrange… pourquoi aurait-on traîné un cadavre sur trois étages différents…

Un soulagement bienvenu requinqua Charlotte.

— Bon… alors… qu'est-ce que je peux faire pour vous… ?

Il la détailla de la tête aux pieds. Pour la première fois, il sourit, inclinant la tête sur le côté en murmurant :

— Je ne vous vois pas en meurtrière… Mon instinct me trompe rarement. Je vous trouve très… attachante… distrayante.

Oh que non, bonhomme ! Le plan drague, tu te le colles dans la poche arrière de ton jean et tu t'assieds dessus ! Tu es en train de m'amadouer pour me tirer les vers du nez. Rigolo ! De toute façon, maintenant, je sais : dès qu'un type a ce qu'il faut pour me plaire, c'est un inachevé du néocortex. Quant à ton instinct, on parie combien que je le roule dans la farine avant d'en faire un beignet ?

Suave, surfant avec habileté sur la petite faiblesse de l'inspecteur divisionnaire Benoît Levasseur, Charlotte proposa d'un ton cordial :

— Je vous offre un café ?

— Volontiers.

Il la suivit jusque dans la cuisine. Son regard balaya l'environnement. Puis elle. Charlotte prétendit ne pas le remarquer.

— Parlez-moi un peu de vos voisins… les Valières et ce M. Dupin.

Oh là ! Gaffe. Pas question de faire dans la délation de proximité ni même de donner du grain à moudre à ce type, qui restait avant tout un flic. Ne jamais l'oublier. Elle s'affaira autour de la machine à expresso et lâcha, détachée :

— Oh, vous savez… Nous entretenons des relations typiques d'immeuble parisien… « Bonjour », « Bonsoir », « Quelle pluie aujourd'hui ! »… ce genre de banalités. J'ai d'excellents sablés bretons. Ça vous dit ?

— Avec plaisir. Il est un peu étrange Dupin, non ?

Feignant l'étonnement, elle demanda :

— Dans quel sens ?

— Eh bien, un peu lunaire. D'autant plus étonnant qu'il est trader pour une grosse banque.

— Vous m'apprenez quelque chose. Je ne connaissais pas son travail. Il est un peu distrait, en effet. Courtois, cependant.

Elle lui jeta un sourire conquis pendant qu'il terminait son sablé, se demandant quand il allait enfin la lâcher.

— Distrait… répéta-t-il songeur. C'est pourtant lui qui a prévenu le gardien au sujet des petites gouttes de sang sur la moquette de son palier. Rouge sombre à motifs bleu marine, la moquette. Il faut avoir un sacré sens de l'observation pour remarquer les taches.

L'idée était tellement sidérante qu'elle dut lutter contre le fou rire qu'elle sentait monter. Quoi ? Qu'insinuait-il ? La grande Limace Dupin Charles en tueur sadique et organisé ? Dupin traînant sa victime sur trois étages puis prévenant le gardien de l'état de propreté douteuse de la moquette ? Le Dupin qui devait se perdre entre sa cuisine et sa salle de bains, s'il oubliait sa boussole dans les toilettes ? Après tout, que ces grands garçons se débrouillent entre eux, tant qu'ils lui fichaient la paix ! Elle se contenta d'un peu compromettant :

— Ah bon ?

— Hum, hum…

Un remord brutal assaillit Charlotte. Oh non… Elle ne pouvait pas faire ça ! Elle n'allait pas laisser cette pauvre Limace se débattre toute seule avec la police. D'autant que c'est mou et lent, une Limace. D'où, forcément, quand ça se révolte, ce n'est pas vraiment spectaculaire et encore moins efficace. Avançant sur des œufs, elle prétendit l'hésitation :

— Euh… vous ne pensez tout de même pas que M. Dupin… enfin, comment dire… est à l'origine du sang retrouvé dans la cabine ?

— Je n'exclus jamais aucune possibilité en début d'enquête... Charlotte.

Tiens, tiens ? Elle devenait Charlotte. Elle fit mine de ne pas s'étonner de cette soudaine familiarité. Le moins qu'on pouvait dire, c'est qu'il ne traînait pas en besogne, le Benoît !

— Écoutez, là, vraiment, j'en serais très étonnée !

— Pourquoi ?

— Disons... Enfin, je ne veux pas être médisante et ça reste entre nous, toutefois... ce n'est pas un nerveux, M. Dupin... C'est même plutôt un grand... flasque.

— On a souvent des surprises.

— À qui le dites-vous !

Il comprit qu'elle faisait allusion à sa vie privée et un sourire détendit son visage. Bon, d'accord, il était pas mal du tout, le Benoît. Plutôt beau gosse, dans le genre carré des mâchoires. Couchée, Charlotte ! Non, non et non ! C'est exactement ce que pense la mignonne grenouille juste avant de se faire bouffer par l'affreux héron. Elle s'imagina, glissant inexorablement le long de l'œsophage de l'inspecteur divisionnaire, tentant de s'accrocher de toutes ses petites pattes, avant de terminer dans son estomac suintant d'acide chlorhydrique. Quelle horreur ! Très dissuasif.

— Et donc, votre mari travaille en Arabie saoudite depuis un moment ? demanda-t-il ensuite d'un ton si léger qu'elle sentit que le mignon Benoît Levasseur avait fait des recherches à son sujet et qu'à part la couleur du soutien-gorge qu'elle portait ce matin – coordonné au slip, s'il vous plaît –, il connaissait sa vie sur le bout des doigts.

Elle produisit un rire de gorge, assez convaincant, selon elle.

— Je ne peux pas mentir à la police, quand même... Je n'ai jamais été mariée. L'invention de ce lointain Hervé – le prénom de mon prétendu époux – est une sorte de... d'épouvantail. Ça me permet de repousser des... assiduités que je ne souhaite pas.

Bon, c'était un gros mensonge. Cependant, cela, il ne pouvait pas le savoir. Il n'y avait que les filles qui étaient au courant, et elles se feraient réduire en panure avant de cafter.

— Je vois… Je comprends. Certains hommes jouent la même comédie pour éviter de se faire passer la corde au cou. (D'un ton presque doux, il commenta :) La vie est injuste. Beaucoup de gens font des pieds et des mains pour attirer leurs semblables et d'autres mentent pour les décourager.

Elle se retint de lui balancer que si la vie était juste, ça se saurait depuis longtemps. Pas la peine de gâcher son humeur conciliante. Elle se contenta d'acquiescer d'un petit mouvement de tête. Pénétré et attristé, le mouvement.

Il l'interrogea ensuite au sujet des Valières. Les réponses de Charlotte furent encore plus évasives et insignifiantes. Il semblait chercher un prétexte pour prolonger sa visite ; elle mit un point d'honneur à ne surtout pas le lui fournir. Allez… qu'il parte ! Elle devait téléphoner aux filles. Épineux problème : dans quel sens ? Par qui commencerait-elle la tournée ?

Nathalie, trois jours après le deuxième cadavre.

Errant entre les linéaires du supermarché voisin de chez elle, Nathalie réfléchissait. Ça faisait même un moment qu'elle se creusait les méninges. Historique ou pas historique ? Policier ou comédie ? Le roman. SON premier roman et best-seller. En d'autres termes, elle n'était pas du tout à ce qu'elle faisait : les courses. Son regard tomba sur le contenu du Caddie qu'elle remplissait en pilotage automatique. D'abord un sourire furtif de gourmande, vite remplacé par un soupir de désolation. Un pot de rillettes, du yaourt glacé aux noix de macadamia, de la crème dessert au chocolat, un peu de salade piémontaise, et une énorme pizza surgelée. Résignée, elle reprit le chemin des différents rayons pour y reposer ses emplettes. Bon, elle avait droit à plein de trucs savoureux durant son régime et Juliette avait insisté sur le fait qu'elle devait se chouchouter. Bref, commencer à se rentrer dans le crâne qu'elle devait s'aimer. Vaste programme dans le cas de Nathalie qui avait toujours cru qu'il valait mieux aimer les autres, tous les autres, à l'exclusion d'elle-même. Or donc, gratifions-nous, en espérant qu'il en reste quelque chose ! Elle opta pour un sachet de saumon écossais, du jambon de dinde, de magnifiques tomates cœur de bœuf, un concombre et de la mâche, un beau poulet label, des œufs de poulettes choyées et une barquette de framboises, sans oublier une bonne bouteille de vin. Juliette serait fière d'elle !

Patientant dans la file d'une caisse, elle se fit la déroutante réflexion qu'elle avait fort peu pensé à Laurent depuis trois jours. Même l'angoisse, la colère, l'envie de revanche s'estompaient à la vitesse de l'éclair. À quoi devait-elle ce répit ? À ce très futur roman qui occupait ses heures ? Ou alors au fait qu'elle aussi s'était totalement détachée de son mari, sans s'en rendre compte, pire : en refusant de l'admettre par crainte d'un avenir de solitude ? Au fond, que restait-il de cette rupture, hormis une cuisante blessure d'orgueil de femme lourdée ? Pas de manque de Laurent – de toute façon si peu présent du temps de leur union –, pas d'amour bafoué, pas d'inconsolable chagrin. Assez triste quand elle y songeait. Presque un quart de siècle. Et rien si ce n'était deux enfants qu'elle voyait à peine. Finalement, Laurent et elle s'étaient-ils un jour véritablement aimés où s'étaient-ils contentés d'associer leurs deux existences, pour l'excellente raison que la vie à deux est plus aisée que seul ? La sonnerie de son portable la tira de son humeur plus que morose. La voix affolée de Juliette se déversa dans son oreille :

— Je suis désolée… Oh, ma chérie… Je t'assure que j'ai tenté tous les coups, même les plus foireux… sans oublier celui du carnet d'adresses perdu. Mais il est obstiné, l'animal…

— De quoi tu parles ?

— De Vincent, qui voulait ton numéro de téléphone. Pour te remercier de ta présence à la fête. Et pourquoi pas la date de la mort de Napoléon ? Il me prend vraiment pour une gourde et demie à moi toute seule ! Il m'a quasiment arraché le portable des mains pour consulter mon répertoire… Et, bien sûr, y'a ton numéro. Oh, je suis désolée… Je te jure que ce n'est pas ma faute…

— Ce n'est pas grave, chérie…

Lorsqu'elle raccrocha, l'humeur de Nathalie avait changé du tout au tout. Guillerette, la fille. Un peu gamine, mais ça ne fait pas de mal, bien au contraire. Elle gloussa… Elle l'avait trouvé… avenant, cet homme. Drôle, en plus. Charmant, séducteur et séduisant. Prudence quand même, cocotte. Les femmes manifestent souvent un gros penchant pour les hommes à femmes… lesquels sont précisément cela : des hommes à femmes. Multiples, voire innombrables, les femmes. Elle s'arrêta net, suspendant son geste. Elle resta là, la plaquette de saumon à la main, à mi-chemin entre le fond de son Caddie et le tapis roulant. Qu'est-ce qu'elle se jouait, là ? Vincent Castelnin avait juste demandé son numéro de téléphone. 1) Rien ne prouvait qu'il allait l'appeler. 2) Peut-être avait-il oublié le temps de cuisson de la blanquette de saumon aux crevettes et champignons, en croûte. Elle lui en avait confié la recette au cours de la fête, entre deux coupes de champagne, puisqu'ils s'étaient découvert un goût commun pour la bonne chère, doublé d'une préoccupation identique quant au poids.

Toutefois, rien ne parvint à tempérer l'excellente humeur de Nathalie, pas même la note assez salée de ses courses. Ce que ça pouvait coûter cher de manger pour maigrir !

C'est donc en chantonnant dans un anglais très approximatif et surtout phonétique, « Man, aïe file laïke euh wouman [1] », qu'elle remorqua les deux gros sacs jusqu'à sa cuisine. Ça aussi, il allait falloir qu'elle s'y mette si elle souhaitait viser l'international ! C'était pas le tout de perdre des kilos. Ne pas causer la langue grande-bretonne serait une grave erreur stratégique. Qu'à cela ne tienne. Elle avait tant manqué de projets durant toutes ces années – à part refaire les doubles rideaux, nettoyer la moquette à la shampouineuse et acheter des géraniums-lierre pour les jardinières du balcon – que l'idée de devoir se colleter à des choses nouvelles la grisait.

Elle se prépara une magnifique assiette que n'importe quel restau aurait pu baptiser « précieux nordique, sur son petit lit de verdure » – autrement dit saumon fumé sur salade (mais ça fait

1. « Man, I feel like a woman ».

moins chic-nature) –, se servit un verre de vin et transporta son plateau au salon. C'était décidé : elle écrirait une sorte de *Autant en emporte le vent*, mais en France et à notre époque. Certes, reproduire une pseudo-guerre de Sécession dans la Creuse ou en Auvergne n'allait pas être de la tarte. Toutefois, les écrivains sont censés déborder d'imagination.

Elle en resta là de ses projets littéraires et son plateau atterrit au sol. Fort heureusement à plat et à l'endroit, un miracle compte tenu des circonstances. Une tornade avait traversé le salon. Elle détailla, d'abord sans comprendre, les meubles retournés, la télé balancée sur la moquette, les doubles rideaux arrachés, pendouillant lamentablement, l'ordinateur portable de Charlotte au sol, le canapé tailladé, de grands lambeaux de cuir arrachés de sa structure. La sonnerie de son portable lui tira un cri perçant. Elle récupéra l'appareil, tremblant si fort qu'elle eut un mal fou à enclencher la communication.

— Ma chère Nathalie… J'espère que je ne vous dérange pas… C'est Vincent… Castelnin… Vous savez, le patron de…

— Oui, oui… Vincent… je… Je crois que j'ai été cambriolée… je viens d'arriver… Tout est sens dessus dessous.

Une voix alarmée à l'autre bout de la ligne :

— Quoi ? Vous êtes sûre qu'ils ne sont plus là…

— Euh… je ne sais pas, bredouilla-t-elle, un peu affolée.

— Bouclez-vous dans une pièce. Donnez-moi votre adresse, j'arrive ! Je suis là dans cinq, dix minutes au pire… vous ne sortez sous aucun prétexte. Salopards… ! cracha-t-il, hargneux. Une femme seule, évidemment. La victime désignée !

Elle s'exécuta et raccrocha. Le téléphone glissa de sa main et tomba au beau milieu du saumon et de son mignon petit lit de verdure. Elle n'avait plus peur. Elle était sur un nuage. Vincent. Un preux chevalier. Aaahhh, les hommes sont fabuleux… Enfin, certains. D'autres en revanche… Laurent lui aurait ordonné de prendre des photos et d'appeler la compagnie d'assurances afin qu'ils soient bien remboursés. Vincent allait débouler comme un fou pour la défendre. La vie est géniale, même après un cambriolage. Ah, qu'il était merveilleux ! Pas étonnant que les femmes tombent à ses pieds. Non, ça, elle allait dire à Juliette qu'elle la trouvait trop sévère. Après tout, il n'y aurait pas de séducteurs s'il n'y avait pas de femmes séduites, soyons logiques ! Lorsqu'un type est simplement crampon, s'il n'a rien pour lui, il se fait envoyer sur les roses. Emballé, c'est pesé ! Au suivant. En revanche, Vincent... non, il y avait de quoi mollir de la résistance...

Elle souriait bêtement au carnage du salon, aux anges. Toutefois, Nathalie-tête-sur-les-épaules refit surface. 1) Par voie d'avocat, Laurent lui avait fait savoir qu'il souhaitait récupérer le canapé et les deux fauteuils en buffle qu'il avait achetés pour le salon. Sur le coup, elle avait refusé, net et clair. Finalement, il pouvait les avoir : ils étaient mutilés au-delà du réparable. 2) Elle allait se servir de ce « matériel » pour son roman. Adorable nana rentre chez elle et découvre son appartement retourné. Le voleur – qui n'est pas un vrai cambrioleur, mais un espion gabarit international et très beau mec, bien sûr – est toujours sur les lieux. Il devrait la tuer. Cependant, c'est le coup de foudre. Il ne peut pas, ne veut pas lui faire de mal. Oui... bon, ça ! 3) Vincent était un héros. Après tout, qui lui disait qu'il n'y avait pas trois malfrats armés jusqu'aux dents, planqués dans le placard des toilettes ? N'écoutant que son courage, il traversait Paris et intervenait. Qu'il était craquounet ! Il faudrait donc qu'elle ait l'air d'avoir un peu peur, pas mal même. Genre, elle se blottissait entre ses bras en tremblant et soupirait de soulagement contre lui, juste après qu'il aurait effectué une fouille minutieuse de l'appartement, armé du couteau à pain. Il méritait bien cela. Non, parce que, disons-le tout net : tous les mâles « en ont ». Anatomiquement. Aucune femme ne discutera cet aspect strictement génétique du problème. En revanche, les hommes qui « en ont » vraiment ne sont pas aussi répandus qu'on pourrait l'espérer. Encore plus bizarre : cette sous-espèce « dotée » se recrute aussi bien chez les femmes que chez les hommes. Or donc, de toute évidence, Vincent « en avait ». Comme elle. Quel bonheur !

Elle se décida pour la salle de bains munie d'un verrou : là elle pourrait s'asseoir sur la lunette des W.-C. Elle récupéra son verre de vin sur le plateau, toujours au sol et, avant de s'enfermer dans ses transitoires pénates, déverrouilla la porte d'entrée pour que Vincent ne se fasse pas mal s'il lui prenait la lubie de défoncer le battant d'un coup d'épaule. Avec les hommes braves, toujours prévoir la Bétadine et l'arnica, sans oublier la pince à épiler pour les échardes. Il est vrai qu'avec Laurent – un grand pétochard – elle n'avait jamais eu ce genre de soucis. Elle l'avait beaucoup regretté.

Elle sirota son verre de bourgogne en attendant, assise sur l'abattant blanc.

Un rugissement la fit se redresser d'un bond.

— Salopards, montrez-vous ! Nathalie ?

— Je suis dans la salle de bains, cher Vincent, flûta-t-elle.

— Restez-y. Ils se sont sauvés, les lâches, à tous les coups. Toutefois, je préfère m'en assurer avant de vous délivrer. Ne bougez pas.

Oh non… C'est trop chouette. Je ne vais certainement pas bouger, songea Nathalie, pauvre princesse bouclée dans son donjon du XXIe siècle, branché tout-à-l'égout. Elle l'entendit aller, venir, ouvrir toutes les portes. Avait-il trouvé le couteau à pain ?

Enfin, un coup léger contre la porte.

— Vous pouvez sortir, ma chère. Ils ont décampé.

Lorsqu'elle ouvrit, la stupéfaction la cloua. Vincent, l'air pas commode du tout, serrait un Smith et Wesson dans la main. Elle avait imaginé la scène un peu plus artisanale : le couteau à pain ou la spatule à spaghettis, hérissée de grandes dents qui pouvaient faire très mal si on les abattait sur un crâne. Là, on virait professionnel, sérieux.

— Euh… c'est un vrai pistolet… ? bafouilla-t-elle.

— Un revolver, ma chère. Quand le barillet tourne, c'est un revolver. Quand c'est un chargeur, avec des balles empilées les unes au-dessus des autres, c'est un pistolet. Peu importe. Une arme sans hésitation et sans bavure. J'ai un permis, ne vous inquiétez pas.

— C'est… dangereux, non ?

— Sans aucun doute. Cela étant, un ou deux hommes contre une femme seule aussi, répondit-il d'un ton sans emphase. Vous ne le saviez pas, mais je viens de Belleville. Le coup de boule et le coup de poing ne me font pas peur. J'en ai pas mal reçu et j'en ai donné plus encore.

Un cataclysme émotionnel la secoua de la tête aux doigts de pieds. En toute franchise, elle n'avait jamais craint d'éventuels cambrioleurs embusqués. Cependant, là, c'était trop beau, insoutenable. Un homme. Un vrai. Un pas lâche, mais pas stupidement violent. Un amusant, intelligent. Un qui n'en faisait pas trois tonnes mais assumait. C'était décidé : on le lui enveloppait et elle le ramenait à la maison, même sans ruban autour. Pas besoin de ticket de caisse, elle ne l'échangerait pas.

Elle fondit en larmes, sans se forcer. Ne comprenant pas l'origine de son gros chagrin, il se méprit et le mit sur le compte de la peur rétrospective, alors qu'il ne s'agissait que de soulagement. Elle était si heureuse ! Il la prit dans ses bras et la berça comme une enfant.

— Allons, allons… Je suis là maintenant… rien de vilain ne peut se passer. Les méchants cambrioleurs sont partis. Ils ne feront rien de mal à l'adorable Nathalie. Vincent va appeler un serrurier et faire blinder la porte et changer les serrures… Et comme ça Nathalie dormira tranquillement, sans cauchemar…

Ah… qu'il était craquant… il lui parlait comme à une fillette de cinq ans. Elle n'était plus Nathalie qui sait, qui peut faire, qui va faire. Elle devenait quelque chose qu'elle n'avait jamais été : Nathalie dont on s'occupe et se préoccupe. Soudain, il lui sembla insupportable de continuer à lui mentir. D'une voix faible, elle lança :

— Vincent… Vous êtes tellement merveilleux… Je ne suis pas vraiment la sœur de Juliette. Ce n'est pas sa faute. C'est la mienne. J'essaie de maigrir un peu et comme… je divorce, je n'ai pas beaucoup de moyens. Elle m'a permis d'utiliser les appareils de musculation de votre institut, le soir, après la fermeture. C'est de la pure amitié de sa part. Surtout, ne lui en tenez pas rigueur. Si vous devez en vouloir à quelqu'un, c'est à moi…

Il la considéra, l'air sévère, et elle se sentit couler en dedans d'elle-même. Et s'il la détestait maintenant ? Elle ne pourrait pas le supporter.

Soudain, il sourit :

— Nathalie, chère Nathalie… vous pensez que j'ai cru un seul instant à cette fable ? Les femmes ont toujours le sentiment qu'elles peuvent faire avaler n'importe quoi aux hommes. Ce n'est pas parce que nous faisons semblant que nous mordons à l'hameçon. Ça fait partie du jeu, rien d'autre. Le seul problème, c'est que vous êtes sublime comme vous êtes. J'adore les femmes un peu rondes, qui aiment manger. Assez de ces ectoplasmes, avec des bras et des cuisses de moustique, qui sont repus avec deux olives, trois minuscules fleurs de brocoli et un bébé carotte lorsque vous les invitez dans un restaurant magnifique. Cela étant, si vous voulez continuer à vous épuiser sur ce stupide tapis roulant… vous êtes la bienvenue à n'importe quelle heure. Je trouve cela un peu dommage, c'est tout !

Là, vraiment, elle venait de taper dans la qualité archi-supérieure. L'homme label rouge. On peut en dire ce qu'on veut, mais le label, ce n'est pas n'importe quoi. Le cahier des charges est très strict. Ce qui suivit acheva de la convaincre. En effet, en temps normal, lorsqu'on appelle un serrurier, il faut un bon mois de séduction et de menaces pour qu'il se déplace – si le gars est sympa –, un autre pour que le travail soit fait. Cette fois-ci, grâce à Vincent, en quatre heures les cornières furent posées, les serrures changées, et la porte fut doublée d'une épaisse plaque d'acier. Pendant le temps où l'artisan et son ouvrier s'activaient, et après avoir un peu redressé le salon avec l'aide de Vincent, Nathalie proposa :

— Et si je nous faisais cette fameuse blanquette de saumon en croûte ? Je file chez le poissonnier et… Euh… suis-je bête… vous avez sans doute quelque chose de prévu pour ce soir…

— Rien. Plus rien. Hum… la blanquette… Un chablis… je pense qu'un chablis serait idéal en accompagnement… Certes, on est toujours confronté à l'éternelle difficulté en matière de chablis : est-ce qu'on le boit un peu frais ou à température ambiante… ? Les deux camps ont des arguments recevables. Chassagne-montrachet, même combat. Ah oui… on pourrait opter pour cela… Excellent vin, lui aussi. Selon moi, la température ambiante rehausse les parfums. D'où bon nombre de puristes me tomberaient sur le poil. Vous ne trouvez pas réjouissant qu'on s'empoigne encore, dans notre si triste et affligeante société, à propos des conditions de consommation du vin ?

— Oh si ! approuva Nathalie dans un sourire. Le bon vin c'est comme l'art. Cela donne l'illusion qu'il nous reste un peu de civilisation. Que la barbarie peut être tenue à distance.

Il ferma les yeux de contentement et proposa :

— Vous acceptez que je vous accompagne ? J'adore faire les courses… Surtout le vin et le fromage.

Ouh là… Elle était en train de se laisser mollir grave !

Nathalie et Hélène, quatre jours après le deuxième cadavre.

Une sorte d'aimable langueur engourdissait Nathalie. À l'autre bout de la ligne, Hélène piaffait.

— Non, écoute... qu'est-ce que tu veux que je te dise ? J'ai réussi une blanquette de saumon en croûte, sublime, sans exagération. Je crois que j'étais vraiment inspirée. Vincent avait acheté un chassagne-montrachet et un chablis à tomber raide. Bon, on s'est un peu imbibés, il faut l'avouer.

— Et le reste ?

— Euh... Je vais te confier un secret... Je n'ai connu qu'un homme avant lui, Laurent. Ben... j'ai eu tort... Vraiment ! Rien de comparable. Là, on est carrément dans un autre univers. Ah ! là là, là là ! Quelle nuit ! Je suis crevée... J'ai des courbatures partout... Je me sens... vraiment... géniale !

— Ah, la veinarde ! Il est si bien que cela ?

— Au-delà, chérie ! Bon, je ne suis pas une experte, mais je sais quand c'est génial ou tarte. Laurent méga-tarte, Vincent top-génial. Jusque-là, j'étais convaincue que le sexe, c'était sympa, une rencontre, un échange... Je ne savais pas que ça pouvait être un véritable feu d'artifice avec toi dans le rôle du pétard. Le genre qui te cloue sur le matelas.

Une petite voix défaite lui répondit :

— Je suis ravie pour toi. Moi, ma sex-life est dans les choux.

Depuis près de deux ans. Quant à ce qui s'est passé avant, ça ne vaut même pas la peine de le mentionner.

— Tu vas trouver quelqu'un de super, j'en suis sûre, tenta de la rassurer Nathalie.

— Ah ouais ? Qui ? Un de mes excellents collègues qui me savonnent la planche ? Je préfère encore un vibromasseur en cas de gros désespoir. D'ailleurs, je vais peut-être m'en offrir un.

— Pourquoi tu ne tentes pas ta chance sur l'un de ces sites de rencontres Internet ? Bon, faut se méfier... Certaines personnes ont une fâcheuse tendance à pas mal fabuler. Du genre, je mesure un mètre quatre-vingt-dix, musclé comme Tarzan, connais Shakespeare et lord Byron dans le texte, excellente situation, adore les enfants, les animaux et même les bégonias, goût marqué pour l'art et les balades romantiques, infatigable amant de surcroît. Et trente-cinq mails plus tard, tu te retrouves avec un nabot cacochyme qui change de chaussettes une fois par semaine et éprouve des difficultés à déchiffrer le programme télé.

— Ouaifff... Le problème, c'est que je ne suis pas sûre d'avoir envie... de pédaler pour trouver un type potable. La grosse flemme, quoi ! Tout recommencer à zéro, avec un risque non négligeable de finir les dents plantées dans le mur...

— Je comprends... D'un autre côté, la vie réserve parfois de magnifiques surprises, enfin, je veux dire, bonnes. Regarde Vincent. C'était totalement inespéré. Si ça se trouve, je ne vais jamais le revoir. D'après ce que m'a confié Juliette, il butine. Du genre : « Oh la jolie fleur ! Allons voir un peu plus loin. » Mais ça m'est égal. Enfin, non, ce n'est pas vrai. Toujours est-il qu'il m'a fait un cadeau précieux. J'existe en tant que femme séduisante. J'avais oublié. Ça fait un bien fou. Au fait, et ta mère ? Elle rentre quand de Tanger ?

— Tant qu'elle est là-bas, elle me fout à peu près la paix, alors elle peut y rester aussi longtemps qu'elle veut.

— Elle va peut-être rencontrer un roi du pétrole ou un sublime émir, pouffa Nathalie.

— Y'a toujours eu des mecs qui n'avaient pas de bol ! rétorqua Hélène d'une voix peste.

Un coup de sonnette péremptoire fit sursauter Nathalie.

— Je te quitte, chérie. Il y a quelqu'un à la porte. Je t'embrasse.

Un livreur embarrassé derrière un énorme bouquet de fleurs, magnifique dégradé de beiges et de bleus, se tenait sur le paillasson. Un peu saisie, elle décacheta l'enveloppe.

Grossier personnage que je suis : je m'impose. Êtes-vous libre ce soir, demain soir, après-demain soir, tous les soirs ? Vous me manquez terriblement. Je retiens tous les soirs que vous m'accorderez. Tous les matins aussi. Vincent.

Sous l'œil assez ahuri du livreur, elle sautilla sur place de délectation, gloussant de bonheur, plaquant la missive sur son visage, éclatant de rire, reniflant au bord des larmes. Le pauvre gars la considérait d'un air las. Il n'attendait qu'un ou deux euros de pourboire que Nathalie finit par lui offrir lorsqu'elle revint – transitoirement – à ses sens. Une panique quasi-hystérique lui tomba dessus lorsqu'elle eut refermé la porte, l'énorme bouquet dans les bras. Aaahhh, mon Dieu ! Que porter ? Jean et pull léger, cool, ou robe ? Quel parfum ? Chanel N°5, la grande classe, un peu exigeant chic-glamour, toutefois. Lutens « Ambre sultan », élégant, très, mais le genre « je suis en pleine possession de ma sensualité », pas vraiment son cas. Du moins, pas encore. Ou plutôt la subtile eau d'ylang et de vanille de Guerlain, le plan « j'ai mis cela ce matin, sans y penser, avant mon petit jogging ». Bien sûr, elle s'aspergerait trois minutes avant qu'il arrive. Pas mal, ça. Bon, un problème de réglé, le repas maintenant. Aaahhh, mon Dieu… Qu'est-ce qu'elle allait préparer ? Un pot-au-feu ? Non, il faisait trop chaud. Un lapin au cidre et aux cèpes ? Hum… beaucoup de gens n'aiment pas le lapin. Une daube aux carottes ? Trouver de la bonne viande bovine dans son coin sans l'avoir commandée, ça n'était pas simple. *Idem* pour la côte de bœuf à la moelle. Aaahhh mon Dieu, mon Dieu ! Quel stress ! La solution s'imposa, belle dans sa simplicité : un haricot d'agneau. Une merveille. Il allait adorer. En plus, elle avait droit aux légumes secs, vivement recommandés par Juliette. Parfait ! Allez, un petit whisky. Elle l'avait bien mérité. Ce qu'un homme peut compliquer la vie d'une femme ! Surtout celle d'une femme amoureuse. D'un autre côté, ça faisait bien longtemps qu'elle ne s'était pas sentie autant en vie.

Emma, le soir, quatre jours après le deuxième cadavre.

Lorsque Arnaud rentra de la galerie vers dix-neuf heures trente, Emma, enveloppée dans son peignoir, était assise sur la moquette de leur dressing et regardait d'un air vachard ses quatre-vingt-trois paires d'escarpins au milieu desquelles traînaient, très incongrues, une paire de santiag – des vraies Frye boots quand même, en iguane bordeaux et cuir beige – et une paire de baskets.

— Tu n'es pas prête ?

Elle lui jeta un regard vindicatif et marmonna :

— J'y vais pas !

Poings sur les hanches à la manière d'une jolie théière anglaise à anse recourbée, Arnaud demanda d'un ton sec :

— Comment cela ?

— J'y vais pas, je te dis, répéta-t-elle énervée.

— Enfin, la dernière fois, vendredi, tu as passé une soirée « exceptionnelle » selon tes termes, non ?

— Justement, feula Emma, de plus en plus hargneuse. C'est ce que les Américains appellent la « Third date », plus élégant que « le troisième rencard ». Toutefois, il s'agit du même plan.

— Et ? s'enquit Arnaud un peu perplexe face à cette arithmétique.

— C'est le rendez-vous à l'issue duquel on couche ! glapit-elle.

— Ah oui ? Et ça fonctionne à tous les coups ? Ils sont vachement organisés, les Américains. Ça ne m'étonne plus qu'ils soient la première puissance mondiale ! Quoi qu'il en soit, tu n'es pas pucelle, non ?

— Pas vraiment, admit-elle, boudeuse. D'un autre côté, je n'ai pas non plus l'expérience de Charlotte ou de Juliette… moi, je les compte sur les doigts d'une main ! Et, il y a des moments… où je le regrette !

— Je ne comprends pas. Je n'ai vraiment pas eu le sentiment que le monsieur en question te déplaisait.

— Eh bien, c'est le problème, figure-toi ! cria-t-elle. Il me plaît, beaucoup !

Au bord de l'exaspération, Arnaud souffla :

— J'ai toujours pensé que les femmes – même les plus merveilleuses – étaient incohérentes ! Un problème hormonal, sans doute.

Furibonde, elle se releva d'un bond et pointa un index agressif vers lui en assenant :

— Nous ne sommes pas incohérentes, môssieur ! Nous, môssieur, nous pouvons nous vanter de posséder une double cohérence, contrairement à vous qui devez vous débrouiller avec une seule ! D'abord !

— Eh bien, ça ne doit pas vous simplifier la vie.

Le chagrin la rattrapa et elle gémit :

— Oh, non. Je n'y vais pas, Arnaud. Ça va être la grosse plantade. Je ne sais pas… ça devient trop sérieux, trop aigu, ce truc. Je veux dire… Et s'il n'était pas du tout sur les mêmes rails que moi ? Si c'était juste « on se fait une bonne bouffe, on s'envoie en l'air, cool, et on reste bons amis » ? Avec n'importe quel autre, je m'en ficherais… mais là… la fille, elle y va pas !

— Oh que si, la fille, elle y va ! (Arnaud retrouva le petit ton pète-sec et mademoiselle-je-sais-tout qui faisait merveille avec tout le monde, mais qu'il n'utilisait que rarement avec elle :) La fille va se maquiller, s'habiller, être une reine, comme d'habitude. La fille est capable d'assommer ce type s'il se révélait nul, ce dont je doute. La fille est sublime, donc elle reste sublime. On emmerde les cons, et s'il n'est pas à ta hauteur, qu'il aille se faire foutre !

Elle le dévisagea avec son grand regard d'enfant. Une peine diffuse s'insinua en Arnaud. Il songea qu'au fond il n'avait jamais véritablement aimé qu'elle. Sans égoïsme, sans calcul. Elle était amoureuse de cet Américain. Et si elle le quittait, lui, maintenant ? Ne pas penser à cela. Ce n'était pas parce que sa vie sentimentale à lui n'était qu'une interminable succession de ratages qu'Emma ne devait pas trouver l'homme de sa vie. Et puis, Arnaud l'admettait, il était horriblement fatigant, exigeant, ce que son physique, son humour et son intelligence lui permettaient toujours. Pour combien de temps encore ? Deux semaines plus tôt, excédé, il avait viré un charmant Aubin parce qu'il ne connaissait pas Victoria de Los Angeles, selon Arnaud l'une des plus grandes sopranos de tous les temps avec Maria Callas. Un crime de lèse-majesté.

Il s'avança vers elle et la serra contre lui, murmurant contre son front :

— Tu es… un conte de fées. Tu sais… la chose qui n'existe pas et qui pourtant existe. Ne l'oublie jamais. Ne transige jamais. (Il la repoussa, l'air sévère, et répéta :) J'ai dit : sublime, une reine ! Allez, dépêche-toi, ordonna-t-il dans un claquement de doigts. Exécution ! Choisis quelque chose d'un bleu intense ou dans les gris pour mettre tes yeux en valeur. Évite-nous cette crétinerie de robe vert mélèze que tu as achetée la semaine dernière… quelle idée ! Tu n'es pas rousse, et encore moins brune. Tu es blonde aux yeux bleus. Pas de vert ! Ah… quelle fatigue… Répéter et répéter sans cesse les mêmes choses !

Sur cet éclat, il sortit du dressing.

Un sourire dérida Emma, le premier de cette soirée. Étrange comme Arnaud savait remettre sa vie d'aplomb. Elle finissait par se sentir jumelle de ce bienveillant caractériel. Elle n'osait pas imaginer où elle aurait échoué sans sa force, sans sa générosité. Une longue histoire d'amour. Inclassable mais incassable.

Sublime, une reine. Y'a qu'à demander !

Charlotte, le soir, quatre jours après le deuxième cadavre.

Il était presque vingt et une heures lorsque Charlotte rentra de son club de remise en forme. Au fond, elle n'avait pas une passion pour le rameur, le glider et autres tapis de musculation et planches d'abdominaux, pourtant, ce soir, l'exercice physique l'avait détendue. Elle projetait un plateau-repas soigné devant deux épisodes de *Rome*. Le genre « sang, sexe, trahisons et bonne humeur ». Charlotte faisait partie des spectateurs impatients qui détestent attendre une semaine pour voir la suite d'une série et donc n'allument leur poste de télévision que pour visionner les DVD desdites séries – décalage parfois gênant puisqu'elle les voyait avec un an de retard et s'extasiait ou s'offusquait alors que tout le monde avait déjà oublié de quoi il retournait. César – Julius, agaçant cette manie qu'ils avaient tous de s'appeler César – venait tout juste d'être lardé de coups de glaive alors qu'elle le trouvait vraiment mignon avec sa belle mèche brune. Elle se demandait dans un pincement d'appréhension si la deuxième saison l'accrocherait autant que la première. Octave, avec ses bouclettes, était un peu jeunot à son goût. Plus maternable que suintant le sex-appeal. Or l'Histoire était formelle : il allait prendre la succession de son grand-tonton trucidé et régner de dix-neuf à soixante-dix-sept ans, avant de se faire empoisonner par sa chère et tendre qui n'en était pas à son coup d'essai.

Elle se débarrassa de son manteau et soupira. Douche d'abord ou douche après ? Oh, douche après. Forte de cette résolution confortable quoiqu'un peu paresseuse, elle se dirigea vers son dressing pour se déshabiller.

Le rai lumineux qui filtrait sous la porte la surprit, sans toutefois que cette observation atteigne les bons neurones : ceux de la méfiance. Elle poussa la porte et se retrouva nez à nez avec un monsieur qu'elle ne connaissait pas mais qui avait l'air résolument patibulaire, presque autant que l'arme passée sous sa ceinture. Les bons neurones s'allumèrent enfin – un vrai feu d'artifice – et Charlotte piaula de trouille. Le type s'élança vers elle pour tenter de l'immobiliser. Elle lui balança un grand coup de sac à main en pleine figure. Merci mon Dieu pour la mode des sacs oversize bourrés à craquer et pesant une demi-tonne, parce que quelques années auparavant, avec celle des sacs-baguette, elle eût été mal ! Paniquée, elle se rua vers la porte palière pour appeler au secours. Le temps qu'elle tourne le verrou qu'elle avait bouclé avec soin, l'odieux agresseur était sur ses talons. Il la saisit par le dos de son chemisier et tenta de la tirer vers le salon. Charlotte se débattit comme une diablesse, certaine que ce n'était pas par simple envie de conversation qu'il s'acharnait à la maîtriser. Une effroyable conviction galvanisa ses forces : il allait la tuer. Elle projeta son coude de toutes ses forces vers l'arrière, coude qui s'enfonça dans un truc un peu mou, arrachant une exclamation étouffée et douloureuse au sale type dont la poigne se relâcha. Elle bondit vers le palier en hurlant :

— OUÎNKKK, à l'aide… au secours !!!

Des idées plus terrifiantes les unes que les autres défilèrent dans son cerveau à la vitesse de l'éclair. Et si personne n'était rentré ? Pire, si tout le monde se calfeutrait chez lui de peur des ennuis ? Si le tueur parvenait à la tirer vers l'appartement ?

Un autre hurlement.

Une porte qui claquait. Une cavalcade qui prenait l'escalier d'assaut. Dupin Charles qui déboulait sur le palier en tee-shirt et caleçon à rayures bleues. Pieds nus. Charlotte se fit la réflexion – crétine à souhait vu les circonstances – qu'il avait de beaux orteils, pas des petites saucisses cocktail boudinées, et des jambes musclées. Elle ne comprit jamais, même avec le recul, ce qui se passa ensuite. Charles Dupin assena une tarte monumentale à son agresseur qui la lâcha. Puis elle eut le sentiment qu'il lui expédiait un uppercut à lui arracher la mâchoire, si elle en jugeait par le bruit d'impact. Le tueur vacilla et Dupin le cueillit d'un coup de poing en plein sternum. Le type s'affala, dans les pommes. Charlotte, bouche ouverte, yeux écarquillés, dévisageait la grande Limace en se demandant si elle n'avait pas plutôt affaire à son frère jumeau. Physiquement, il ressemblait à Mister Limace comme deux gouttes d'eau – mais la comparaison s'arrêtait là. Du moins jusqu'à ce qu'il parle. Ce débit lent et incertain, aucun doute : on était bien dans « Charlotte au royaume enchanté des gastéropodes » :

— Euh… ch'sais pas… j'ai eu l'impression qu'il n'était pas amical… J'me suis… peut-être un peu précipité… regretta Dupin en haussant les épaules avec mollesse.

Incapable d'articuler un mot, elle désigna d'un index tremblant la ceinture de son agresseur. Dupin se baissa et tira l'arme entre le pouce et l'index. Enfin, le Verbe revint à la psychanalyste qui bredouilla :

— Euh… M. Dupin… c'est bien un silencieux ce genre de capuchon au bout du canon, non ?

— J'crois bien… Donc, selon moi… c'est qu'il n'avait pas de bonnes intentions… J'ai bien fait de monter, non… ?

D'une petite voix, elle flûta :

— Qu'est-ce qu'on fait, maintenant ?

— J'chais pas trop… J'ai pas trop l'habitude… Je me demande si on ne devrait pas l'attacher et appeler la police… Z'auriez pas une corde ?

— Euh, non… juste des tendeurs dans le coffre de la voiture.

— Bon… Ben alors, je vais chercher ma corde de randonnée… J'suis randonneur… avec un petit groupe de copains (Il lui tendit le revolver et précisa :) S'il bouge… un coup de crosse sur le haut du crâne…

Dupin revint quelques instants plus tard, instants qui avaient semblé une éternité à Charlotte et durant lesquels elle avait scruté le corps évanoui, à l'affût du moindre signe de reprise de conscience.

La célérité, l'efficacité avec laquelle Dupin saucissonna son agresseur acheva de la stupéfier. Il remonta les jambes du gars dans son dos et les lia à ses poignets en moins de cinq secondes.

— Euh… on pourrait peut-être rentrer chez vous. Enfin, j'veux dire… pas rester sur le palier… pour téléphoner à la police…

Elle hocha la tête avec vigueur.

Ce n'est qu'à ce moment-là qu'un autre indice troublant s'imposa à elle. À sa décharge, les détails affolants et potentiellement macabres n'ayant pas manqué, on pouvait excuser cette légère inattention de sa part. Charles Dupin n'était pas essoufflé. Du tout. En dépit de la cavalcade, de la bagarre et du saucissonnage. Belle forme physique, ma foi.

— Si ça vous ennuie pas, Dr Claudanel… je vais redescendre pour m'habiller un peu… (Il désigna son étage d'un geste mou avant d'ajouter :) Et puis, je reviens. Enfermez-vous. Je cognerai deux coups rapprochés, puis un espacé. Comme ça… vous saurez que c'est bien moi…

— D'accord, M. Dupin… (Rattrapée par l'émotion, envahie par une pétoche rétrospective, elle balbutia au bord des larmes :) Mon sauveur !

Lorsque Charles Dupin pénétra chez elle cinq minutes plus tard, il avait à nouveau endossé ses vêtements de grande Limace. Étrange, en général on a plutôt une mauvaise surprise au déballage. Là, c'était l'inverse. En caleçon-tee shirt, il n'avait plus l'air étriqué et sous-alimenté. Il était même du genre baraqué et athlétique. La randonnée, sans doute. Un noble sport qui muscle de partout. Charlotte s'était déjà descendu un whisky bien tassé et l'attendait pour le servir. Sans s'oublier, dans la foulée.

— Euh… non, merci Dr Claudanel… je bois pas… sauf une coupe de champagne… de temps en temps. Au restaurant, pour mon anniversaire. On se réunit avec mes copains de randonnée. J'suis du signe du Bélier.

— Ah bon ? commenta-t-elle un peu perdue tout en songeant qu'elle avait bien fait de s'envoyer un généreux malt cul sec avant qu'il arrive.

— Vous croyez aux signes astrologiques ? s'enquit alors Dupin, semblant avoir tout oublié du sale type qui marinait sur le palier.

Égarée, elle avoua :

— C'est… une question que je ne me suis pas posée depuis un certain temps…

Il eut l'air un peu dépité et s'enquit :

— Et vous, vous êtes quoi ?

— Euh… Capricorne…

— Bon signe, fiable. Du caractère, parfois trop… mais très fiable, courageux.

— Ah… ? Ça me fait bien plaisir…

En pleine déroute intellectuelle, elle ajouta, tendant le bras en direction de la porte palière :

— Et lui… là-bas ?

— Ah oui… Bon… Ben, on appelle, non ? C'est quoi son nom à ce type, pas cool, qui est venu pour le cadavre de la poubelle et le sang dans l'ascenseur ?

— Benoît Levasseur. Inspecteur divisionnaire. Il m'a donné sa carte, proposa-t-elle en se levant

Le portable de l'inspecteur « pas cool » était sur répondeur. Charlotte lui laissa un message pressant, résumant les événements et lui enjoignant de la rappeler au plus vite. Elle conclut par :

— … parce qu'on ne sait pas quoi en faire quand il se réveillera…

Elle raccrocha et fonça vérifier à l'œilleton de la porte. De retour dans le salon, elle annonça au sieur Dupin :

— Il est toujours inconscient… C'était un uppercut, non ?

— C'est pas tellement l'uppercut… En revanche, un coup de poing dans le sternum, ça secoue… Enfin, il paraît…

— M. Dupin… je ne sais comment vous remercier… vous m'avez sauvée. Je suis sûre que ce type voulait me tuer. Sans exagération… Même si j'ignore pour quelle raison. Enfin, je me dis qu'un simple cambrioleur se serait enfui… Je ne comprends rien. Euh… Si ce n'est pas indiscret… vous pratiquez les arts martiaux ?

— Oh non… trop violents. Je préfère la randonnée. Si ça vous disait, un jour… j'suis sûr que mon petit groupe serait content d'accueillir un autre membre… il y a déjà deux femmes… vous ne seriez pas toute seule… Vous inquiétez pas, on ne force pas l'allure. C'est aussi le prétexte pour faire un peu de botanique… Chouette, la botanique. C'est fou le nombre de choses qu'on ignore au sujet des végétaux. Ils cachent plein de mystères. Et puis, on pique-nique, c'est super-sympa… Chacun prépare un plat à partager, salé ou sucré… comme ça, on a toujours des surprises. La dernière fois, j'avais fait une quiche au saumon et aux épinards. Tout le monde m'a complimenté.

Il y a des moments dans la vie d'une femme où elle songe qu'elle vient de basculer dans la quatrième dimension sans que personne l'ait mise en garde avant. Charlotte en expérimentait un. Récapitulons : un sale type s'introduisait chez elle, alors que les serrures venaient d'être changées, avec la ferme intention de la buter. Dupin, à qui elle aurait prescrit les yeux fermés une longue cure de multi-vitamines – très longue –, assommait son agresseur en deux temps trois mouvements puis la saoulait avec ses histoires de randonnées et de quiche. Il y avait une erreur dans l'image. Cependant, elle ne parvenait pas à la détecter.

En pleine débandade, elle s'entendit proposer :

— M. Dupin… puisque nous attendons… Je ne sais pas si vous aviez dîné… moi non. Les émotions creusent… Je ne suis pas un cordon bleu. Néanmoins, une belle salade, c'est dans mes possibilités.

De fait, elle mourait de faim.

— Non… euh… j'ai pas eu le temps… ce serait volontiers, sauf que je veux pas vous embêter.

— Du tout ! s'exclama-t-elle en songeant qu'au moins elle aurait un truc normal, carré, banal à faire. Verser du vinaigre, un peu de sel et de poivre, puis de l'huile et touiller. Bref, revenir sur le plancher des vaches. C'est super-chouette le plancher des vaches, surtout lorsqu'on a le sentiment de léviter au-dessus, et contre sa volonté, depuis un moment.

— Euh… le problème, Dr Claudanel… je ne mange pas de viande…

Au point où elle en était !

— Du poisson ? J'ai de l'excellent saumon fumé sauvage. Avec une bonne salade de crudités, et moi, excusez-moi… l'émotion, mais je me servirai un verre de vin. J'ai du lait si vous préférez. En revanche, je suis à court de jus d'orange… et je ne bois pas de soda.

Sauf parfois, mais uniquement dans le whisky de qualité moyenne, faillit-elle préciser, mais elle se retint de justesse.

— Je vais vous aider… je suis très efficace dans une cuisine… Et je ne cochonne pas. Euh… oh allez, à titre exceptionnel… je boirai bien un petit verre de vin, moi aussi.

Ils s'installèrent au salon et attaquèrent leurs assiettes en silence. Soudain, Dupin lança :

— Dr Claudanel… vous allez me trouver très curieux… J'me disais… comme ça… mais je peux me tromper… enfin, j'chais pas… c'est quand même pas trop normal ce qui se passe en ce moment. À votre avis ?

Oh bonhomme… si tu savais… tu en voudrais à ta mère de ne pas t'avoir fait escargot. Eux, au moins, ont une coquille dans laquelle s'abriter !

— Pas très, en effet. Du sang, un cadavre dans la poubelle, décomposé le cadavre à ce que m'a dit la police, ma voiture vandalisée et maintenant, ça !

— Euh… j'espère que je ne me montre pas grossier… mais, je… enfin… il me semble que ça a un peu l'air de tourner autour de vous…

Elle faillit lui balancer que s'il avait dû attendre qu'un mec pénètre par effraction chez elle dans l'intention de la dégommer avec un flingue équipé d'un silencieux pour se douter qu'elle était concernée, il était affligé d'un gros défaut de comprenette. Perspicace la Limace ! Toutefois, il l'avait sauvée et elle se sentait une infinie reconnaissance envers lui.

— Je… c'est très angoissant. Le premier, le décomposé, était un de mes patients. En plus, ce n'est pas son sang qu'ils ont retrouvé sur nos paliers respectifs et dans l'ascenseur.

— Ah bon ? commenta-t-il sans qu'elle sache très bien ce qu'il en pensait, si toutefois il en pensait quelque chose.

Inutile d'évoquer le transit du deuxième cadavre dans son couloir. Après tout, ils n'avaient pas mâchouillé leurs médailles de baptême ensemble pour se faire les dents ! Pas de familiarité disproportionnée !

— Euh… Je vais peut-être aller jeter un œil… voir où il en est, proposa Dupin en se levant.

Elle l'encouragea d'un hochement de tête.

Un « oh merde ! » péremptoire et très distinct lui fit avaler sa dernière gorgée de vin de travers. Toussant, elle se rua vers la porte palière, grande ouverte. Poings sur les hanches, Dupin contemplait les bouts de corde coupée qui jonchaient le palier. L'agresseur avait pris la poudre d'escampette.

Plaquant la main sur sa bouche, Charlotte marmonna :

— Ah mon Dieu… il ne va jamais nous croire… Levasseur !

Affolée, elle résuma pour elle-même : 1) « Pas cool » allait penser qu'ils s'étaient fichus de sa tête, mauvaise limonade ! En service, les flics manquent d'humour, on le voit bien dans les séries. 2) Il allait les soupçonner de n'importe quoi et si possible du pire. 3) Cette histoire allait très mal se terminer.

Aaaahhhh, mon Dieu !!!

— Euh… mais on a son revolver à silencieux. Donc, sans doute ses empreintes. Vous vous souvenez, je vous l'ai remis.

Faiblement, très faiblement, elle hocha la tête en signe de dénégation. Désignant l'escalier qui montait vers l'appartement des Valières, elle expliqua :

— Ben… Comme il était inconscient… j'ai posé l'arme sur la marche… Ça me rend nerveuse les armes à feu… Elle n'y est plus ! Il a dû la reprendre…

Un soupir désolé échappa à Charles Dupin :

— Oh… Dr Claudanel.

Penaude, elle bredouilla :

— Je suis désolée, M. Dupin… Vous savez, le crime… enfin, c'est un univers que je… découvre, on va dire… je manque un peu de repères. Rien ne remplace l'expérience… et j'en manque, c'est clair.

Poursuivant de son ton de Limace hypothermique, Dupin la consola :

— Ben… moi, c'est pareil. Pourtant, je regarde *Les Experts* et *The Shield*… Le type n'avait pas de gants. Or il était chez vous…

— Dans mon dressing !

— Y'a pas grand monde qui traîne dans votre dressing, non ?

— Moi. Ma femme de ménage, parfois, quand elle prétend qu'elle range un peu.

— Donc… on devrait y retrouver ses empreintes… Enfin, c'est comme ça qu'ils feraient dans *Les Experts*. (Un long soupir, puis Dupin poursuivit :) Ce qui m'intrigue… c'est comment il a pu se libérer. J'avais serré. Et la corde est coupée.

Au-delà de la peur, de l'accablement, du désarroi, de… bof, d'un peu tout ce qu'il peut y avoir de calamiteux dans une vie de femme, Charlotte s'enquit :

— Suggérez-vous qu'il avait un complice ? Sur place, ou presque ?

— Ben… c'est pas exclu.

Elle se demanda fugacement s'il avait décidé de la pousser vers la dépression sévère pour récupérer son appartement et transformer le sien en duplex. Très chic.

Hélène, le soir, quatre jours après le deuxième cadavre.

Hélène rentra chez elle vers vingt et une heures, pas mal épuisée après une cinétique enzymatique qui, de surcroît, n'avait pas marché. Qu'on se le dise : le métier de chercheur de pointe peut se résumer à 70 % d'échecs et de répétitions, 25 % de mini-réussites, et 5 % de succès flamboyants, lorsque l'univers s'entrouvre juste pour vous, que la Connaissance accepte enfin de se livrer. Il convient donc de disposer d'une combinaison génétique quasi exceptionnelle si l'on veut exercer ledit métier : 40 % de nette tendance au masochisme (« J'en ai encore pris plein la tête. Normal, je suis là pour ça »), 10 % d'appétence pour l'autoflagellation (« C'est ma faute, ma très grande faute si ça n'a pas marché »), 30 % de ténacité hargneuse (« Saloperie de cellule ! Tu vas la cracher ta réaction ou je te bousille dans l'eau de Javel concentrée ? »), 15 % de bol (ça existe, même en sciences), sans oublier 5 % de mégalomanie (« Un jour, je serai la plus prestigieuse de toutes les biochimistes de tout l'univers, d'abord ! »).

Elle découvrit un papillon autocollant sur sa porte.

Si t'es pas trop crevée, j'ai rien à bouffer. Vivien, 20 h 30.

Quelle galère ! Elle allait finir par lui commander ses courses *via* Internet. D'accord : il était adorable comme tout, d'excellent service, mais il manquait singulièrement d'autonomie, le gentil voisin !

Elle frappa au battant de sa porte. Il ouvrit aussitôt, l'air endormi, ce qui ne signifiait pas grand-chose dans le cas de Vivien, qui semblait passer d'une semi-torpeur à une quasi-somnolence.

— Je n'ai pas grand-chose. Je peux nous faire des tagliatelles carbonara. Je te mets à la porte à onze heures. Je suis pas mal vannée.

— T'es une sœur. Pourtant, je savais qu'il fallait que je m'arrête acheter des trucs... En chemin, j'ai oublié, et après, c'était fermé.

Il la suivit comme un petit chiot soulagé à l'idée de ne pas dormir la panse vide. Alors qu'elle s'affairait à griller les lardons, elle se fit la réflexion qu'il était bien silencieux.

— Ça ne va pas ?

— Pas top, admit-il d'un ton défait, très inhabituel chez lui.

Elle se tourna vers lui et insista :

— On peut savoir ?

— Ouais... Le vieux monsieur dont je m'occupe tous les après-midi... C'est la fin. Ça me fait vachement de peine. Je me doutais bien qu'avec son cancer généralisé, il ne tiendrait pas très longtemps. Mais son état s'est dégradé à toute vitesse. Son fils habite la Suisse et sa fille Marseille... je les ai prévenus. Ils viendront pas. Trop de boulot, qu'ils disent. Je suppose qu'ils trouveront un créneau pour l'enterrement et la lecture du testament. Il y a pas mal d'argent à récupérer.

— C'est moche.

— Hum... super-moche. Il est sympa, ce vieux. Hyper-intéressant. Il a fait plein de trucs dans sa vie, pas mal bourlingué. Tu te rends compte... il s'est saoulé en compagnie de Francis Bacon, dans un pub, et il a rencontré Marguerite Yourcenar à Bar Harbor. Mais tout le monde s'en fout.

Hélène perçut le chagrin de Vivien. Elle s'approcha de lui et lui caressa la joue. Un geste exceptionnel venant d'une femme pour qui les marques de tendresse relevaient du parcours du combattant.

— Pas toi. C'est pour ça que tu es important. Tu l'aides à partir en ayant le sentiment de laisser quelque chose de sa vie. Tu es son dernier témoin.

— C'est gentil ce que tu dis.

— C'est sincère.

Vivien lança :

— Au fait, y'a un de tes amis, un collègue du labo, qui est passé cet aprème. Il avait un dossier archi-urgent à te remettre.

— Quoi ? Quel dossier ? Et je N'AI PAS d'amis au labo ! jeta-t-elle, soudain hargneuse.

— Ben... c'est ce qu'il m'a dit. Il était devant ta porte quand je suis rentré. Il m'a demandé si on était copains. J'ai répondu par l'affirmative.

— Il s'appelait comment ?

— « Hummm-Jean-Luc ».

— Pardon ?

— Tu sais, le genre de gars à qui tu demandes son prénom – la super question piège que personne ne pose jamais – et qui te réponds « Hummm... Jean-Luc ». Et là, tu penses qu'il aurait aussi bien pu lâcher « Hummm... Casimir », « Hummm... Anicet » ou « Hummm... Pacôme ».

Quelque chose dans le ton de Vivien alerta Hélène.

— Qu'est-ce que tu veux dire au juste ?

— Que j'ai eu le sentiment que c'était du flan. Alors, je l'ai invité à venir chez moi boire un coup, puisque c'était un de tes potes. Super-embarrassé, le mec. Pressé, tout d'un coup. Ensuite, je lui ai proposé de me charger du dossier en lui expliquant que tu étais en congrès à Londres, pour trois jours. Il a lancé : « Ah, oui... que je suis bête... j'avais oublié. » Bizarre, non, qu'un bon collègue de labo ne sache pas que tu es toujours à Paris, au labo, justement.

Un désagréable frisson – très – parcourut l'épine dorsale d'Hélène qui demeura coite. Inutile d'être nobélisable – ce qu'elle n'était pas tout à fait, mais elle y travaillait d'arrache-pied – pour savoir que cette « visite » débordait du strict cadre de la courtoisie. D'autant qu'elle ne connaissait aucun Jean-Luc, sauf un adorable gamin à l'âge de la maternelle qu'elle avait séduit et manipulé pour qu'il lui lace ses chaussures et qu'il lui échange ses choco BN contre le Kiri que sa mère fourrait dans son cartable pour le quatre-heures. Jean-Luc, déjà très sensible au charme féminin, cédait à chaque fois. Et cette grave erreur avait permis à Hélène de s'empiffrer de choco BN durant un an. Moins de calcium que dans la crème de fromage mais beaucoup plus de chocolat, un argument imbattable aux yeux d'Hélène, dès cinq ans.

Perdue dans ses pensées, elle leur servit un verre de merlot, qu'elle avala d'un trait, s'attirant ce commentaire appréciateur de Vivien :

— T'as une sacrée descente !

— Ça dépend des jours. Un truc hormonal.

— Ah ouais ?

— Hum.

Elle se resservit aussi sec. Un aspect du problème la déstabilisait. Ce « Hummm-Jean-Luc » était-il à classer dans le fichier que son cerveau venait de constituer sous le titre générique de « cadavres inopinés et événements douteux » ?

Songeuse, un peu inquiète, elle déposa une montagne de tagliatelles carbonara sur la table de la cuisine. Vivien s'en servit une énorme pyramide qu'il engouffra avec une évidente satisfaction. Quant à elle, elle jouait de la nouille avec le bout de sa fourchette, martyrisait en les piquant de pauvres petits lardons et dés de jambon qui ne lui avaient rien fait.

— T'as pas faim, commenta Vivien la bouche pleine, faisant preuve d'un sens de l'observation peu fréquent chez lui.

— Je suis un peu crevée, répondit-elle en forçant un sourire.

— Je suis vachement désolé… Je m'impose, là !

— Non, non, je t'assure, protesta-t-elle avec un manque évident de conviction.

Vivien termina son repas à la hâte et se leva.

— Je te laisse. T'es trop. Je t'adore, tu sais.

— Moi aussi.

Il déposa un baiser sur son front et se volatilisa. Adorable Vivien.

Il n'avait pas tiré le battant de la porte derrière lui qu'Hélène composait le numéro de Nathalie. Elle lui relata l'étrange visite de « Hummm-Jean-Luc ». Secouée, Nathalie murmura :

— Mince… Mais que se passe-t-il ! C'est une conspiration, ou quoi ? Faudrait prévenir Charlotte.

— Il est onze heures !

Nathalie connaissait Hélène depuis si longtemps qu'elle décryptait ses tons, ses silences avec autant d'aisance que les Pages Jaunes.

— Ça ne va pas, toi ! Écoute, je saute dans un taxi et j'arrive.

— Non, tu es un cœur. C'est juste qu'un truc me gêne depuis un moment. Plusieurs même. Cependant, je suis infichue de mettre le doigt dessus. Quelque chose est totalement incohérent.

— Comme ça, moi, à première vue, j'aurais dit que TOUT est incohérent.

— Hummm. Au fait, la police a une piste au sujet de tes cambrioleurs ?

— Tu parles ! Ils ont pris ma déposition, ont été mignons comme tout et « au revoir, madame ». D'autant que les gars n'ont rien pris. J'ai passé la journée à vérifier. Pourtant, il y avait ma collection de bronzes animaliers qui vaut une petite fortune et que NON, LAURENT PEUT SE L'ACCROCHER, IL NE L'AURA PAS ! D'après Vincent, ils ont dû être dérangés. Du coup, la police à autre chose à faire. Ce qui m'ennuie le plus, c'est l'ordinateur portable de Charlotte. Je l'ai retrouvé par terre. J'ai l'impression qu'il vasouille un peu. J'espère que l'assurance le remboursera, sinon il faudra que je le remplace.

Emma, le même soir, quatre jours après le deuxième cadavre.

Le dîner, une cuisine thaïe subtile, aurait pu/dû être un enchantement. Forte de sa première expérience, Emma avait limité sa consommation d'alcool à deux verres d'un savoureux saint-estèphe avant de passer au thé vert. Les nerfs aidant, elle avait vidé trois théières. Toutefois, en dépit d'efforts méritoires, elle n'était pas parvenue à s'ôter cette histoire de « third date » de l'esprit. Et Arnaud avait tort : elle n'était pas incohérente. Elle était même d'une imparable logique ! Jon lui plaisait affreusement – même qu'elle était amoureuse, autant l'admettre, et ce, malgré ses efforts de modération. Du coup, la terreur que quelque chose dérape, n'importe quoi, l'avait figée tout le repas, la rendant incapable de répondre autrement que par monosyllabes.

Or donc, c'était le moral en berne et la mort dans l'âme qu'elle avait accepté l'incontournable dernier verre chez Jon. Pourtant, le trop séduisant Américain y était allé sur des œufs, avec un tact louable, lui offrant sur un plateau vingt possibilités de refus et de sortie honorable, un peu comme s'il s'était adressé à une jeune vierge effarouchée dont papa et maman attendaient le retour avant minuit. Toujours vierge, si possible.

La découverte de l'appartement du sieur Norman, donnant sur les quais de Seine, n'avait pas arrangé l'état de tension de la jeune femme. Tout y était d'un goût parfait, masculin sans ostentation, jusqu'aux très beaux masques africains qui ornaient l'un des murs taupe du vaste salon.

Il l'invita à s'asseoir dans l'un des fauteuils Le Corbusier et elle se fit la réflexion que cet homme connaissait les femmes sur le bout des doigts. Il n'avait pas désigné le canapé. On s'assied à deux sur un canapé, et étant donné sa pétoche du moment, elle aurait bondi à le sentir physiquement proche. Elle s'en voulait au-delà du vraisemblable. Quelle gourde ! Pas possible ! Un soir elle lui proposait – certes bourrée – de lui faire un enfant, et l'autre elle tremblait comme une feuille à l'idée qu'il la frôlât. Cependant, pas incohérente, elle insistait ! Certainement pas ! « Les hormones, ma chérie, les hormones ! aurait argumenté Hélène d'un ton las. Elles nous emmerdent toute notre vie, pas de raison qu'elles te lâchent ce soir. Bon, cela étant, elles rendent quelques services. La preuve, elles continuent à nous emmerder quand elles ont disparu ! »

Jon se dirigea vers la chaîne laser et les variations Goldman interprétées par Glenn Gould s'élevèrent. Dos tourné, il proposa :

— Une coupe de champagne ? J'ai des choses plus fortes, aussi. Ou du thé vert, s'il ne vous est pas encore monté à la tête.

Elle ne vit pas son sourire. Amusé ou conquis ? Les deux.

Emma ne tergiversa qu'une seconde. Allez, on y allait ! La grande sobriété n'était pas toujours de mise.

— Champagne, s'il vous plaît.

Cette décision la requinqua un peu.

Ils dégustèrent leur coupe, Emma se ramonant les neurones pour participer au courageux monologue de Jon qui ramait comme un forcené, meublant le silence. Fort heureusement, l'homme était cultivé et pouvait aborder avec la même intelligence l'art, la politique, l'économie, sans oublier la bonne chère. Brave jusqu'au bout, il se lança :

— Écoutez, Emma… Vous avez l'air si mal à l'aise que je m'en veux. Voulez-vous que je vous raccompagne en taxi ?

— Non, non, chuinta-t-elle.

— Préférez-vous que nous allions boire un verre à l'extérieur ?

— Non, non.

Il était parfait et, elle, cruche à gélifier sur pieds !

— Euh… je suis un peu à court de suggestions, murmura-t-il. Une partie d'échecs ?

— Mouipfff…

Pour comble de malchance, son stress, ajouté aux trois litres de thé vert qu'elle avait descendus, produisit ses effets physiologiques.

— Euh… excusez-moi… les… ladies ?

— Au fond du couloir, à droite.

Il avait sorti l'échiquier lorsqu'elle revint au salon. De sinistre et mutique, la partie vira peu à peu au rire. Emma avait oublié les trois quarts des règles, ne jouant que contre Arnaud qui les réinventait au gré de ses intérêts et trichait comme un arracheur de dents parce qu'il détestait perdre.

Jon s'esclaffa et refusa son dernier mouvement d'un :

— Non, non… vous n'avez pas le droit !

— Et pourquoi cela ?

— Parce que les pions n'avancent en diagonale que lorsqu'ils prennent une pièce.

Un peu déçue de devoir restituer la tour qu'elle venait de lui souffler en deux coups frauduleux, elle argumenta :

— Moi, je trouve… que les règles s'ingénient à compliquer les choses.

Il lui destina un sourire, dont elle se demanda fugacement s'il n'était pas un peu triste, et rétorqua avec douceur :

— S'il n'y avait pas de règles, nous ne pourrions pas survivre.

— C'est juste un jeu.

— Tout est un jeu.

Elle faillit lui demander à quoi il faisait allusion, mais oublia sa question comme il remplissait sa coupe.

La partie la détendait. L'appréhension disparaissait et elle se sentait à nouveau séduisante. Ayant envie de séduire. La poisse…

encore envie d'un gros pipi. Elle se leva, embarrassée. Il allait finir par croire qu'elle souffrait d'un problème d'incontinence urinaire.

Resté seul, Jon pouffa. Il avait vu tant de choses dans sa vie. Surtout des choses hideuses, bêtes à sangloter. Cette soirée, quoi qu'il advienne, resterait un joli souvenir. Un sourire. Or les sourires sont rares, Jon le savait par expérience. Il convient donc de les traiter avec grand respect.

Dans les toilettes, Emma fulminait. Contre elle-même. Pauvre fille ! Même pas drôle ! On se reprend, on arrête les crucheries d'adolescente mollasse du cervelet, on rectifie le tir et plus vite que ça !

C'est donc d'une démarche martiale qu'elle réintégra le salon. Elle se planta devant lui, juchée sur les sublimes sandales de soirée offertes par Charlotte – over-chou les sandales même s'il fallait avoir été équilibriste dans une vie antérieure pour marcher avec d'une allure un tant soit peu naturelle –, poings sur les hanches, la bouche crispée, le regard conquérant, et lança :

— Je prendrais bien une autre coupe de champagne.

Il la servit aussitôt et s'enquit :

— Euh… vous tenez à rester debout pour la déguster ?

— Oui !

Galant homme, il l'imita.

Emma se siffla la coupe en deux gorgées, sous l'œil un peu interloqué de l'Américain. Elle se rapprocha de lui à le toucher et demanda du ton de la dame pressée qui cherche la station de métro la plus proche :

— Vous m'embrassez quand ?

Ce qui suivit acheva de la déboussoler. Le *french kiss* est peut-être une invention de notre doux pays, lequel, à défaut de pétrole, possède un sens aigu des bonnes choses. Cependant, méfiez-nous de la concurrence. Certains Américains peuvent nous en remontrer ! Emma découvrit dans la foulée qu'on s'était fait piquer le brevet et qu'il existait baiser et Baiser. Rien à voir. Mais alors, rien ! Lorsqu'on ne sait plus où sont les lèvres de l'autre, les siennes. Lorsque les genoux lâchent. Lorsque le souffle fait défaut au point d'étourdir.

Jon relâcha enfin son étreinte et un vertige la déséquilibra. Elle bafouilla :

— Ah… oui… là… oui…

— Euh… on peut le dire, approuva-t-il, secoué lui aussi.

Elle n'était pas au bout de ses surprises, la nuit ne faisait que commencer. Longue, la nuit. Décoiffantes, les surprises. Quel dommage que son bébé ne soit pas prévu lors de cette nuit-là ! Elle avait dépassé la période faste de son cycle. Trop bête ! Bof, de toute façon, Jon n'avait toujours pas donné son accord au sujet de cette future paternité.

Charlotte, la même nuit, quatre jours après le deuxième cadavre, donc.

L'inspecteur divisionnaire Benoît Levasseur était arrivé en trombe, aussitôt après avoir consulté sa messagerie.

Il avait d'abord boudé lorsque Charlotte lui avait annoncé que son agresseur s'était volatilisé, puis s'était carrément emporté lorsqu'elle avait avoué avoir déposé son arme sur la marche.

Poussant la mauvaise foi et la discourtoisie au grand art, il plissa les yeux et insinua :

— Donc, il n'y a aucune preuve de son existence, à cet assaillant ?

Certains hommes manquent de perspicacité. Ainsi, ils ne sentent pas que le bouchon a d'ores et déjà été poussé un peu loin, que la dame en a ras les tongs et qu'elle va basculer dans la grosse colère. Du moins l'inspecteur divisionnaire Benoît Levasseur passa-t-il à côté des signes avant-coureurs, pourtant très évocateurs dans le cas de Charlotte : joues qui se creusent sous l'effet de la rage, bouche qui se serre en cul de poulette, yeux qui s'étrécissent, buste qui avance, menaçant. D'une voix tranchante, elle feula :

— Ai-je bien compris ? J'aurais monté ce bateau de toutes pièces pour avoir l'insigne privilège de votre attention ? Que dis-je, l'ineffable bonheur de votre venue ? Non, c'est vrai qu'il y a de quoi remplir une vie de femme, ironisa-t-elle, teigneuse. Vous vous la pétez, rigolo !

— Dr Claudanel, un peu de mesure verbale, prévint-il. Vous frisez l'insulte.

— Sans blague ? Eh bien, c'est que vous n'avez encore rien entendu ! J'ai fait médecine, moi, môssieur. Alors les noms d'oiseau, j'en connais un sacré rayon, se rebiffa-t-elle, ses prunelles lançant des éclairs d'un vert inquiétant.

Là, ce type la gavait jusqu'à la luette.

Dupin Charles, qui était demeuré silencieux, peinant à suivre l'échange de plus en plus virulent, intervint :

— Euh... j'étais là. Tout s'est passé comme vous l'a raconté le Dr Claudanel.

Incapable de se contrôler, l'inspecteur divisionnaire Benoît Levasseur explosa :

— Bordel, mais vous êtes encore plus crétins que vous n'en avez l'air, tous les deux ! Faut quand même avoir du mou de veau à la place de la cervelle pour abandonner un agresseur sur le palier et aller casser une petite croûte, peinards !

— Eh bien... je pense que vous devriez vous maîtriser, inspecteur divisionnaire. Je vous le dis tout net : je n'aime pas votre ton...

Ça, son héros gastéropode était peut-être cotonneux de la syntaxe, toutefois, il était pugnace. Bien, le Dupin Charles. Bien !

— Et qu'est-ce que vous comptez faire ? menaça Levasseur, très coq de basse-cour planté sur ses ergots.

Ces animaux ne savent pas qu'ils finiront en coq au vin, un jour ou l'autre, songea une Charlotte qui se sentait virer venimeuse. C'est bon le coq au vin. Elle allait apprendre à confectionner le plat.

— Je sais pas encore..., annonça Dupin. Déjà, donnez-moi les coordonnées du « service consommateurs » de la police judiciaire, s'il vous plaît. J'ai l'intention de leur envoyer une lettre de doléances... Ensuite, je vous trouve assez peu professionnel... Gil Grissom [1] aurait déjà ordonné un relevé d'empreintes du dressing.

1. *Les Experts Las Vegas.*

Je le déplore… La police est une belle institution. Dommage qu'elle recrute des gens qui de toute évidence seraient plus à l'aise derrière une crêpière.

Pourquoi une crêpière ? se creusa Charlotte, interdite. Dupin avait peut-être des origines bretonnes. Elle vit presque une fumée de fureur s'élever des naseaux de Benoît Levasseur. Dupin ne baissa pas le regard, bien au contraire. Ah, qu'elle était belle et valeureuse, sa Limace ! Un fier uhlan. Bon, peut-être moins rapide. Tout aussi déterminé, cependant. Les larmes aux yeux, elle l'imaginait presque, lançant sa monture contre les chars ennemis. Sabre au clair. Certes, la comparaison était un brin abusive. Néanmoins, Charlotte avait une passion pour l'héroïsme, aidée en cela par le fait que les hommes qu'elle avait fréquentés en étaient dépourvus. Pas une once, les gars !

— Les coordonnées de votre « service consommateurs », je vous prie, persista Dupin, pas le moins du monde impressionné.

Charlotte le découvrait : la randonnée, ça forme son homme. Au fond, peut-être qu'elle l'accompagnerait, un jour… S'ils ne marchaient pas plus de cinq kilomètres, sur terrain plat, et que Charles – car il était maintenant Charles – lui portait son sac à dos, alourdi de la quiche qu'elle ne manquerait pas d'acheter chez le traiteur.

Hagard, l'inspecteur divisionnaire Benoît Levasseur les dévisageait comme s'il venait de voir atterrir un couple d'extraterrestres tout nus, verdâtres et tortillant des antennes en signe d'amitié intergalactique. Il sortit furax, sans un mot ni un salut.

Après un instant de silence, Charles déclara d'une voix désolée et néanmoins pleine de commisération. Lente, la voix :

— Je ne sais pas pour vous… mais moi, je le trouve pas très bien élevé, ce garçon. Ça risque de le gêner dans sa carrière, pronostiqua-t-il, un peu navré pour l'avenir de Levasseur.

Gare d'autobus, porte d'Orléans, ligne 128, cinq jours après le deuxième cadavre, deux heures du matin, dans la nuit, donc.

Il patientait, ou plus exactement s'impatientait. D'accord, il avait un peu-pas mal foiré sur ce coup. Toutefois, les circonstances avaient joué en sa défaveur. De toute simple, cette mission avait pris une ampleur à laquelle il ne s'attendait pas. Ça aurait pu très mal se terminer pour lui, sans une intervention providentielle.

Une vieille femme noire s'arrêta quelques mètres derrière lui et appuya les reins contre la rambarde métallique prévue pour maintenir la file d'attente des usagers aux heures d'affluence. Grise de l'épuisement des heures nocturnes durant lesquelles elle nettoyait sans doute des bureaux. Lamy – un joli nom, très inapproprié dans son cas – en voulut un peu à ce monde, il ne savait trop de quoi. Les choses y fonctionnaient mal. Des femmes qui auraient dû raconter des histoires à leurs petits-enfants pour les endormir trimaient la nuit. Une jeune nana, livide et exténuée, les dépassa dans un sillage écœurant, odeur de sauce tomate mêlée de celle, tenace, de graillon. Une serveuse de restaurant, peut-être de pizzeria. Elle n'avait pas la tête d'une fille qui vient de passer un bon moment au cinoche. Elle se planta sous l'abri d'une autre ligne de bus.

Il soupira. Il récupérait son fric, il rentrait et il se tapait quelques bières à la santé de ce monde qui n'en n'avait plus pour longtemps, qui venait d'allumer la mèche qui ferait sauter son cul scotché sur une poudrière. Celle de l'injustice triomphante. Qu'est-ce qu'il en avait à foutre ? Rien. Au fond, sa lucidité ne s'accompagnait d'aucune compassion. Il voyait, tout, mais n'en souffrait pas.

Le bus arriva. La vieille femme lui adressa un regard interrogateur, attendant qu'il monte le premier. Il la rassura d'un mouvement de tête. Elle grimpa avec peine. Les portes se refermèrent et le bus démarra. Il était à nouveau seul. Il était toujours seul. Une des caractéristiques presque inévitables du métier de tueur. On ne peut pas véritablement faire vivre quelqu'un lorsque la seule capacité que l'on possède consiste à tuer. Du moins était-ce la conviction de Lamy.

Un pas. L'homme qu'il attendait. La gare était déserte. Une bruine tenace tombait depuis quelques minutes.

— Vous me mettez dans l'embarras, Lamy. À nouveau. Les choses auraient pu très mal tourner.

Le ton neutre, presque indifférent. Ce léger accent américain qui remontait à la fin de chaque phrase comme s'il s'agissait d'une interrogation.

— Je suis désolé… Les choses ont dérapé.

— Pas tant que moi. C'est regrettable. Vous l'avez trouvé ?

— Non, pas eu le temps. La psy est rentrée. Il a fallu que je me casse vite fait, résuma Lamy, peu désireux d'évoquer l'intermède de la bagarre et du saucissonnage.

— Vous êtes pourtant un professionnel, n'est-ce pas ? poursuivit l'homme sans une trace d'énervement dans la voix.

Quelque chose dans le calme glacé de son interlocuteur accéléra le pouls de Lamy. Lui était un tueur à gages. L'autre était de la race des prédateurs. Impitoyable. Un début de panique le fit transpirer en dépit de la fraîcheur de la nuit.

— Je vais y retourner. Mener mon contrat à terme, offrit-il d'un ton heurté. Pour le fric… on verra après… D'autant que, maintenant, elle peut me reconnaître. Mauvaise chose. Très.

— Hum… C'est la dernière incartade que je supporte de votre part, Lamy.

La sueur dévala dans le cou du tueur. Il n'avait peur de rien. Sauf de ce type. De son implacable regard bleu.

— Je vais réussir, je vous assure.

— Hum…

Un sourire bouleversant. Une sorte de son étouffé. Lamy s'écroula en plaquant la main sur sa poitrine. Tache pâle sous laquelle se répandait une onde rouge. Durant la demi-seconde où son cœur s'arrêtait, il songea que c'était au fond une belle mort.

L'Américain dévissa le silencieux de son revolver et le fourra dans la poche de son imperméable. La réserve de gaz comprimé d'un silencieux ne sert qu'une fois. Pour une seule balle. Il convient de ne pas la rater.

Charlotte, cinq jours après le deuxième cadavre.

C'était décidé. Elle allait marcher au bois de Vincennes, histoire de se mettre en jambes pour sa future randonnée avec Charles, à moins qu'elle ait jugé d'ici là l'aventure vraiment trop barbante. Le plan du pique-nique était plutôt sympa, bien que très dépendant des autres participants. Pourvu qu'elle évite les gentils lutins bramant « un kilomètre à pied, ça use, ça useuh… ça useuh les souliers ! » ou, pire, « elle descend de la montagneuh à cheval, elle descend de la montagneuh à chevaleuh… », le reste irait. La botanique, pourquoi pas ? Certes, elle savait à peine distinguer un chêne d'un sapin, sauf en hiver, l'un ayant conservé ses feuilles, l'autre pas. Il y avait donc du boulot. Cependant elle se sentait pleine de bonne volonté. Après tout, ça peut être très important de savoir reconnaître les végétaux. Pourquoi ? Un vide sidéral envahit son cerveau. Enfin, il devait bien y avoir une raison ! Ardue à trouver puisque Charlotte faisait partie des gens qui ne cueilleraient de champignons que dans une champignonnière, certifiée norme ISO et sous la supervision d'un guide assermenté. De ceux qui n'effleureraient pour rien au monde une touffe de bruyère ou de fougère tant qu'un expert ne leur aurait pas certifié qu'elles ne contenaient ni aconit ni strychnine. Bref, elle était une indécrottable citadine. Or donc, pour l'instant, la raison, l'excellente raison justifiant qu'elle se jette avec un fol enthousiasme dans la botanique, lui échappait. Toutefois, elle allait la trouver.

Étrange, quand même. Lui se prénommait Charles et elle Charlotte. Fallait-il y voir un signe ?

Perdue dans ses pensées, elle traversa le parking tout en ôtant son manteau avant de s'installer derrière le volant de sa Mini, toute belle, toute propre, lustrée comme un sou neuf. Une bourrasque d'adrénaline la projeta à l'extérieur. Elle demeura là, tétanisée, contemplant le siège passager sur lequel était déposé son ancien volant auquel pendait toujours une paire de menottes dont l'une ouverte, fort heureusement libre de poignet humain. De celui de Gérard Malbert, par exemple.

Deux possibilités : la crise de nerfs ou un long whisky en dépit de l'heure matinale. Elle se tâta puis opta pour la seconde. Adieu la mise en jambes. À ce rythme-là, elle allait finir alcoolo avant d'avoir compris le fin mot de cette histoire. D'abord, coller le volant dans le coffre. Elle déciderait ensuite du meilleur moyen de s'en débarrasser. L'écho d'un pas lourd dans l'escalier qui menait au rez-de-chaussée. Aaahhh, nooon ! Un instant de pure panique. Le voisin, quel qu'il fût, allait immanquablement s'approcher pour la saluer et découvrir le volant. Elle n'avait plus le temps de le fourrer dans le coffre. Affolée, l'esprit en pleine déroute, elle sauta dans son véhicule, rampa à genoux sur le siège, gigota en tous sens pour atteindre le côté passager et s'y laissa choir avant d'étaler son manteau sur ses cuisses. Mince, elle n'avait pas refermé la portière conducteur ! Le volant en simili-bois s'incrustait dans ses fesses ; quant à la paire de menottes, elle lui mordait sauvagement l'intérieur de la cuisse. Elle se tortilla pour tenter de la déloger, en vain.

Une tête connue apparut à hauteur de ses yeux. M. Valières, le bras sur le toit, lui souriait.

— Ça va, Dr Claudanel ?

— Très bien. Et vous ? lança-t-elle guillerette en se demandant si la mâchoire de fermeture de la menotte ne risquait pas de se rabattre avec férocité sur sa cuisse. (Ça devait faire un mal de chien. Un frisson fit se hérisser les petits cheveux de sa nuque. Mais qu'il s'en aille, le Valières !)

— Vous attendez quelqu'un ?

— Une amie… qui ne devrait pas tarder. J'ai décidé de me faire conduire. Eh bien, bonne journée M. Valières !

Le pincement s'amplifia. La menotte était en train de se refermer. Charlotte n'osait plus bouger un cil.

— J'ai des petits vertiges depuis une semaine… Tiens, ben justement en ce moment, vous croyez que c'est grave ? s'incrusta Valières.

Elle hésita. Quel conseil la débarrasserait au plus vite du crampon de voisin ? « C'est hyper-grave, foncez ventre à terre chez votre médecin, à l'instant » ou « C'est très fréquent. Bénin. Montez immédiatement vous allonger dix minutes. Ça va passer ».

— Je ne pratique pas la médecine générale. Redressez-vous, ça devrait aller mieux. Il faut consulter. Plein d'étiologies différentes.

C'est bien « étiologies différentes ». Ça fait pro, sérieux et ça ne mange pas de pain.

Valières s'exécuta. Charlotte en profita pour soulever le bassin sous son manteau et dégager ainsi ses fesses et sa cuisse.

— Ah oui… on dirait que ça s'atténue.

— Oui, oui… évitez de vous baisser. Prenez rendez-vous chez votre médecin. C'est le plus sage.

— Bon, ben, merci Dr Claudanel. Bonne journée.

Il s'éloigna à pas lents. Toujours en équilibre sur les mollets, les fesses planant à quelques centimètres du volant et de la mâchoire meurtrière, Charlotte, à bout de sa résistance musculaire, attendit qu'il démarre. Elle parvint à ouvrir la portière passager et descendit de profil en se suspendant des deux mains au toit de la voiture.

Elle remonta chez elle, pas mal ébranlée, après avoir enveloppé le volant dans son manteau et fourré le tout dans le coffre. Elle redescendrait avec son grand sac de sport.

Elle inspecta l'intérieur de sa cuisse. Le bleu qu'elle allait avoir !

Si elle avait encore eu des réserves, le coup du volant les lui aurait ôtées jusqu'à la dernière. Elle était visée, personnellement. Quelqu'un lui en voulait, avait décidé de la rendre dingue ou de la zigouiller. Ou les deux. Plus de doute.

Cette déduction aurait dû achever de lui saper le moral, lequel était déjà pas mal amoché. Que nenni ! Elle en avait sa claque ! On allait voir ce qu'on allait voir. Elle allait se rebiffer, et pas qu'un peu ! C'est donc d'humeur belliqueuse, la mèche agressive, les mâchoires serrées, le regard teigneux qu'elle récupéra son portable, prête à en découdre, elle ne savait avec qui. Fin prête, néanmoins.

Elle ne parvint à joindre que Nathalie, toutes les autres étant sur répondeur. Sa paranoïa ayant atteint le palier supérieur, elle abandonna un message volontairement sibyllin d'une voix sèche : « Urgent. Un autre phénomène incompréhensible vient de se produire. Réunion de crise ce soir chez moi. Ce coup-ci, je riposte. C'est la guerre ! » Nathalie eut droit à la version intégrale, un peu moins assurée :

— Je t'assure chérie… Je suis visée. Ça ne fait plus aucun doute… Aaahhh mon Dieu… Qu'est-ce que je vais faire ? Non, parce que, à toi, je peux bien le dire… j'ai la trouille. Méga, la trouille.

Forte de la certitude que l'on ne peut pas être deux à faire une crise de nerfs au même moment – soyons logiques : qui consolerait et calmerait l'autre ? –, Nathalie fit preuve d'un remarquable sang-froid et d'un sens de l'à-propos peu commun :

— J'apporte les quiches, tu fournis le vin. Je pense… lorraine et aussi poireaux-oignons… Je m'y mets de ce pas…

Qu'est-ce qu'ils avaient tous avec leurs quiches ? C'était quoi ? Le nouvel anxiolytique miracle ?

— … J'aurai peut-être le temps d'ajouter un petit crumble poires-pommes… avec une pointe de cannelle…

Sur ce menu, certes sympathique mais peu apaisant, Nathalie raccrocha, laissant Charlotte à ses sombres ruminations.

Nathalie, traînant avec elle un gros sac en plastique recyclable, d'un indigeste orange bariolé de vert gazon, arriva vers dix-neuf heures trente. Une fois dans la cuisine, elle en tira les mets promis. D'un ton décidé, elle proposa :

— Je suggère qu'on attende les autres pour tout mettre à plat. Sers-nous un verre de vin. Si on attaque au whisky maintenant, on s'écroulera sur la moquette avant le début de la réunion.

Une fois la table basse dressée, elles s'installèrent au salon en dégustant leur verre, dans un silence qui finit par paraître pesant à Charlotte. Farouche, elle lâcha :

— Je ne peux plus me laisser faire. C'est le grand tort des victimes… croire que si elles s'écrasent, on va les lâcher. C'est faux. Plus elles la ferment, plus on s'acharne contre elles…

Les larmes qu'elle retenait firent étinceler son beau regard vert posé sur Nathalie. Celle-ci approuva d'un signe de tête et ajouta :

— On va se défendre, ma jolie, ne t'inquiète pas. Nous sommes cinq. Et pas des greluches ! Des vraies nanas.

Étrange. Le fait que son amie use d'un générique, ce « on » qui peut être si vague ou bien si concis, massif, selon son usage, fit un bien fou à Charlotte. Elle seule était visée, mais « on » allait montrer les crocs. « On » allait se battre. Elle devenait « on » et « on » était tellement plus fort, plus résolu qu'elle seule.

L'angoisse qui l'étreignait s'allégea un peu et fit à nouveau place à la détermination avec l'arrivée d'Emma puis d'Hélène. Les deux femmes avaient le visage sévère, tendu, ne connaissant toujours pas la nature du « phénomène incompréhensible » qui avait précipité cette réunion. Charlotte les supplia de patienter jusqu'à l'arrivée de Juliette, en retard, comme à son habitude. Enfin, le dernier coup de sonnette retentit. Charlotte ouvrit et resta bouche bée sur le pas de la porte.

— Tu sors d'où ? chuchota-t-elle, interdite.

— Ben… de chez moi. Je suis passée me changer en coup de vent. C'est pour cela que je suis en retard d'ailleurs…

— Tu es toujours en retard, rétorqua Charlotte, d'un ton mécanique tant elle était certaine d'être victime d'une hallucination.

De fait, Juliette appartenait à cette classe d'individus incapables de ponctualité. Elle pouvait se préparer trois heures à l'avance, il survenait toujours un événement de dernière minute qui la mettait en retard. Aujourd'hui, toutefois, on pouvait dire qu'elle venait de se payer le cocotier de plein fouet. Vêtue d'un pantalon de treillis en grosse toile beige qui lui arrivait au-dessus des chevilles, d'un de ces gilets baroudeur multi-poches passé sur un gros sweat-shirt effrangé au col et aux manches, chaussée de rangers, les cheveux tirés en queue-de-cheval, il ne lui manquait que le ceinturon de grenades en bandoulière et le coutelas entre les dents, en plus d'une demi-tonne de muscle pour faire de l'ombre à Stallone. Sylvester de son petit nom. Interloquée, Charlotte protesta d'une voix faible en désignant la tenue de son amie :

— Où tu vas, là ?

— Ben… t'as parlé de crise et de guerre dans ton message. Je me suis mise en condition. L'aspect vestimentaire est crucial. J'ai emprunté les fringues de Bénédicte. Bon, elle a trouvé que j'avais tendance à l'over-do it… avoua Juliette.

— Sans blague ? commenta Charlotte, au-delà de toute réflexion acerbe.

Lesquelles fusèrent dès que Juliette fit son apparition dans le salon.

— T'as oublié les peintures de guerre ? s'enquit Hélène d'une voix cassante.

— Attends, là… chérie, nous en sommes à la phase « stratégie », pas encore à la phase « commando », temporisa Nathalie.

— Et t'as osé sortir dans la rue accoutrée comme ça ? couina Emma. T'as un peu passé l'âge de la pub pour lingettes intimes réservées aux adolescentes « qui bougent top dans leur corps », tu ne crois pas ?

— Ben… j'ai un peu trop anticipé, concéda Juliette, contrite.

— Les filles, les filles… l'heure est grave, les rappela à l'ordre Nathalie. (S'adressant à Juliette, elle conseilla :) Écoute… Dénoue déjà cette queue-de-cheval grotesque, ôte ton gilet pare-balles et ça ira mieux. Charlotte a peut-être des babouches un peu smart à te prêter.

Penaude, Juliette s'exécuta, à la satisfaction générale.

Durant l'heure qui suivit, deux quiches, un crumble et trois bouteilles de bordeaux furent engloutis. Charlotte raconta son « aventure du volant » et les hypothèses commencèrent de s'entrecroiser. La surenchère aidant, elles devinrent de plus en plus échevelées, pour ne pas dire loufoques. Valières, déboulant comme par hasard dans le parking au moment où Charlotte découvrait le volant toujours menotté, se transformait en suspect poids lourd aux yeux de Juliette. Plus rouée, Emma jugeait l'intervention héroïque de Dupin un peu trop providentielle pour être tout à fait rassurante. Charlotte protesta mollement afin de défendre sa preuse Limace. Nathalie ne démordait pas de sa théorie de guerre souterraine des services secrets. Hélène s'était débranchée de l'échange en cours et avait allumé la télé, sélectionnant une chaîne d'infos continues et baissant le son pour ne pas perturber les cogitations de ces dames.

— Qu'est-ce que tu en penses ? lui lança Charlotte en tournant le regard vers elle, regard qui tomba sur l'écran. S'y s'étalait la photo d'un homme, yeux clos. Si serein qu'il devait être très mort.

Hélène ouvrit la bouche pour répondre. Le hurlement de Charlotte la cloua dans cette mimique peu engageante.

Les yeux exorbités, le visage livide, l'index tendu, la psy cria :

— Monte le son, tout de suite !

« … l'homme, un certain Serge Lamy, un tueur professionnel dont le visage était jusqu'alors inconnu des services de police qui ne l'ont identifié que grâce à ses empreintes digitales, a été froidement abattu dans la gare de bus de la porte d'Orléans, aux environs de minuit, hier soir. Un appel à témoins a été lancé… »

— C'est lui… C'est le type qui était dans mon dressing… ! bredouilla Charlotte.

Perdue, Nathalie hésita :

— Enfin… qu'est-ce qu'un tueur à gages viendrait faire au milieu de tes slips et de tes sacs à main ?

En pleine crise nerveuse, Charlotte éructa :

— Je sais pas… Je sais pas… Je suis visée, je vous dis ! Un contrat… quelqu'un a lancé un contrat contre moi… (Elle fondit en larmes et lâcha :) Je vais mourir… si jeune, en si bonne forme… Je suis à peine ridée. Juste des ridules au coin des yeux… rien… Moi qui n'ai jamais fait de mal à personne. C'est trop injuste ! hulula-t-elle.

Toutes se précipitèrent vers elle pour la consoler. Sauf Hélène, bras croisés sur sa poitrine, l'air mauvais. Très.

— On se calme, jeta-t-elle, glaciale. On reprend tout de façon cohérente, scientifique.

Elle obtint l'effet escompté. Toutes se figèrent et la dévisagèrent. Elle poursuivit du ton péremptoire qu'elle adoptait au labo et qui fit songer à Nathalie qu'elle préférait l'avoir comme amie que comme patronne.

— Je ne sais pas si Charlotte est visée ou si elle a eu la malchance de se retrouver au beau milieu de la tornade. Quoi qu'il en soit, tout tourne autour d'elle : fait numéro 1. Les coïncidences existent. Toutefois, elles sont relativement rares : fait numéro 2. Nous sommes très liées les unes aux autres : fait numéro 3. Conclusion de travail : tout ce qui est survenu récemment dans nos vies et qui semble relever de la coïncidence est suspect. Protocole proposé : nous mettons tout à plat, jusqu'au moindre détail, et nous réfléchissons.

— Attends, la seule chose un peu différente qui soit arrivée dans ma vie, c'est Jon. Tu ne vas tout de même pas me dire qu'il est douteux ? rétorqua Emma.

— Pourquoi pas ? contra Hélène.

— Il est charmant, adorable, à des lieues d'un tueur à gages… soutint Emma.

— Arrête de penser avec tes hormones… pense avec tes neurones, la rembarra Hélène, désagréable.

Vindicative, Emma contre-attaqua :

— Tu sais ce qu'elles te disent mes hormones ?

— Non, et je m'en fous, mais ça prouve bien que ce sont des hormones !

— Tie-break, tie-break, intervint Nathalie qui voyait le crêpage de chignon s'annoncer. Nous avons besoin de toutes nos ressources sur ce coup. Et puis, Emma… Je comprends ta réaction… Toutefois, ce sera pareil pour Vincent… si on doit le mettre sur le tapis, on y va. On est des grandes filles, non ?

— Ouais, admit l'intéressée. Je suis désolée, Hélène…

— Non, c'est moi… je manque un peu de diplomatie…

— À peine… et encore… pas toujours… enfin, presque… la rassura Juliette, prête au pire parjure afin d'aider ses amies.

— Comment procède-t-on ? s'enquit la psy en se mordant les lèvres d'appréhension.

— Simple, annonça Hélène. On liste tout. Absolument tous les détails survenus au cours des dernières semaines. Jusqu'au livreur de pizza qui a changé ou à la boulangère qui est soudain devenue sympa alors qu'elle te tirait la gueule depuis dix ans sans que tu saches pour quelle raison. Quelqu'un note. Nathalie, tu te dévoues ?

L'intéressée approuva d'un vigoureux signe de tête.

— Ensuite, on fera le tri. Un truc cloche, j'en suis certaine, et c'est ce truc qu'il faut isoler du reste, parce qu'il devrait nous donner un début de piste, reprit Hélène.

— Oh, c'est géant l'esprit scientifique ! Quelle concision, quelle organisation mentale… s'extasia Juliette en joignant les mains.

Hélène se garda de rétorquer qu'il s'agissait du b.a.-ba de la logique. Les compliments sincères sont rares, aussi sont-ils toujours bons à prendre même lorsqu'ils sont très exagérés.

Toutes ces dames y passèrent, se ramonant les méninges chacune à son tour pour se souvenir du moindre menu fait survenu au cours des semaines écoulées. Nathalie grattait sa feuille avec une louable application, tirant la langue de concentration, grommelant parfois pour indiquer que le débit était trop rapide. Hélène la soulageait de temps à autre d'un petit signe de main lui indiquant qu'une information était dépourvue d'intérêt et ne méritait pas d'être notée. Ainsi, un des scoops de Juliette passa à la trappe : *a priori*, Hélène considéra que la livraison de douze pots d'argile verte en place d'argile bleue à l'institut de beauté avait peu de chances de se révéler significative vis-à-vis de ce qui les préoccupait. Dans le même ordre d'idées, le douloureux deuil d'un des chauffeurs d'Emma, qui venait de perdre d'inexplicable façon un bonsaï vieux de cinquante ans, fut exclu des colonnes.

Un intense brainstorming destiné à exclure les informations sans intérêt les mena jusqu'aux environs d'onze heures. La troisième plaquette de chocolat et la quatrième bouteille de Bordeaux venaient de rendre l'âme lorsque Hélène, brandissant les feuilles raturées en tous sens, déclara d'une voix lasse mais satisfaite :

— On en voit le bout !

Toutes étaient suspendues à ses lèvres. Soudain, les quatre autres virent leur amie se figer. Elle ferma les paupières, le visage très pâle.

— Hélène, Hélène… ça ne va pas… ? s'affola Nathalie en se levant pour la rejoindre.

La scientifique l'arrêta d'un geste en secouant la tête. Les yeux toujours clos, elle lâcha d'une voix d'outre-tombe :

— Oh merde... Ça y est... la caisse...

— Quoi, quoi, la caisse ? rugit Charlotte.

Un nouveau signe de dénégation.

— Plus tard. J'ai trouvé !

Hélène parut revenir au milieu d'elles au prix d'un gros effort. Nathalie s'inquiéta : elle l'avait rarement vue aussi défaite, même lors de son divorce d'avec Frédéric. La biochimiste prit une longue inspiration avant de prévenir d'une voix tendue :

— Nous sommes d'accord : les dogmes en sciences ne sont qu'un état des connaissances à un instant « t ». Leur fonction est de fixer les idées et de permettre d'avancer, jusqu'à un nouveau dogme, plus pertinent

— En d'autres termes, on va parvenir à une conclusion qui n'est peut-être pas la bonne, mais on n'a rien de mieux pour l'instant, résuma Juliette.

— Tu me bluffes, toi ! la félicita Hélène, pourtant avare d'éloges.

— C'est quoi la conclusion sans doute erronée ? s'enquit Charlotte d'un ton faible.

Hélène, qui avait repris du poil de la bête, expliqua :

— Les gens ! Nous sommes dans la coïncidence jusqu'aux narines et, justement, ça devient assez suspect. C'est comme une série de flèches dont chacune se dirige vers l'une d'entre nous. Sauf Juliette. Et encore, pas sûr...

— Les gens... quelles flèches ? insista Emma, un peu perdue.

La biochimiste sembla hésiter, ce qui ne fit qu'accroître la tension des autres. Leur amie était connue pour son syndrome « éléphante fougueuse lâchée dans un magasin de puces électroniques ». Aussi ses inhabituelles tergiversations auguraient-elles le pire. Ce qui suivit ne détrompa pas ses quatre comparses.

— Mise en garde pour les paranos... Bon, allez, on va dire nous cinq : ceci ne remet pas en cause notre charme naturel, lequel est immense même si certains abrutis s'obstinent à ne pas le remarquer. Cela étant, je vous demande un effort d'objectivité.

— Oh là, je sens que je ne vais pas aimer ce qui va suivre, se plaignit Nathalie en secouant la main à la manière d'un éventail.

— Marrant, j'ai pas non plus un top feeling, renchérit Emma. Allez… on y va !

— Nathalie est soudain rejointe par Vincent. Au fond, que sait-on de Vincent, si ce n'est qu'il est le boss de Juliette depuis un an, l'heureux proprio d'un institut de beauté de luxe et le détenteur d'un épais et prestigieux catalogue de maîtresses ?

— Et quel rôle jouerait-il dans cette histoire ? protesta Nathalie pour la forme.

— Pas la moindre idée. Souviens-toi, il s'agit juste d'un dogme ponctuel.

— D'ac' !

— Déboule dans la vie d'Emma un archi-séduisant Américain, inconnu au bataillon trois mois plus tôt. Un homme d'affaires. Quelles affaires ?

Emma n'hésita qu'une seconde entre une défense brûlante de son nouvel amour et l'honnêteté intellectuelle exigée par ses amies. Elle soupira à fendre l'âme avant d'admettre :

— Le commerce international du luxe, je crois bien… Les parfums, les accessoires de mode des grandes marques françaises… À la vérité, il n'est pas très disert là-dessus. Chaque fois que j'ai abordé son travail, comme ça, dans la conversation… et en me disant qu'on pourrait peut-être obtenir des super-prix… Quoi, c'est humain, se défendit-elle alors que nulle ne songeait à le lui reprocher.

— Ben, ouais, personne n'aurait le culot de prétendre le contraire, la rassura Juliette. Moi, des escarpins Jimmy Choo ou des bottes Hermès à 50 %… Allez, continue…

— Chaque fois, il a évité le sujet en me répondant que les moments passés en ma présence étaient trop précieux pour les gâcher avec des histoires de boulot… (Elle parut réfléchir et une ombre assombrit son grand regard bleu de mer profonde.) Merde… ! Pourtant, il s'intéresse beaucoup à mon entreprise… (Affolée, elle murmura :) Vous ne croyez pas que je me serais fait rouler dans la farine, quand même !

— Mais non, mais non ! Quelle idée ! s'exclama Nathalie. D'un autre côté… Il t'a posé des questions sur nous ?

— Plein. Il sait que vous êtes mes meilleures amies. Il trouve ça… génial… Ah non… – la voix d'Emma cassa net.

Hélène prit le relais :

— Quel genre de questions ?

— Des trucs classiques. Est-ce que vous étiez mariées, quelle profession vous aviez, ce qu'on faisait quand on se voyait, où vous habitiez… ?

— Où on habitait ?

— C'est quand même pas un secret-défense, protesta Emma d'un ton faible.

— Non. D'un autre côté, qu'est-ce que ça pouvait lui faire ? Est-ce qu'il t'a semblé que Charlotte l'intéressait particulièrement ?

Emma ne prit même pas la peine de réfléchir :

— Oui. Je m'en suis fait la réflexion. Cela étant, il est américain. Les Américains sont fascinés par les psys…

Un pesant silence salua cette sortie. Emma se mordit les lèvres, tentant avec effort de refouler ses larmes. Elle avait la sensation dévastatrice que son magnifique rêve venait de se désintégrer en plein vol. Une rancœur difficile à contenir montait en elle. Envers Jon. Une fois n'étant pas coutume, ce fut d'Hélène qu'arriva le baume :

— Non… pas de chagrin. Pas encore. Pour l'instant on théorise. D'ailleurs, moi aussi, je m'en mange une sévère… De gamelle ! Plus tard… D'abord, on épluche Charlotte. Son ex-amant, ex-patient se fait donc buter. Les événements s'enchaînent à un rythme soutenu, et qui survient tel un chevalier blanc ? Dupin Charles qui a emménagé il y a deux mois dans l'immeuble ! Débarque aussi un inspecteur divisionnaire Levasseur. Celui-là, je crois qu'on peut le biffer. Après tout, il y avait un cadavre. La police s'en occupe. Là, on est dans le truc classique, selon moi. Revenons à Dupin, baptisé la grande Limace. Pourtant, il fait preuve d'une sacrée agressivité et de capacités insoupçonnables. Pas vrai ?

Charlotte hocha la tête en signe d'acquiescement. Ça repartait. L'histoire de sa vie sentimentale se reproduisait à l'infini. Dupin commençait à lui plaire, et paf ! il se révélait foireux. En revanche, Levasseur l'indisposait maintenant ferme – après une petite hésitation – et peut-être s'agissait-il de l'homme de sa vie. La grosse poisse ! Un de ces supplices mythologiques à la gomme, comme le gars qui devait hisser son rocher en haut de la colline, qui le prenait chaque fois sur la figure et devait tout recommencer à zéro, ou comme celui qui devait vider un intarissable tonneau avec des baguettes chinoises… enfin, un truc dans ce genre, ses souvenirs en la matière étaient un peu flous. Une tragédie grecque à elle toute seule, voilà ce qu'elle était. Flatteur, sans doute, mais une vraie galère, toutefois !

Hélène ménagea une pause dramatique. Puis :

— On n'a pas fini ! Selon moi, la brillantissime biochimiste qui se tient devant vous s'est aussi fait berner comme une cruche de compétition.

— Oh non… pas toi… se désespéra Nathalie.

Furibarde contre elle-même, Hélène enfonça le clou :

— Si c'est bien ça, je n'y ai vu que du feu… Cela étant, en ce cas, je lui réserve un chien de ma chienne… Et pas un culot de portée !

— Mais explique ! s'impatienta Charlotte.

Hélène cracha le prénom comme une insulte :

— Vivien !

— L'adorable voisin ? vérifia Juliette qui avait un peu espéré la naissance d'une belle histoire romantique entre lui et son amie.

— Le mignon endormi qui déboule il y a trois mois sur le même palier que moi… comme par hasard. Qui s'incruste par tous les moyens en faisant vibrer la corde maternelle. Le gentil gars désintéressé et lunaire qui va de petits boulots en petits jobs… du genre intraçables… Très fort ! Enfoiré !

— Oh, là ! Tu vas vite en besogne, argumenta Emma, plus parce que la déconfiture d'Hélène lui faisait de la peine que dans le but de défendre Vivien.

Mauvaise, Hélène feula :

— La caisse ! La caisse à outils. Après avoir changé le joint du robinet de la cuisine…

— Je ne suis pas certaine d'avoir tout compris, intervint Charlotte.

Deux grommellements approuvèrent cette réserve, ceux de Charlotte et de Juliette.

— Vivien a changé le joint, donc. Comment savait-il où se rangeait, précisément, la caisse à outils ? En bas à droite dans le placard de l'entrée. Sauf à croire… qu'il a fouillé mon appartement en mon absence.

Un silence atterré tomba, chacune échangeant de longs regards de consternation. Juliette résuma la pensée de toutes d'une voix blanche :

— Si… on ne se plante pas dans les grandes largeurs… on s'est toutes fait piéger. Même moi. Car si Vincent est dans le coup, n'oublions pas que c'est mon patron… depuis une année…

Le même pesant silence lui répondit. Elle acheva, rageuse :

— Je vais vous dire, les filles… beaucoup de gens m'ont prise pour une idiote. Au fond, ça ne me gêne pas, ça me rend plutôt service. Souvent. Cependant, il y a une chose que je ne tolère pas, qui me fout hors de moi, c'est de leur donner raison ! Donc, si Vincent m'a bernée au point de me transformer en cruche toutes catégories, il va s'en mordre les doigts !

D'un petit ton calme et glacé, gorgé de venin, Emma y alla de sa couche perso :

— C'est si intelligent ce que tu dis… Être prise pour une conne, on s'en fout ! Se conduire comme une conne, hors de question ! Si Mr. Norman a sous-estimé grave la damoiselle Emma, il va en prendre plein la tronche au point que son ex-femme – si toutefois elle existe – lui paraîtra un ange de mansuétude !

À la stupéfaction générale, Nathalie roucoula de soulagement :

— Oh, ce que je suis contente, les filles !

— Ton enthousiasme ne te paraît pas un chouia déplacé ? observa Hélène.

— Du tout ! Nous sommes toutes d'accord sur la conduite à tenir. Si nous avons vu juste, le gars Vincent va s'en prendre deux de plein fouet : Juliette et moi ! Non, mais des fois ! De toute façon, grâce à Laurent, je tiens la super-forme pour ce qui est des représailles. Je me suis fait avoir par un mec, pas par deux !

Charlotte, muette depuis un moment, demanda d'une voix vacillante :

— Et qu'est-ce que je fais avec la Limace ?

Toutes se consultèrent du regard.

Emma, qui rêvait depuis quelques instants d'en découdre avec tous les menteurs de la terre, suggéra :

— Tu exiges des explications et, au besoin, tu lui fonces dans le lard…

— Euh… c'est pas trop dans mon tempérament… Et puis, il est baraqué, quand même… Enfin… un petit chétif, pas trop résistant, je dis pas… mais là…

— En plus, dans le cas où notre hypothèse est fondée, ce serait une mauvaise idée, intervint Hélène. Pour l'instant, offrons à ces messieurs ce qu'ils ont envie de voir : un joli bouquet de gourdes printanières et épanouies. Ça nous permettra de fouiner…

— Excellent ! rugit Nathalie.

— On les prend à leur propre jeu, approuva Emma, vacharde.

— Oh, ça va me plaire, renchérit Juliette.

— Je ne suis pas certaine de partager votre euphorie, temporisa Charlotte.

— C'est normal, ma chérie. C'est toi qui es directement visée. Toutefois, on fait bloc autour de toi et on va trouver pourquoi et qui, assura Hélène. (Une idée sembla germer dans son esprit. Son regard gris s'alluma d'une lueur alarmante et elle tira son portable de son sac avant d'annoncer :) D'ailleurs, ça commence tout de suite. J'appelle Frédéric !

— Ton ex-mari ? s'étonna Juliette.

— Euh… il n'est pas loin de minuit, précisa Nathalie.

— M'en fous ! Il m'a assez empêchée de dormir avec ses planches à rendre urgentissime, le lendemain, à la première heure !

Les quatre autres se turent afin de suivre la conversation.

— Salut, c'est Hélène… Tu dors ?

— Euh… dormais… vu que tu viens de me réveiller…

Toute à son projet, Hélène se contenta d'un :

— Bien, bien… Dis donc, je me demandais un truc…

— Et il est impératif que tu obtiennes une réponse, à minuit ? l'interrompit Frédéric.

Nathalie réprima un sourire. L'ex de sa meilleure amie n'avait pas l'air fâché, plutôt le monsieur qui proteste pour la forme. Elle soupçonnait Frédéric d'être toujours amoureux d'Hélène. De n'avoir jamais été amoureux que d'elle, ce qui prouvait une excellente santé de sa part et une résistance nerveuse digne d'éloges. Car si Nathalie adorait celle qu'elle considérait comme sa petite sœur, si Hélène était l'amie la plus fiable, la plus courageuse que l'on pouvait rêver d'avoir, elle pouvait aussi être très fatigante et d'une mauvaise foi hors du commun.

— Oui… impératif… Dis-moi, Didier Santoni, c'est un de tes excellents amis, non ?

— Et c'est pour ça que tu me tires du lit ?

— Réponds ! ordonna une Hélène que l'impatience gagnait.

Un soupir las, puis :

— C'est même mon meilleur ami, pourquoi ?

— Ça se passe bien, à Chicago, pour lui ?

— Tu te fous du monde, là, Hélène, non que ça m'étonne ! s'emporta Frédéric.

Ses amies la virent serrer des mâchoires et Nathalie redouta l'explosion. Au lieu de cela, Hélène fournit un effort méritoire pour conserver son calme et susurra d'une voix de loukoum :

— Je t'assure, c'est important.

Frédéric y fut sensible, il fallait s'y attendre. Radouci, il lâcha :

— Plutôt pas fort. D'abord, il a chopé une sacrée pneumonie, ensuite, l'hyper-compétitivité lui va comme une tiare à un veau. On se ressemble… Je pense qu'il ne restera pas plus d'un an, la durée de son contrat…

Hélène feignit la compassion avec application :

— Oh, le pauvre… moche…

Pas dupe, Frédéric la chargea :

— Tu veux faire gober ça à qui ? Tu n'en as rien à foutre… Alors, si tu en venais à ce que tu veux vraiment, je pourrais aller me recoucher !

Toujours dans sa stratégie de « je suis une frêle rosière », Hélène temporisa alors qu'elle aurait volontiers envoyé son ex sur les roses. Justement. D'une voix qu'elle contraignait à la douceur au point qu'elle allait sans doute se payer une laryngite le lendemain, elle persista :

— Et donc, il a loué son appartement, celui qui est en face de chez moi, à un bon copain, c'est ça ?

— Pas du tout ! Il a trouvé le gars par Internet. C'est moi qui lui ai filé les clefs pour qu'il visite puisque Didier était déjà aux States.

La fureur faisait transpirer Hélène qui, pourtant, commenta, suave :

— Ah-ah ?

Soudain inquiet pour celle qui, de fait, était toujours la femme de sa vie, Frédéric demanda d'une voix durcie :

— Pourquoi ? T'as des problèmes avec ce mec ?

— Pas du tout. Au contraire… il est de bon service…

— Hélène, si tu arrêtais de me mener en bateau, ça m'arrangerait. Qu'est-ce qui se passe au juste ?

— Rien du tout, vraiment ! Au fait, tu vas bien, toi ?

— …

— Allô ?

Furax, Frédéric avait coupé la communication. Hélène conclut d'un ton léger :

— Comme ça, ça m'évite de devoir faire la convers'.

— Alors ? demanda Charlotte d'une voix tremblante.

Une farouche détermination semblait avoir remplacé la colère en Hélène. Elle articula avec netteté :

— Les filles… Je pense que notre… dogme… repose sur de solides bases. En effet, à en croire l'adorable Vivien, Didier, un sien excellent copain, est fou de bonheur à Chicago. En d'autres termes, ce type m'a menti comme un arracheur de dents depuis qu'il est arrivé.

— Oh ! bordel… ça va péter grave ! explosa Emma.

— Grave de chez grave, compléta Juliette.

— On procède comment ? s'informa Nathalie sur le sentier de la guerre.

— Tout en sournoiserie.

— C'est pas bien, argumenta Juliette. Bénédicte ne va pas être contente. Elle dit que lorsqu'une femme défend une juste cause, elle doit foncer dans le tas.

— Écoute, je respecte infiniment le féminisme de ta fille. C'est vrai, ça me rassure que la relève soit assurée… mais là, faut sauver les meubles. Or, ce n'est pas nous qui avons commencé ! Ce sont eux qui nous ont embobinées, menti, trompées.

— Juste, approuva Emma. Dent pour dent ! Tu me l'arraches avec une clef à molette, je te l'extirpe au pied-de-biche !

— Oh, c'est dégueu ! protesta Charlotte avec une grimace d'écœurement.

Emma haussa les épaules :

— C'est une image.

— Bonjour le graphisme ! Attends… on n'est pas dans *Règlements de comptes à la débroussailleuse.*

— *Règlement de comptes à OK Corral* ou *Meurtres à la tronçonneuse*, rectifia Juliette qui avait trouvé ce dernier film un tantinet hémoglobineux.

Emma, six jours après le deuxième cadavre.

Elle n'avait pas décoléré depuis la veille au soir. Heureusement, Arnaud n'était pas rentré, lui évitant les explications et une grosse crise de larmes en prime. En réalité, elle n'avait pas fermé l'œil de la nuit, alternant entre la colère et le chagrin. Des arguments et leurs contraires avaient défilé en boucle dans son esprit durant ses heures blanches. Il était impossible que Jon soit un sale type. D'un autre côté, d'où sortait-il, en effet ? Il semblait avoir été parachuté du grand néant. Non… Elle l'aurait senti, surtout lors de cette nuit parfaite. Ouais, exactement ce que pensaient les femmes de Landru avant d'être noyées dans leur baignoire ! Ne jamais l'oublier : les femmes les plus intelligentes perdent tout sens critique dès qu'elles sont amoureuses. Quel était le rigolo qui a dit « l'esprit vient aux femmes en aimant » ? Encore un qui aurait dû apprendre le macramé plutôt que d'y aller d'avis autorisés sur la douce gent que de toute évidence il ne connaissait pas. On fait des chouettes trucs en macramé. Des soutien-pots de fleurs, des cache-rouleaux de PQ pour la voiture ou, encore plus smart, des couvre-œufs coque afin qu'ils ne refroidissent pas. Bref, des trucs un peu plus utiles que ce genre de phrases !

Oh non… Jon, pas Jon… Et pourquoi pas ?

Du coup, Emma avait décidé ce tôt matin de s'offrir quartier libre et de passer la journée en popote. Rien de tel pour requinquer sa nana, à part une autre paire de chaussures, mais elle ne savait plus où les ranger. Elle avait en tête une ribambelle de recettes, des petits bijoux, fleurons d'une gastronomie familiale qui se perdait peu à peu. Quel dommage ! Il existe un grand bonheur dans la cuisine. Des heures de préparation, de fumets, de surprises toujours renouvelées. Nourrir. Faire plaisir. Partager. Dire, sans avoir à l'expliquer : « Je t'aime, regarde ce que je t'offre. » Emma avait arrêté son choix sur des valeurs sûres dans lesquelles elle excellait : terrine de lapin au baies rouges, blanquette de veau à l'ancienne, paris-brest. Dès qu'Arnaud serait rentré, ils dégusteraient ses réalisations entre amis de toute éternité.

Perdue dans ses pensées, elle avançait d'un pas lent en direction du supermarché. Un type, assez beau mec, un grand sourire aux lèvres, se planta devant elle. Machinalement, elle s'arrêta et lui renvoya son sourire. Il entrouvrit brutalement son imperméable, en bafouillant d'excitation :

— Alors ? Hein ? Qu'est-ce que t'en penses ?

Une fureur comme elle était sûre de n'en avoir jamais ressentie. Un voile rouge qui s'abattait sur son cerveau. Certains hommes manquent de subtilité. Beaucoup. Notamment les exhibitionnistes qui ne se rendent pas compte qu'une femme a eu son compte et que ça va faire des bulles dans le potage si on s'obstine à surcharger la mule déjà overdosée ! Pourtant, une pensée émue tempéra son humeur de dogue : il y avait une justice. Au lieu d'une petite gamine qu'il aurait terrorisée et traumatisée durant des jours, ce tordu tombait sur elle !

— Oooohhh, s'exclama-t-elle en fixant l'appareil dont il semblait si fier et qu'il faisait tressauter à la manière d'une tapette tue-mouches. On dirait presque une bite… en beaucoup plus petit ! (Feignant l'embarras, elle s'excusa :) Pardon… Je suis désolée… C'en est une ? Mince… Pas de bol… Là, vraiment ! Y'a des opérations pour les… rendre présentables. Faudrait vous renseigner.

— Salope ! rugit-il, rouge de rage.

— C'est pas poli envers une dame, protesta-t-elle d'une voix peinée.

Un petit pied chaussé d'un ravissant escarpin bleu cobalt vint percuter à 120 kilomètres à l'heure l'abdomen de l'abruti, qui se plia en gémissant, un flot de salive trempant son menton.

— Excusez-moi. Il faut que je file. J'ai un pâté de lapin en cours. Une blanquette aussi. Pas difficile, mais ça prend du temps.

Emma soupira d'aise en reprenant sa route. Voilà ! Une affaire de réglée !

Surtout, ne pas oublier la barde de couenne pour tapisser l'intérieur de la terrine avant d'y verser la mixture de viande ! C'est sec, sans cela.

Hélène, six jours après le deuxième cadavre.

Les choses avaient été plus aisées qu'elle l'avait craint. Frédéric avait accepté – avec facilité et, même, un indéniable plaisir – son invitation à déjeuner dans un restaurant italien qu'ils fréquentaient du temps de leur mariage. Cependant, Hélène n'était pas dupe : son ex était loin d'être déficient des neurones, il la connaissait assez bien et nul doute qu'il savait qu'elle attendait quelque chose de précis de lui. Le hic consistait à l'obtenir, sans rien révéler. Et ça n'allait pas être de la tarte !

Arrivée en avance – d'autant que Frédéric était toujours en retard, au point qu'Hélène le soupçonnait de n'avoir jamais appris à déchiffrer l'heure lorsqu'il était petit garçon –, elle commanda un kir au patron ravi de la revoir. Ils échangèrent quelques banalités cordiales sur le temps qui filait, les bons souvenirs. Cette conversation, somme toute convenue, la détendit.

Sirotant son apéritif à petites gorgées, elle se fit la désagréable réflexion qu'elle était passée à côté de tant de choses, d'êtres, de tous ces riens si importants puisqu'ils font une vie. Au fond, elle avait toujours été lancée dans une course, une interminable bagarre contre elle-même, contre le temps, contre les obstacles qui surgissaient sur sa route. Et pourquoi ? Pas grand-chose. Qu'avait-elle obtenu en échange de toutes ces années d'efforts incessants ? Une jolie réputation dans son minuscule domaine scientifique ; un poste de directrice de labo auquel s'accolait un salaire inférieur à celui de sa coiffeuse (une excellente coiffeuse, Bérangère) ; des emmerdements et des conflits à n'en plus finir ; la certitude qu'elle serait oubliée de tous dès qu'elle quitterait le labo, sauf de quelques malheureux thésards qui gratteraient une biblio dans laquelle certaines de ses publications professionnelles apparaîtraient. Sans oublier ceux qui sableraient le champagne pour fêter son départ. Un vide vertigineux la fit soupirer, bouche entrouverte. Oh non ! L'heure des constats n'était pas venue. On se calme ! Elle avait les filles. Elle avait Nathalie.

Une voix tonna dans son dos.

— Salut… Je ne suis pas en retard, tu vois !

Elle attendit qu'il s'installe en face d'elle, un sourire aux lèvres. Il n'avait pas changé depuis la dernière fois, le beau brun aux yeux d'un doux noisette. À l'évidence, ses cheveux frisés refusaient toujours la moindre once de discipline. Comme leur propriétaire.

Elle avait Frédéric. Bizarre, non ? Bref, elle n'était pas à plaindre ! Du tout. Embarrassé, il fourragea dans son sac à dos de cuir fauve, pas mal fatigué, sac à dos qu'elle lui avait offert lors d'un des rares anniversaires de mariage qu'ils avaient partagés. Il lui tendit un petit paquet noir enrubanné :

— Tes chocolats préférés. Plein de cacao avec pas mal de cacao, sans oublier un zeste de cacao.

Émue, pataude à son tour, elle murmura en baissant les yeux :

— C'est gentil.

Le patron fondit sur Frédéric, lui faisant la fête comme un chiot labrador hystérique. Fort heureusement, il leur évita le pipi de bonheur. Sauvée d'une sentimentalité dont elle ignorait comment se dépêtrer, Hélène fourra les chocolats dans son sac.

Leurs *antipasti* arrivèrent. Ils avaient épuisé tous les sujets de conversation bénins : le boulot, la météo, la politique, le réchauffement climatique (ces deux derniers sujets n'étant bénins que lorsqu'on partage un avis similaire, à défaut de quoi on s'achemine vite vers la prise de cravate), le festival de la BD à Angoulême, etc. Frédéric lui jetait des regards en biais, attendant la suite. Il lança :

— Et Béatrice, comment va-t-elle ?

— Elle se fait malaxer à Tanger dans l'espoir de perdre dix ans, comme d'habitude. Entre le Botox®, le laser et tout le reste, sans oublier son prochain lifting, elle rêve de revenir à l'âge de la grenouillère.

Il esquissa un sourire et déclara :

— Laisse courir. Qu'est-ce que tu en as à faire ?

— Je n'ai pas envie de lui acheter des tétines et encore moins de changer ses couches-culottes.

Le patron déposa devant eux leurs côtes de veau au vinaigre et Hélène se rendit compte qu'ils avaient commandé le même menu, celui qu'ils avaient partagé des années auparavant. Elle refusa de s'appesantir sur ce détail. Un détail, on vous dit ! Frédéric lui servit un verre de chianti d'un beau carmin et, après un sourire, attaqua d'une voix amie :

— Bon... Et si tu me disais ?

— Quoi ? tergiversa-t-elle.

— Tu me surprends toujours, mais je te connais quand même un peu. Nous avons déjeuné ensemble sept fois depuis notre divorce. Il y a onze ans. Chaque fois pour régler des trucs.

Elle s'étonna qu'il s'en souvienne. Quant à elle, elle avait oublié le nombre de leurs rencontres postmaritales.

Elle réfléchit à toute vitesse. La stratégie pour laquelle elle avait opté avant d'arriver au restaurant – « Je t'assure, tout baigne, c'est juste de la curiosité féminine de ma part » – allait se planter. Frédéric était intelligent et fin, même s'il trottinait à côté de ses pataugas. Elle n'hésita que deux secondes et se lança :

— Ce type... Vivien, le locataire de Didier, me ment depuis son arrivée. Je veux savoir pourquoi.

— Il veut te sauter ? demanda son ex-mari, l'air mauvais.

— Non. Je ne crois vraiment pas. Il la joue « petit garçon à maman », pas le grand séducteur… Enfin, si… mais sur un autre registre. Ça marche très fort avec un certain type de femmes. En fait, ça fonctionne même mieux que le plan du super-dragueur. Une femme ne se méfie pas d'un mignon petit garçon un peu paumé. Elle tend son aile protectrice. Humm… futé.

Cette mise au point détendit Frédéric. Un type, n'importe qui, n'allait pas allonger SA femme, donc, tout allait bien. Il se chargeait du reste. On peut être à côté de ses pompes. Ça arrive aux meilleurs d'entre nous. Toutefois, marcher sur les contreforts n'a jamais empêché d'assumer en cas de besoin.

— Raconte… les bobards, je veux dire.

Elle résuma ce qu'elle avait déduit de leur conversation téléphonique de la veille au soir, sans évoquer le reste, les cadavres, Charlotte, etc., et conclut par :

— Je suis certaine qu'il a fouillé mon appartement. Il ne pouvait pas savoir où je rangeais la caisse à outils. Tu sais que je suis d'un ordre… on va dire un peu maniaque…

— Oh oui…

— Bon, ben c'est comme ça, le rembarra-t-elle. Quoi qu'il en soit, chaque chose a sa place. C'est la seule façon de ne pas perdre une énergie et un temps fous.

Il était trop heureux de la voir. Aussi préféra-t-il ne pas argumenter sur ce point.

— Qu'est-ce que tu soupçonnes, au juste ?

— Je ne sais pas, c'est ce qui m'inquiète. Un truc louche. Ça, en revanche, ça ne fait pas de doute.

— Et comment j'interviens ?

— Tu n'interviens pas, chéri… Frédéric, se rattrapa-t-elle en rougissant. (Le léger sourire qui flotta alors sur les lèvres de son ex-mari l'agaça.) Tu m'as… Enfin… j'ai eu le sentiment que tu avais un double des clefs de l'appartement de Didier, et…

— Ooohhh non ! l'interrompit-il.

— Tu ne les as pas ?

— Si.

— Eh bien… est-ce que tu pourrais me les prêter… Euh… pour quelques heures…

— Hors de question !

— Pourquoi ? s'insurgea-t-elle.

— Parce que tu vas te mettre dans les emmerdements jusqu'au cou. C'est non. À moins que…

— À moins que quoi ?

— Je t'accompagne.

— T'es malade ?

— Alors, je ne te file pas les clefs, s'obstina Frédéric.

— C'est du chantage, protesta-t-elle en avançant le torse vers lui et en le pointant de sa fourchette.

— Peut-être. C'est surtout de la prudence de base. Tu as beau être une teigne dotée d'un caractère de cochon, tu n'as aucune chance contre un mec jeune et baraqué, surtout si c'est un voyou. Tu vois… Emma, je lui filerais les clefs… Elle sait se défendre. Pas toi. Le mauvais caractère, ça impressionne les gens civilisés. Pas les autres.

— Non, parce que toi, tu es un spécialiste du coup de poing ? s'énerva Hélène.

— Spécialiste, non, mais, le cas échéant, je peux. De toute façon, c'est à prendre ou à laisser, résuma-t-il en engouffrant d'un air gourmant une énorme fourchette enroulée de spaghettis. Je suis aussi buté que toi, n'oublie pas.

— C'est pas bien, ce que tu fais, commenta-t-elle, l'air douloureux.

Il pouffa en fermant les yeux et elle se défendit de le trouver séduisant.

— Tu ne m'auras pas, Hélène ! Tu m'as fait le coup de la déception blessée un bon millier de fois. J'ai marché pour 999. Pas ce coup-ci. Tu veux les clefs ? Je viens avec toi !

Un soupir exaspéré échappa à son ex-femme.

Au fond, Frédéric l'admettait : il n'avait jamais entériné leur divorce. Il l'avait subi, comme un phénomène étrange, très extérieur à lui. Des paperasses, des effets de manches de leurs avocats respectifs. D'autant plus absurdes qu'Hélène ne voulait rien. Elle gardait son appartement, acheté avant leur mariage. Elle se foutait du reste. Sans doute était-ce cela, son désintérêt matériel, qui l'avait le plus blessé. Lorsqu'on aime ou qu'on a aimé, on fait payer. L'argent est la monnaie de revanche la plus évidente, la plus facile. Mais non, elle voulait juste qu'il se tire. Frédéric avait d'abord pensé qu'elle avait un autre amour. L'explication classique des hommes. Personne. Les années qui avaient suivi le lui avaient prouvé. La baffe. La baffe ultime et colossale. Elle ne le quittait pas pour un autre. Elle le quittait à cause de lui. Il avait cherché, des années durant. Refusant de croire que cette femme qu'il aimait plus que tout, qui l'aimait, il en était certain, le lourdait parce qu'il était étourdi et bordélique, parce que le quotidien lui semblait une autre énigme du Sphinx. Ben si. Pourtant, il s'était appliqué. Cependant, chaque fois, un truc dérapait. Les machines refusaient de lui obéir, les actions les plus simples devenaient horriblement compliquées. Sa carte bancaire se faisait avaler par un distributeur parce qu'il se mélangeait les pinceaux dans les codes, il oubliait ses clefs sur un comptoir, il perdait ses lunettes dans un métro, il rentrait du restau avec l'imperméable d'un autre sur le dos parce qu'il n'avait pas fait attention. Absorbé dans ses pensées, il suivait au marché une dame qui n'était pas Hélène, juste parce qu'elle était auburn et qu'il se fiait à la couleur des cheveux de sa femme pour la repérer dans la foule. Mince, y'avait pas mort d'homme quand même ! On ne divorce pas d'un type qui vous adore, qui ferait n'importe quoi pour vous juste pour ça… Hélène, si. Une folle. Une vraie dingue.

— Frédéric… sois sympa. File-moi les clefs, tenta-t-elle d'un ton conciliant.

— Non ! Je ne vais pas attendre que tu te fasses débiter en rondelles. Tu veux les clefs ? Je viens.

Pas contente du tout, sentant, cependant, qu'il ne lâcherait pas le morceau, elle transigea d'une voix sèche :

— Bien ! Tu es libre cet après-midi ?

— Quand tu veux où tu veux, chérie. Chez moi ou chez toi ?

Fulminant, luttant contre l'envie de lui planter sa fourchette dans la main, elle grinça :

— Je ne te trouve pas drôle.

Il essaya de se défendre en argumentant :

— Ne le prends pas mal. Cela étant, je crois que tu fais un gros plat de pas grand-chose. Bon, si une petite visite clandestine chez ce gars peut te rassurer, pourquoi pas ? Après tout, ça me permettra de vérifier en douce qu'il n'a pas bousillé l'appart' de Didier.

Gianni, le patron, déposa devant eux une énorme part de tiramisu qu'ils n'avaient pas commandée, expliquant d'une voix ravie et complice :

— Compliment de la maison. On est si contents de vous revoir ensemble ! Ah, l'amour, l'amour… On se bouffe le nez, on se crêpe les cheveux, on s'arrache les yeux, on se saute à la gorge… mais on s'aime… quel bonheur. Allez, mangez ! Je le prendrais très mal, sans ça !

Hélène avala une pleine cuiller. L'adrénaline, le cortisol, les œstrogènes, et même la testostérone bouillaient dans ses veines.

— T'es bouché ou quoi ? murmura-t-elle comme si elle voulait le mordre. Je te parle de meurtres !

Certes, elle l'admettait, elle n'était pas totalement de bonne foi puisqu'elle s'était bien gardée de lui expliquer ce pan du problème. Massif, le pan. Cependant, il était lent de la comprenette, l'animal !

— Hein ? s'étrangla-t-il dans son tiramisu.

— On dit « comment ? » ou « pardon ? ». Non, on peut être grossier. Cependant, on évite les fautes de français, s'énerva-t-elle.

— Attends, attends… Tu viens de parler de meurtres ! protesta Frédéric en jetant un regard circulaire aux tables avoisinantes, fort heureusement désertées à cette heure.

— Oui-oui.

— Tu ne voudrais pas t'expliquer un peu…

Elle n'hésita qu'une seconde. Son instinct lui soufflait que Frédéric était un allié. Durant les trois minutes qui suivirent, elle lui relata tout. Il était figé. Sympa, puisqu'elle put finir le tiramisu. Elle conclut en avalant la dernière bouchée :

— Ils essaient de tuer Charlotte. Je vais les en empêcher. ON, nous toutes, allons les en empêcher.

— Venant de quelqu'un d'autre que toi, je ne croirais pas un instant à ce délire.

— Délire ? Tu me fais rigoler ! Les deux cadavres, c'était du délire ?

Frédéric ne plaisantait plus du tout.

— Non, attends Hélène. Des cadavres qui apparaissent et puis qui se volatilisent, Charlotte en danger, on ne joue plus, c'est trop sérieux. Tu appelles les flics et tu leur racontes tout !

— C'est exclu ! s'obstina son ex-femme.

— T'es malade ou quoi ? s'emporta-t-il en faisant un effort gigantesque pour contrôler le volume de sa voix.

— Pas plus que d'habitude. (Exaspérée, elle se pencha vers lui et répéta comme s'il avait de gros problèmes de compréhension :) Les flics ont déjà Charlotte dans le collimateur. Elle fait la suspecte idéale. Un cadavre dans sa bagnole, ex-amant, de surcroît, l'autre dans son entrée, ça commence à faire beaucoup pour la même femme.

Frédéric crispa les lèvres d'indécision, puis lâcha à contrecœur :

— D'ac' ! Bon, je vais chercher les clefs, je te rejoins et on explore l'appartement du cher Vivien.

Il se leva et pointa un index menaçant vers elle en ajoutant :

— Et je paie l'addition ! Tu m'excuses. Prérogative d'ancien jules ! Ne mélange pas féminisme et galanterie. La galanterie est une jolie chose. Ça ne signifie pas que tu es inférieure ni incapable de payer. Ça signifie juste que ça me fait un vrai plaisir de t'inviter.

Elle lui balança un de ses plus jolis sourires, tête inclinée, yeux mi-clos, certaine qu'il n'y résisterait pas – elle n'avait aucune envie qu'il y résiste – et murmura :

— Alors un très bon cognac et un café pour moi.

— Ça marche.

— Prends un taxi. On n'a pas trop de temps. Je ne voudrais pas qu'il se pointe.

Frédéric la rejoignit une petite heure plus tard chez elle. Elle tenta à nouveau la négociation :

— Écoute, ça ne te concerne pas. Après tout, il s'agit de pénétrer de façon illégale dans l'appartement de quelqu'un. Je n'ai pas envie que tu aies des ennuis, donc, donne-moi les clefs.

— Non.

— Bon, si tu t'obstines… On y va.

— On y va. Normalement, il n'est pas là, c'est ça ? Vivien, je veux dire.

— Normalement et si ce n'est pas encore un autre mensonge, il s'occupe d'un vieillard à l'agonie… Si jamais il m'a roulée sur ce coup – le plan bien émotionnel, le vieux monsieur abandonné par ses enfants qui n'en ont rien à battre de lui… Là, je te jure que je ne lui pardonnerai pas !

— Ce serait vraiment lamentable.

— Ouais… Tu sais… je n'ai jamais eu une passion pour l'espèce humaine. Trop féroce, trop impitoyable. Pourtant, j'ai toujours cru que ce qui nous rachetait, c'était notre compassion, notre capacité à nous mettre à la place des autres, notre émotivité. Alors, ce connard ne va pas me désespérer tout à fait sur l'essence de l'humain. Si ce sale type utilise la compassion pour entuber les gens, je veux qu'il morfle.

Il la regarda. Le magnifique regard gris se liquéfia. Il n'avait jamais vu Hélène pleurer. Trop compétente, trop maîtresse d'elle-même. Étrangement, ces larmes retenues lui semblèrent la chose la plus importante qui soit survenue au cours de ces onze dernières années. Sans elle. Une émotion difficile à dominer lui donna envie de la prendre dans ses bras. Il s'en abstint, certain qu'elle ne le tolérerait pas. Au lieu de cela, il murmura :

— Le monde est ce qu'il est, ma belle. On ne le changera pas. Trop compliqué. L'important, c'est qu'il ne nous change pas.

Elle plaqua les mains sur son visage et il songea que la meilleure chose qu'elle avait à faire, à cet instant précis, était de fondre en sanglots. Pas Hélène. Jamais. Hélène résistait, coûte que coûte. Hélène faisait face, même si elle devait en prendre plein la figure. Il l'avait aimée pour cela. Il n'avait jamais cessé de l'aimer.

— Bon, on y va ? demanda-t-il d'un ton qui s'efforçait à la légèreté.

— D'ac'.

Ils surent dès qu'ils pénétrèrent chez Vivien que quelque chose ne tournait pas rond. Rien. Aucun objet personnel à l'exclusion de quelques vêtements de rechange et d'une trousse de toilette, au point qu'on aurait pu croire que nulle âme ne vivait en ce lieu.

— Tu étais déjà entrée chez lui ? murmura Frédéric.

Elle lui jeta un regard étrange avant de répondre :

— Figure-toi que je viens d'y penser à l'instant… Il est tout le temps fourré dans mon appartement mais je n'avais jamais mis un pied dans le sien. Suspect, non ?

Elle inventoria ensuite la cuisine, pendant que Frédéric passait dans la chambre. Placards vides, réfrigérateur vide, lave-vaisselle vide. Un appartement à louer dans lequel le ménage aurait été fait de fond en comble. Frédéric apparut, charriant un gros truc qui ressemblait à une caméra professionnelle.

— Tu devrais venir dans la chambre… j'ai jamais vu un tel matos informatique ! C'est du très, très haut de gamme de pro.

— C'est quoi, cette chose ? demanda-t-elle en désignant la caméra.

— Tu as une fuite dans les toilettes. Pas grave. Je vais incliner le bras du flotteur et tout rentrera dans l'ordre. (Il bascula un interrupteur et le glouglou d'une chasse d'eau mal réglée envahit l'espace de la cuisine.) Un canon à sons. Il peut tout entendre de ce qui se passe chez toi… même quand tu renifles. Inutile de te dire qu'il s'agit d'un matériel de truand ou d'espion… à moins d'imaginer un taré que les éternuements ou les borborygmes d'une fille excitent.

Hélène n'était pas du genre à s'effondrer à ce genre de révélations. De surcroît, la rage était chez elle un petit miracle coutumier : la peur s'évanouissait devant la colère. Le petit miracle survint.

— Bien ! Allons voir le matos informatique.

Elle resta interdite. Quatre écrans et deux unités centrales qui auraient pu rivaliser avec IBM. La chambre de Vivien n'était qu'une gigantesque interface avec elle ne savait qui.

Elle s'installa devant le clavier.

— Attends… Ça doit être archi-protégé…

— Pas sûr… il se croit tellement fortiche et moi tellement idiote et respectueuse des lois, ironisa-t-elle. Pas sain de sous-estimer les gens.

Elle pianota son nom.

Un terne fichier s'afficha qui relatait la fouille de son appartement, les menus services rendus par Vivien, dont le joint de robinet, leurs différentes bouffes improvisées. Ses approches. Il y détaillait le plan « gentil petit garçon » qui, disait-il, devait se révéler plus efficace avec elle que l'attaque « Je vous aime, vous êtes la femme de ma vie ». Vivien concluait : *Le Dr Hélène Audibert est encore très attachée à son ex-mari. Le plan drague n'aurait aucune chance.* Un voile glacé tomba sur le cerveau d'Hélène. Frédéric lisait l'écran, scotché contre son dos.

— Y'a pas grand-chose…

Elle lui fut reconnaissante de son ton neutre, sans une once de victoire, et ferma le fichier.

Elle tapa ensuite « Tous fichiers. Charlotte / Charlotte Claudanel / Dr Claudanel ». D'interminables pages s'affichèrent à l'écran, illustrées de photos de Charlotte prises à la dérobée. Tout y était, à part la dernière vaccination antitétanique de son amie et la marque de ses protège-slips. Ses amies, ses amants, ses patients, son faux mari qui avait fait l'objet d'une enquête scrupuleuse, ses emplettes, son club de remise en forme, ses goûts, ses dégoûts, le fait qu'elle abusait un peu-beaucoup du whisky, ses dernières sorties, son patrimoine et ses banques, ses lectures, son vieux chat Biscuit décédé, ses préférences musicales, ses orientations politiques et religieuses, tout, même son dernier voyage en Espagne où elle possédait un petit appartement.

— Tu as ce que tu voulais ? Tu as raison, ce mec n'est pas clair. On se casse ?

— Pas tout à fait. Je veux consulter sa messagerie.

En dépit de ses efforts, elle n'y parvint pas. Certes, elle n'avait rien d'un hacker. Toutefois, elle se débrouillait pas mal avec une bécane.

— Écoute, Hélène, je crois qu'il faudrait partir.

— Deux minutes. Les gens pensent toujours que lorsqu'ils effacent quelque chose de l'ordinateur, ça se volatilise. Or, c'est faux. Il reste toujours une trace. Il existe des poubelles. On peut les fouiller. Pas de mot de passe pour les protéger. Sauf chez les pros…

Elle s'infiltra dans la poubelle Internet. Des kilomètres d'adresses. Dont une, qui revenait souvent : interpolice.JCW@gouv.dst.fr.

— Oh là... souffla Frédéric dans son dos. Attends... Ce mec est de la DST ?

— Je ne sais pas... Mais Nathalie avait raison avec ses plans à la John Le Carré ! Bon, on lève le camp et vite !

De retour dans son appartement, Hélène proposa :

— Je nous fais un café ?

— Volontiers.

Elle le débarrassa de son blouson de cuir et s'affaira dans la cuisine, sentant son regard suivre le moindre de ses gestes. Il s'installa à la table, choisissant, sans même y penser, la chaise qu'il avait toujours occupée.

— Ça va pas, hein ?

— Non, lâcha-t-elle en scrutant la cafetière.

Frédéric tenta de lui remonter le moral :

— *A priori*, Vivien n'est ni un psychopathe, ni un escroc... Plutôt un type du Renseignement.

— Et alors ? Ça n'empêche qu'il m'a menti, qu'il m'a piégée aux sentiments.

Elle était défaite, si triste qu'il lutta contre le besoin de la rejoindre.

— Écoute, Hélène... Ce n'est pas parce que tu as un gigantesque problème avec ton émotivité que les autres sont nécessairement des salauds.

— Je me passerai d'une psychanalyse, merci, rétorqua-t-elle, cassante.

— Je ne suis pas du même avis. Pas grave.

— Il m'a menti ! cria-t-elle. Il s'est fait aimer sur de fausses bases, pour tromper, pour me tirer les vers du nez. C'est pas de l'escroquerie, ça ?

— Tu n'as peut-être pas tous les éléments en main... Si ça se trouve, sa mission est de veiller sur toi...

— Et de me protéger de qui ? De Charlotte ? Qu'est-ce qu'ils lui veulent à Charlotte, d'abord ? Hein ? Elle a rapporté d'Espagne une paire de castagnettes et ça fait d'elle un membre probable de l'ETA ? Elle a expédié son prétendu mari en Arabie saoudite et elle se transforme en relais potentiel d'Al Qaida ?

— T'exagères un peu, là…

— Il ne s'agit pas des flics, Frédéric, mais de la DST, enfonça-t-elle en séparant chaque syllabe. (Radoucie, elle poursuivit :) Écoute, je ne me sens pas top… j'aimerais être un peu seule… Ça ne t'ennuie pas ?

— Non, non, affirma-t-il, déçu. Euh… Tu m'appelles ?

— Bien sûr.

— Tu promets, pas comme la dernière fois ?

— Promis. Je te téléphone dans la semaine.

Aussitôt après son départ, Hélène fonça dans sa chambre pour suivre du regard la silhouette de Frédéric qui s'éloignait. Elle récupéra dans l'entrée les clefs de l'appartement de Didier qu'elle avait subtilisées dans la poche de blouson de son ex-mari et se rendit au pas de course chez le serrurier minute du supermarché où elle faisait ses courses. En empruntant les transports en commun, Frédéric ne s'apercevrait pas avant trois quarts d'heure qu'il avait « égaré » le trousseau. S'il ne le mettait pas au compte de son étourderie chronique, s'il l'appelait, elle prétendrait que les clefs étaient tombées lorsqu'elle avait suspendu son vêtement. Elle les lui restituerait bien volontiers puisqu'elle aurait un double. Une idée encore plus futée lui traversa l'esprit alors qu'elle réglait le gentil serrurier. Une fois rentrée chez elle, elle laissa un message sur le portable de Frédéric : « Écoute, j'espère qu'il ne s'agit pas des tiennes, mais un trousseau de clefs a glissé de ta poche. Je viens de les retrouver par terre, dans l'entrée. Je te les laisse dans une enveloppe chez le gardien. »

Elle s'installa ensuite au salon, indécise. Que faire, maintenant ? Le gros point noir se résumait à peu de choses. Des choses bien embêtantes, toutefois. Elle ignorait tout des moyens technologiques à la disposition des agents du Renseignement. Au demeurant, elle ne savait pas non plus quelles étaient au juste leurs missions. L'ennui majeur avec ces gens-là, c'est qu'ils annoncent rarement leur appartenance et sont encore plus réticents à vous expliquer ce qu'ils font, où et comment. Au fond, le Renseignement manque de transparence. On peut le regretter. Récapitulons. Si elle en jugeait par les livres d'espionnage qu'elle avait lus, les films qu'elle avait vus, ils possédaient des micros pas plus gros que des têtes d'épingle et des caméras à peine plus volumineuses. Principe de précaution : partir du présupposé que leurs appartements à toutes avaient été « buggés ». Avertir les filles. Du dehors. Elle se leva et récupéra son portable. Son geste resta en suspens. Non. Les communications par satellite, ça se trace. Est-ce que ça peut s'écouter ? Sans doute. Les pigeons voyageurs représentaient quand même un gros plus. Dommage qu'ils fussent passés de mode.

Juliette, six jours après le deuxième cadavre.

Juliette luttait depuis une vingtaine de minutes contre la révulsion que lui inspirait ce type suant, affalé sur le lit de soin. En plus, il puait. C'est quand même le comble de la discourtoisie, du sans-gêne et du manque d'amour-propre (sans jeu de mots) d'aller se faire tripoter dans un institut de beauté, un cabinet de kiné ou de podologie sans s'être lavé avant. Ce nouveau client allait avoir un mal de chien à reprendre rendez-vous, car son nom serait noté sur la liste noire que Vincent l'avait autorisée à tenir. Sa finalité était d'éviter les spécimens qui confondaient massage, masque de beauté et bordel, les cradingues ou les odieux. Le tas de graisse malsaine répandu devant elle avait le douteux privilège de collectionner les trois conditions.

Juliette le reconnaissait volontiers : ce genre de goujat peu ragoûtant était assez rare. Ses collaboratrices et elle avaient le plus souvent affaire à une clientèle d'hommes bien élevés, pressés et exigeants, convaincus que leur « look » était un atout de poids dans leur carrière, puisqu'il s'agissait dans leur cas de performance professionnelle plus que de coquetterie. Des hommes qui ne leur infligeaient pas leurs pulsions sexuelles déplacées. Bref, des hommes qui savaient se tenir, même si certains tentaient avec tact d'obtenir un rendez-vous extérieur. Rien de plus normal. Pas le gars suant.

Le feu d'artifice avait commencé dès qu'il s'était allongé en string. Voir cet énorme bide, ce gros derrière, ces vilaines cuisses blanchâtres déborder des élastiques qui lui rentraient dans la panne avait arraché un léger haut-le-cœur à Juliette. Les hommes sont dans l'ensemble pudiques, ou, pour certains, complexés. En d'autres termes, ils évitent le string lorsqu'ils se rendent chez le médecin ou en institut de beauté. L'idée de devoir malaxer, brasser ce cachalot (pardon à ces magnifiques mammifères d'une comparaison très dévalorisante pour eux), puis de l'épiler « en trapèze » n'avait rien de réjouissant pour une femme normalement constituée. Le pire restait pourtant à venir, et il ne tarda pas.

Elle n'avait pas terminé de tartiner le mufle épais et irrécupérable d'argile aux huiles essentielles que le cétacé échoué grommelait :

— C'est bien plus agréable d'être massé par une jolie femme. D'un autre côté, ajouta-t-il avec un rire gras, c'est aussi plus… dangereux.

— Ah bon ?

— Ben oui… la nature, c'est la nature…

Et manque de bol, elle a été cruellement avare dans ton cas, songea Juliette en se contentant de hocher la tête. La suite se profilait gros comme une maison.

— J'veux direuh…

— Monsieur, il serait souhaitable pour l'efficacité du masque que vous ne bougiez pas le visage, conseilla-t-elle d'une voix neutre en ajoutant pour elle-même « et que tu la fermes, ça me ferait des vacances ! ».

Il se tint coi durant quelques secondes, alors qu'elle lui enfilait les moufles chauffantes destinées à ramollir les cuticules et à faciliter la manucure. Une belle invention, ces moufles. Lorsqu'on tendait les cordons électriques qui les reliaient au secteur, elles réduisaient considérablement la liberté de mouvement. La main aux fesses devenait alors acrobatique. Le cachalot semblait hilare.

Ses épaules tressautaient par instants. Juliette découvrit vite la raison de sa jovialité. Cette fois, un long soupir de consternation lui échappa.

Elle le savait par expérience : il existe des réactions physiologiques incontrôlables. Lorsqu'un monsieur civilisé en est victime, face à une dame inconnue, non professionnelle du sexe, il est en général le plus gêné. Pas le cachalot qui semblait très fier de se transformer en baleine à bosse, encourageant le processus en adressant des petits clins d'œil complices et des gloussements à son string.

— Je vous laisse vous détendre cinq minutes. Je vais baisser l'intensité lumineuse de la pièce. Ensuite, nous passerons au massage et à l'épilation, annonça-t-elle avant de sortir.

Un « voui-voui » lourd de salive lui répondit.

De retour dans son bureau, Juliette composa un numéro à trois chiffres.

— Julien… vous continuez le 8.

— Un libidineux ?

— XXL.

— Ma barbe devrait la lui couper très vite, répondit son esthéticien dans un rire.

Encore une riche idée de Vincent, ce Julien, idée destinée, selon ses termes, « à protéger ses dames des désagréments ».

Au fond, Nathalie avait raison, Juliette l'admettait. Elle avait jugé son boss trop durement. D'accord, il lui avait fait un peu de gringue, durable même. Cependant, il n'avait jamais dépassé la limite, ni ne l'avait frôlée. Cette limite qui transforme un séducteur en harceleur.

Un type bien. Sauf si, bien sûr, Vincent n'était pas ce qu'il prétendait être !

La sonnerie de son téléphone résonna. L'hôtesse du bureau d'accueil l'avertit que son amie Hélène l'attendait en bas.

Un peu surprise et néanmoins ravie de cette visite inattendue, Juliette dévala l'escalier et s'élança vers le « boudoir » d'attente, une pièce meublée avec un exquis goût masculin. Hélène était plongée dans la lecture d'un magazine de yachting qui ne semblait pas la passionner au-delà du raisonnable. Juliette s'avança vers elle, un joyeux sourire aux lèvres, qui mourut lorsque son amie releva le visage. Un visage de fin du monde.

— Oh, là !

— Ouais, approuva la biochimiste.

— Raconte ?

— On peut sortir dix minutes ?

— Euh… Oui, je vais faire prévenir Aurélie qu'elle accueille mon prochain client. J'arrive, attends-moi dehors.

Tirant avec nervosité sur sa cigarette, Hélène résuma le contenu de ses découvertes au profit de son amie, la mettant en garde contre caméras, écoutes et micros de tout poil. Le joli visage qui lui faisait face s'allongea de seconde en seconde. D'une voix altérée, Juliette demanda :

— Il y avait un fichier sur moi… ? Ah, mon dieu… et Bénédicte ?

— Je n'ai pas eu le temps de regarder. Ni toi, ni Emma. Quant à Bénédicte, je ne vois pas pour quelles raisons elle les intéresserait. J'avais la trouille que Vivien rentre. En plus, Frédéric était scotché derrière mon dos… Je n'avais pas envie qu'il lise tout… je ne sais pas trop… D'autant que je me débrouille pas mal mais je ne suis pas informaticienne… il y a sans doute des données protégées auxquelles je n'ai pas eu accès.

— Qu'est-ce que c'est que ce foutoir ? murmura Juliette en se mordant l'ongle du pouce. La DST ! Et puis quoi encore ? Le FBI et la CIA ? Et Charlotte au milieu de tout ça… qu'est-ce qu'elle vient faire ?

— Pas la moindre idée. Cependant, à vue de nez, je dirais que ça sent carrément pas bon.

— Tu vas la prévenir ?

— J'hésite. Attends, il y avait tout sur elle, tu m'entends, tout… même sur ses parents. C'est le genre d'enquête qui prend des mois, surtout quand tu la joues secret-défense. Si je lui balance ça, elle va avoir une pétoche épouvantable – justifiée, la pétoche. Elle va grimper aux rideaux, se coller au plafond et elle ne voudra plus jamais en redescendre.

— Ben, y'a de quoi !

Hélène alluma une nouvelle cigarette avec le bout incandescent de son mégot.

— Quelle chance tu as de pouvoir fumer, commenta Juliette. Je suis sûre que ça calme les nerfs. Moi, ça me file mal au cœur.

— Tu dis ça à une femme qui essaie d'arrêter depuis trois ans avec le succès que tu constates ? protesta Hélène.

Son amie sembla hésiter, la regardant d'un air désespéré :

— Écoute, je me doute que c'est super-dangereux et tout… D'ailleurs, je viens avec toi… mais il faudrait qu'on sache si on est toutes fichées sur l'ordinateur de ce sale type. Je m'inquiète pour Bénédicte. Puisque tu as fait réaliser un double des clefs… Quand je pense que je le trouvais sympa… ajouta-t-elle en faisant référence à Vivien. Une vipère, oui… Je t'assure, il faut encore fouiller.

— Je suis d'accord, mais je te l'ai dit : je ne suis pas assez béton en informatique. Je ne connais pas de hacker, repenti ou non, je ne peux pas demander à un des pros du centre de recherche… Dommage parce qu'on a des pointures. En fait… la seule personne que je connaisse d'assez balèze et dont je suis certaine qu'elle ne caftera pas…

Une grosse gêne l'empêcha de poursuivre. Après une seconde d'incompréhension, Juliette s'insurgea :

— Woh-woh… On arrête tout de suite ! Pas ma fille !

— C'est la seule, tenta d'argumenter Hélène. Je l'accompagne. Si Vivien ou…

— Non, non, non et non ! se rebella son amie. Je n'accepterai jamais d'exposer Bénédicte au danger. Ça va pas la tête !

Hélène tapa au point faible. Stratégie peu élégante, quoique le plus souvent efficace.

— Si elle l'apprend un jour, elle t'en voudra de lui avoir gâché l'opportunité unique de se mesurer à des espions. Si ça se trouve, à cause de toi, elle va virer hackeuse pour se dédommager. Hors la loi.

— Oh, c'est pas bien ce que tu fais, c'est du chantage, souffla Juliette. Et puis d'abord, comment elle l'apprendrait, hein ?

— Parce que, barré comme c'est, on va se retrouver toutes les cinq derrière les barreaux, au secret, sans savoir au juste ce qu'on nous reproche. Fatalement, cinq nanas sous les verrous d'un coup, ça fait un vide, et elle s'en rendra compte.

Juliette baissa les yeux, réfléchissant. Bénédicte, son grand amour. Son bébé. Elle avait eu une chance folle d'avoir cette gamine. Cette jeune fille, maintenant. Juliette ne comptait plus le nombre de fois où sa vie aurait dérapé, basculé, sans qu'elle tente grand-chose pour rectifier le tir, si la pensée de sa fille ne lui avait pas toujours maintenu la tête hors de l'eau. Elle lui devait sa résistance, son envie de faire face, et les meilleurs moments de son existence. Toutefois, Bénédicte avait un caractère affirmé. Une caractéristique assez fréquente chez les enfants qui ont compris qu'un seul parent se bat pour leur avenir. Deuxième argument de poids : Bénédicte était tombée dans la marmite de l'informatique dès ses dix ans. Elle éprouvait une véritable fascination pour ces appareils et leurs immenses possibilités et, de fait, les connaissait comme sa poche. Troisième argument, bien embêtant : si jamais il lui venait aux oreilles que sa mère l'avait privée de ce qu'elle nommerait, à n'en point douter, « le méga-fun de sa vie », elle allait très mal le prendre. D'un autre côté, Juliette ne tolérait pas l'idée d'exposer Bénédicte à la menace qui planait. Une menace qui n'avait rien d'une plaisanterie. Arghhh… Pas simple d'être parent !

— D'accord... Tu marques un point. Je te prête Bénédicte, mais je viens avec elle. Pour la défendre, en cas de danger.

— Pardon ? lâcha Hélène en détaillant la silhouette très mince, les mignons muscles fins, les jolies mains manucurées de frais. Une porcelaine de Saxe. Tu comptes t'y prendre comment si deux barbouzes nous déboulent dessus ? À part griffer, c'est quoi ta botte secrète ? Enfin, tu te vois faire le coup de poing contre deux mecs super-entraînés ?

— Rien ne dit qu'ils seront deux, ni même qu'ils débouleront. Et, de toute façon, je suis de taille !

Ahurie, mais percevant l'inflexible obstination de son amie, Hélène protesta pour la forme :

— Tu ne crois pas que... tu perds un peu le sens des réalités ?

Le joli regard tendre vira d'un coup. Le bleu des iris de Juliette s'assombrit et une pellicule glaciale sembla le recouvrir. Son ravissant visage se figea et Hélène eut la fugace sensation qu'une autre femme se tenait devant elle. Une femme prête à tout. D'une voix posée, tranchante comme une lame de rasoir, Juliette expliqua :

— Vois-tu... je suis peut-être incapable d'ébouillanter un tourteau sans fondre en larmes... mais le mec qui essaie de faire du mal à mon bébé... il peut sur-le-champ réserver sa place au crématorium. Y'aura pas de quartier et je ne ferai pas dans la dentelle !

Hélène la dévisagea. Un regard de fauve, impitoyable. Si dur qu'elle songea qu'en effet le type en question avait intérêt à numéroter ses abattis avant d'arracher un cheveu de la tête de Bénédicte. Juliette refit surface. Ses jolis iris reprirent leur douceur. Elle avoua :

— Et puis... je me traîne un énorme remords depuis dix ans... à cause de cet abruti du Gazou-gazou. Ce type m'avait tellement vidée de mon énergie, aspirée mentalement, que j'en arrivais à donner tort à ma fille, alors que j'aurais dû balancer trois tartes à ce gnome et partir avec ma gamine !

— On fait tous des erreurs, ma jolie. Ça devient grave lorsqu'on n'en tire pas les leçons. Et, de toute façon, tu as repris assez de poil de la bête pour le lourder. En plus, toute seule, tu as fait de ta fille quelqu'un d'assez exceptionnel. Même si elle avait des prédispositions pour ça.

D'émotion, Juliette saisit la main de son amie.

Juste avant qu'elles se quittent, Hélène précisa :

— On est bien d'accord : pas de téléphone portable pour les trucs chauds. Le mail. Je sais que c'est vachement plus coriace à tracer.

— Et s'ils ont accès à nos ordinateurs ? Tu sais, le genre cookies et machin. Ou même une consultation peinarde sur place puisque, de toute évidence, ils ont les clefs de l'appartement de Charlotte et les tiennes.

— Ah, mince, j'avais pas pensé à ça !

— Euh… le fax ! Tu détruis la feuille quand tu l'as lue, ni vu, ni connu, suggéra Juliette. Avec les nouveaux rouleaux thermiques, ça ne laisse aucune trace.

Admirative, Hélène la félicita :

— T'es vachement bonne ! T'aurais pu faire espionne.

— Oh non… mentir à tout le monde. Pas mon truc. En plus, chaque fois que je raconte un bobard par obligation, je me mélange les pinceaux. Et puis, j'ai assez seriné à Bénédicte qu'on ne devait pas mentir, sauf contrainte et forcée, pour ne pas faire de la peine aux gens. Bonjour le modèle !

— Donc, le fax. On en a toutes un, sauf Nathalie.

— Pas grave. Je la vois tous les soirs. Je servirai de boîte aux lettres.

— Elle continue bien son régime ?

— Avec moins d'enthousiasme depuis que Vincent s'extasie sur ses rondeurs « bien placées », comme il dit. Mais je l'ai eue. Je lui ai rappelé qu'il dévorait comme un ogre – un ogre gourmet, certes –, et que si elle voulait tenir dignement sa fourchette face à lui, sans devenir obèse, elle avait intérêt à prendre un peu d'avance. Genre cinq kilos de marge de sécurité.

— Je réfléchis à tous les autres aspects. J'avais pris quelques jours pour rédiger un papier scientifique au calme. Ça tombe pile poil. On essaie de ratisser large pour ne pas se retrouver dans la méga-cata.

— Et Charlotte, qu'est-ce qu'on fait ?

— Ch'ais pas. Lui dire et c'est la crise assurée, déjà qu'elle a eu de quoi être secouée. Ne pas lui dire et c'est risqué pour elle. Pour nous toutes.

— Fais-lui boire un bon whisky bien tassé avant, suggéra Juliette.

— Tu te rends compte qu'ils ont osé la traiter de quasi-alcoolo dans cette espèce de rapport !

— Des rats, je te dis ! D'abord, faire des enquêtes en douce, sur cinq femmes adorables, des citoyennes qui font honneur à leur pays… Ça le fait pas ! s'emporta l'esthéticienne de luxe. C'est pas correct. D'ailleurs… est-ce qu'ils en ont vraiment le droit ?

— Selon moi, les services secrets ont à peu près tous les droits quand ils fouillent dans la vie de quelqu'un.

— Ben, c'est pas normal ! Qu'on fouine dans le cas de gens méchants ou malhonnêtes, passe encore. Mais nous ? Qu'est-ce qu'on leur a fait, hein ?

— C'est ce qu'il faut découvrir.

— Je t'assure, je suis tellement remontée que je suis à un cheveu d'aller faire une manif perso de protestation dans la cour de l'Élysée. J'exige des explications et je ne bouge pas des marches du perron tant qu'on ne me les a pas données. Je suis une électrice, moi. Je paie mes impôts et même mes PV pour stationnement interdit.

— Je ne suis pas convaincue que ça nous aide vraiment, la dissuada Hélène avec gentillesse.

Charlotte et Hélène, six jours après le deuxième cadavre.

Durant tout le trajet en métro qui la conduisait dans le XVe arrondissement, Hélène avait ressassé son entrée en matière. Charlotte était pas mal secouée. La jouer paisible et rassurant. Lui offrir la version soft, quoi. Elle appela son amie d'en bas de son immeuble :

— Je me disais que ce serait sympa de boire un verre ensemble…

— Oui, excellente idée. Ben, monte…

— Non… j'avais plutôt envie de t'inviter dans un troquet du coin. Ça fait du bien de… de prendre l'air, de voir un peu de monde. Je suis bouclée au labo toute la journée… voilà… Ah Paris, Paris… quelle belle ville, hein ? On n'en profite pas assez, si tu veux mon avis. Et pourtant, le monde entier nous l'envie… À juste titre…

Un peu interloquée, d'autant que la rue dans laquelle elle habitait ne possédait rien de très frappant d'un point de vue touristique, Charlotte répondit :

— Euh, oui… Pourquoi pas. Je te rejoins.

Elles s'installèrent dans un coin de café. Hélène soupira : l'établissement était à peu près désert à cette heure. Un serveur qui traînait des pieds en essuyant ses mains humides sur un grand tablier raidi par une crasse triomphante s'approcha de leur table.

Charlotte ouvrit la bouche pour commander un thé au lait. Hélène la prit de vitesse :

— Un baby pour moi et un quadruple pour madame.

Le gars repartit sans manifester la moindre surprise.

Leurs réconfortants apparurent rapidement sur la table. Hélène vida son whisky d'un trait et, d'un mouvement de menton, encouragea Charlotte à l'imiter. La psy s'exécuta et reposa son verre dans un claquement sec en demandant :

— Le massage cardiaque, tu le fais en préventif ou tu préfères attendre la syncope ? Allez, crache le morceau.

— Garçon, la même chose, lança Hélène. C'est pour après, précisa-t-elle à son amie.

Version soft, version soft… marrant ! Qu'est-ce qu'elle pouvait changer à la version hard, à part quelques virgules ? Hein ? La DST, ce n'est pas l'Amicale des pêcheurs d'écrevisses de l'Huisne, un canon à sons, ce n'est pas un découpe-pizza à roulette, et un affreux voisin fouineur, ce n'est plus un « adorable Vivien ». Quant au rapport consacré à Charlotte qu'elle avait parcouru en diagonale, impossible de le minimiser en le transformant en enquête d'amoureux transi.

Faisant à nouveau une éblouissante démonstration de sa finesse psychologique, Hélène déballa tout, sans prendre de gants. Il lui sembla bien que son amie pâlissait un peu. Pourtant, lorsqu'elle avala son octuple whisky (en ajoutant les deux), sa main était ferme.

— Bien ! commenta-t-elle.

— « Bien… » C'est tout ? s'alarma Hélène.

— Non ! Ils commencent vraiment à me les mouliner fluet !

— T'en as pas.

— Peut-être. Toutefois, je suppute que ça doit être fort désagréable. De surcroît, j'ai des ovaires, et c'est la surchauffe.

— Attention, attention, là… qu'est-ce que tu comptes faire ?

Si elle devait à la fois mener cette enquête, fliquer Vivien, coacher Bénédicte, empêcher Juliette d'aller défiler toute seule, une petite pancarte brandie à bout de bras, dans la cour de l'Élysée, et bloquer une Charlotte qu'elle sentait sur le point de charger à vue à la manière d'un taureau ombrageux et passablement énervé, elle n'allait pas s'en sortir.

— Je ne sais pas encore, mais je vais trouver ! C'est quoi l'adresse de la DST ?

— Tu ne comptes pas te pointer dans leurs bureaux et exiger de plates excuses ?

— Et pourquoi pas ? C'est une émanation de l'État et je suis citoyenne française. Je n'ai rien à me reprocher, donc je veux savoir pour quelles raisons on s'acharne sur moi. Et s'il faut faire bouffer sa cravate à un type pour qu'il condescende à me répondre, je l'apporte avec moi. La cravate.

Hélène héla le serveur d'un geste mécanique. Le gars s'exécuta, pas même attendri par l'exceptionnelle descente de ses clientes qui n'avaient pourtant pas l'air de poivrotes patentées. Plutôt des occasionnelles. Dotées d'un joli coup de coude, ma foi.

Après tout, Charlotte et Juliette avaient peut-être raison. Prendre l'ennemi sur son terrain est souvent une bonne stratégie. Cinq nanas, pas contentes du tout, déboulant de front dans les bureaux de la DST pouvaient produire leur effet. Un détail, du genre bien épineux, tempéra pourtant le début d'exaltation d'Hélène.

— J'ai un doute… Ce n'est pas parce que j'ai trouvé le sigle dans une adresse mail qu'ils sont nécessairement derrière cette histoire. On manque de données. On s'emballe un peu.

— Bon, ben il faut s'en assurer. C'est quand ton expédition avec Bénédicte ? Je me joins à vous.

— On ne va pas se retrouver à six filles dans ce deux-pièces ! Bonjour la discrétion !

— Pas faux, admit Charlotte. Cela étant, je connais Vivien et je peux faire le guet dehors. Vous prévenir en cas de retour inopiné. Alors, c'est quand ?

— Je bute. Mon problème, c'est de parvenir à l'occuper assez longtemps à l'extérieur pour que Bénédicte puisse fouiller tous azimuts.

— Y'a pas trente-six solutions, commença Charlotte qui cette fois avait décidé de déguster son verre à petites gorgées. Ordures... quand je pense qu'ils ont osé écrire que j'étais alcoolique !

— Pas en ces termes... enfin, pas tout à fait, tenta de la rassurer son amie, tout en songeant qu'elle venait de se taper douze whiskies, certes des rations de troquet, mais quand même, le tout sans manifester le moindre signe d'ébriété.

— Tu te rends compte... la réputation, s'il y avait une fuite... Une psychanalyste chevronnée qui s'invente un faux mari, médaille d'or des relations sentimentales foireuses, dont la seule histoire d'amour réussie est un vieux chat, et qui se poivre le nez ! Bravo ! Ah non... il y a de quoi perdre sa clientèle. Et alors, là, je les poursuis en justice.

— Sur quel motif ?

— Diffamation.

— Euh... la diffamation c'est quand on dit un truc faux et dévalorisant à ton sujet, chuchota Hélène, embarrassée.

— Merci de me remonter le moral en véritable amie, pesta Charlotte.

— Désolée, bafouilla l'autre. C'est quoi, les « pas trente-six solutions » ?

— Simple. Vivien te surveille. Donc, tu lui donnes ce qu'il veut. Ta présence. Tu l'invites au restau et au cinoche, le plan « maman sort fiston », comme ça nous savons en permanence où il se trouve.

— J'y ai pensé mais je ne peux pas laisser Bénédicte toute seule, surtout en compagnie de sa mère qui a l'air remontée comme un canari dopé à la Juvamine et prête à massacrer le premier gars qui s'approche de sa fille à moins d'un mètre.

— Écoute, ne le prends pas mal, d'ailleurs tu l'as dit toi-même : en ce qui concerne l'informatique, elle n'a aucun besoin de tes conseils. Elle est super-intelligente, on le sait depuis longtemps, et en plus, elle va vouloir défendre sa mère, sans oublier les amies de sa mère. Donc, si tu lui expliques ce qu'elle doit chercher, elle trouvera. Quant à l'aspect garde du corps, je ne mets pas en doute une seconde ta bravoure. J'ai pu la constater à maintes reprises, notamment le soir de… de Gérard, dans le parking. Cela étant, il me semble qu'en termes d'efficacité, il n'y a pas mieux qu'Emma. Moi, je fais le guet, au cas où un des petits camarades de Vivien ferait son apparition.

— Et comment tu le reconnaîtras ?

— Simple. Partant du principe qu'il vaut mieux opérer assez tard, dès que je vois un gars de plus de quinze ans et de moins de quatre-vingts ans pénétrer dans l'immeuble, je préviens les filles. Il faut donc que tu fasses traîner le dîner. Tu racontes ta vie à Vivien, en long, en large et en travers, ta carrière, ton mariage, ton appendicite à huit ans, tes vacances d'enfance dans le Cantal, tes déceptions de chorale, bref, tout ce qu'il sait déjà. Ensuite, tu choisis un film interminable que « tu meurs » d'envie de voir. Le genre saga d'un guerrier japonais du XIVe siècle, en trois volets. En cas de besoin, tu lui proposes un dernier petit verre dans un bar et on sera parties.

— Et s'il se rendait compte que nous avons fouillé son ordinateur ?

— Je l'emmerde ! cracha Charlotte, mauvaise, formulation assez étonnante de la part d'une femme qui usait toujours d'un langage châtié, à l'inverse d'Emma et d'Hélène. Même s'il comprend qu'il s'agit de nous, que veux-tu qu'il nous fasse ? Qu'il se plaigne que « c'est pas cool d'avoir découvert qu'il est une sale fouine qui nous flique en douce depuis des mois » ?

— Tu marques un gros point, approuva Hélène. Ouais, on l'emmerde ! Massif !

Une heure plus tard, Vivien avait accepté avec joie la proposition de sortie d'Hélène. Des fax résumant les différentes étapes du plan partaient aux quatre coins de Paris. *The* « E » soir (comme dans le D-day-jour) était fixé pour le lendemain.

Bénédicte, Juliette, Emma, le soir, sept jours après le deuxième cadavre.

Juliette en avait transpiré de trouille lorsqu'elle avait introduit le double clandestin dans la serrure de Vivien. Une horde sauvage de barbouzes embusqués leur serait tombée dessus sitôt la porte de l'appartement ouverte qu'elle n'en aurait été que moyennement surprise. Mais non. Le silence. L'obscurité.

Bénédicte fonça vers sa cible, la chambre qui évoquait une des salles informatiques souterraines du FBI. S'adressant à sa mère et à Emma, elle les mit en garde à nouveau.

— On est bien d'accord : dès que j'allume la bécane, il peut savoir que quelqu'un a pénétré dans les circuits.

— On est d'accord, approuva Emma.

— Euh... Il ne peut pas savoir qui c'était, quand même ? s'inquiéta Juliette.

— Il n'y a pas encore de reconnaissance d'empreinte digitale sur les ordinateurs particuliers, mais ça va venir... Cela étant, on peut avoir été filmées par une microcaméra de surveillance dès notre entrée, expliqua Bénédicte en haussant les épaules, assez peu préoccupée.

— C'est quand, les bonnes nouvelles ? se plaignit sa mère.

— Bon, à l'attaque ! annonça la jeune fille en allumant les équipements. Les premières étapes seront cool. Ça devrait se gâter ensuite.

Des écrans se succédèrent dans le plus grand silence. Elle reprit :

— Voilà… on passe au plat de résistance…

— On peut parler pendant que tu travailles ? demanda Emma.

— Hum-hum…

— Si je te déconcentre, tu me le dis, hein ?

Voir les doigts de Bénédicte voler sur les touches, les écrans s'afficher, s'évanouir, d'autres apparaître lui donnait le tournis.

Autant l'avouer : l'informatique n'était pas complètement sa tasse de thé. Certes, Arnaud l'avait tant tannée, la traitant d'obsolète retardataire, qu'elle avait fini par apprendre à se servir d'un traitement de texte, à envoyer des mails, et même à consulter ses prévisions astrologiques sur Internet, ce qu'elle n'aurait jamais admis, même sous la torture, d'autant qu'elles tombaient à côté de la plaque avec une belle régularité.

— Tu parles, marmonna la jeune fille les yeux rivés sur l'écran, je fais ça les yeux bandés.

— Ah… ? Ben, moi, ça implose même les yeux grands ouverts. Et ta copine, Virginia ?

— Ça se passe super, répondit Bénédicte dans un sourire sans lâcher du regard les lignes de signes cabalistiques qui défilaient. Le gros bug, c'est qu'elle est anglaise… on ne se voit pas assez souvent.

— C'est un peu la barbe, les histoires d'amour internationales, approuva Emma qui refusait de penser au jour où Jon allait lui annoncer qu'il devait rentrer aux États-Unis. (Car, décidément, Hélène se trompait. Sa rencontre avec Jon était une pure coïncidence et il n'avait rien à voir avec l'amoncellement des cadavres. Impossible.)

— Oui et non. Tu es dans l'expectative, l'exception. Le quotidien, c'est usant aussi.

— Pas faux.

— C'est un cœur cette nana, s'extasia Juliette. Elle est parfaite, positive, pas dans la veine godiche, loin s'en faut. En plus, elle est coquette et adore le shopping. Ça change de ma fille qui pourrait se saper avec une vieille couverture SNCF drapée en toge juste pour ne pas entrer dans une cabine d'essayage !

— J'vais dans les surplus, protesta mollement Bénédicte. J'ai jamais compris cette frénésie. Suffit d'avoir trois sweat-shirts, autant de tee-shirts, deux treillis et une paire de bonnes godasses.

— Sans oublier un vieil imper de l'armée et deux gilets multi-poches. Tous gris foncé ou noirs de préférence, sauf les deux pulls, kaki, bien sûr, pesta Juliette.

— Je déconsomme, maman.

— Impossible puisque tu n'as jamais consommé, rétorqua sa mère.

— Les filles, intervint Emma. L'heure n'est pas au règlement de comptes familial. D'autant que je sens qu'il n'en est pas à sa première répétition.

Un soupir paisible de Bénédicte salua cette mise en garde. Elle expliqua, les yeux braqués sur l'écran :

— De toute façon, on va essayer de monter un truc pour se rapprocher. Je sais pas trop quoi. Elle est super-littéraire – je ne te dis pas, la culture. Moi, c'est largement l'informatique.

— L'édition, lança Emma. On s'achemine vers le numérique avec le livre électronique et tout ça.

— Ouais, assez cool ! Attendez, là. On se tait, ça se complique. Hum...

Elle fronça les sourcils, pinça la bouche. Les deux femmes étaient hypnotisées par la rapidité avec laquelle les doigts de Bénédicte heurtaient les touches.

— Vas-y, ma poule... un verrou qui saute ! Bingo ! Pas bête, mais pas top. (Se parlant à elle-même, dans le silence religieux des deux autres, la jeune fille murmura :) Et ça... Qu'est-ce que c'est ça ? Ouhhhh... futé, retors... Pas assez pour moi...

— C'est quoi ? chuchota Emma comme si elle craignait de déranger l'office.

— Une sorte de in-cookie. Clever !

— Ah… ? intervint Emma pour qui le cookie était un gâteau, surtout au chocolat.

— Ouais. Le p'tit gars s'est lui-même planté un méga-cookie qui prévient un autre ordinateur quand on franchit une certaine limite. Là, on a affaire à un pro. Ou à un ordinateur armé par un pro.

— Et qu'est-ce qu'on fait dans ces cas-là ? insista sa mère.

— On explique au cookie que tout baigne. Que je ne suis pas là. Que je n'existe pas.

— On peut faire ça ?

— On peut tout faire, maman. Il suffit de savoir comment, c'est tout. Les gens ne s'imaginent pas à quel point ces bécanes sont fabuleuses ET dangereuses.

Repartant dans ses manipulations, elle marmonna d'autres commentaires, parfaitement inintelligibles aux profanes, et conclut :

— Voilà, mister cookie est rassuré. Je ne suis pas là.

Une liste impressionnante de fichiers secrets s'afficha. Parmi eux, l'un s'intitulait « Juliette », un autre « Emma », un autre encore « Jon ».

— La cata ! geignit Juliette.

— Bordel de merde ! éructa Emma.

Bénédicte se tourna vers elle en demandant :

— Ça ne t'ennuie pas si je lis d'abord celui consacré à maman ?

— Non. On a un peu de temps. Hélène nous préviendra si quelque chose foire et Charlotte fait le guet en bas.

Deux pages. Bénédicte les lut à toute vitesse. Juliette avait beau cligner des yeux derrière le dos de sa fille, elle peinait à les déchiffrer.

— Mais lis… À haute voix ! s'exclama-t-elle.

— Attends… Pas intéressant… pas intéressant… ta carrière d'esthéticienne, tes mecs… Mon père… ça va, on sait tout ça… ils sont vachement bien renseignés, quand même… Oh… Merde ! J'le crois pas !

— Quoi, quoi ? couina sa mère.

— Régis !

— Régis ? Qui ça ? Pas le Gazou-gazou ?

— Si, en personne. Régis Leforge *alias* Séraphin, c'est-y pas mignon.

— Attends, ça fait dix ans… Un baba-cool arriéré ?

— Euh, non… pas vraiment !

— Vas-y, lis !

Bénédicte leva le regard vers sa mère et annonça :

— Prépare-toi à un choc. C'est écrit : *Régis Leforge grenouille depuis vingt ans dans des organisations d'extrême droite néonazies. Il fait l'objet d'une surveillance constante. Il semble qu'il ait des contacts avec des réseaux internationaux de terroristes de tout poil. Ce genre d'associations contre nature ne nous surprend plus. L'objet est, dans tous les cas, de déstabiliser les démocraties occidentales. Dans l'éventualité où Régis Leforge deviendrait trop menaçant, nous possédons un lourd dossier à charge qui sera utilisé : vente de stupéfiants, attentat à la pudeur sur mineurs, captation d'héritages de plusieurs femmes âgées dont il a été l'amant.* A priori, *il ne semble pas que Mme Juliette Barland ait été sa complice. Nous ne sommes pas même convaincus qu'elle ait été au courant de ses engagements néonazis du temps de leur liaison.*

Un silence de mort s'installa. Emma fixait Juliette comme si elle venait de débusquer le monstre du Loch Ness et s'en mordait les doigts. Fugace, le silence. Juliette chuchota, au bord de l'évanouissement :

— Comment… comment ça… extrême droite, néonazis… Extrême gauche, non ?

— Non, extrême droite… Les nazis sont rarement de gauche, maman. C'est pas la tradition, rectifia Bénédicte, un brin agacée. Je te l'avais dit.

— Tu m'avais dit qu'il était fasciste, dealer, escroc et pervers ? protesta sa mère.

— À huit ans, je ne savais pas ce que c'était ! En revanche, je t'ai répété que c'était un sale type.

— Enfin… c'est impossible… Il voulait des toilettes sèches et il était archi-opposé à l'utilisation de détergents ! Il voulait qu'on installe un rucher… Pour produire notre miel… Ça, j'ai freiné des quatre fers… c'est peut-être utile et mignon les abeilles, n'empêche que ça pique ! bafouilla Juliette.

Cherchant, en vain, une logique au raisonnement de son amie, Emma, perdue, contra :

— Y'a des néonazis qui aiment la nature, c'est tout !

— Ah mon Dieu… mon Dieu… pleurnicha Juliette. Et qui montre son zizi à des gamines, en plus. Qui spolie des vieilles dames. Qui vend de la drogue à des gamins. Je ne m'en remettrai jamais ! (Devenant féroce, elle exigea de Bénédicte :) Il ne t'a jamais… je le tue, sans ça, et ça sera pas joli !

— Non. « Il ne m'a jamais. » Il a dû sentir que malgré mes huit ans, je l'aurais noyé dans le purin. Avec joie. Bon, on passe à Emma.

Un autre silence s'installa. Bénédicte pouffa et déclara :

— Pas grand-chose sur toi, sauf ce qu'on sait. La boxe française, tes débuts comme chauffeuse de tax', ta compagnie de limo, tes liens avec les autres nanas, « très jolie femme » est-il précisé – tu plais à un enquêteur. Le détail qui tue, maintenant : *Elle est très probablement amoureuse d'Arnaud, homosexuel notoire avec lequel elle vit depuis neuf ans. Nous n'avons rien d'incriminant à son sujet à lui. Sans doute faut-il voir dans cet attachement une dérive infantile, pas si rare que cela chez certaines femmes hétérosexuelles, dérive sans doute expliquée par le désert de sa vie sentimentale…*

— Quoi ? Bande de sous-nuls ! glapit Emma en tapant du pied avec rage. « Infantile »…, je t'en foutrais, moi ! Arnaud est sans doute mon âme sœur mais certainement pas l'homme de ma vie ! Beaucoup trop chiant. Ces crétins pensent que parce qu'il est pédé, notre affection n'est pas normale. Des nuls, je te dis !

— Oui… mais on ne va pas se prendre la tête pour eux. (Soudain plus grave, Bénédicte demanda :) Tu veux qu'on passe à Jon ?

— On y va.

— Tu es sûre ?

— Quoi ? Si c'est un enfoiré, il vaut mieux que je le sache plutôt que de m'obstiner dans l'idée que c'est le père de mon bébé, tu ne crois pas ? J'adorerais avoir une fille comme toi… ou un fils. Je m'en fous. Je veux un bébé qui mute en génial. Humainement, intellectuellement, artistiquement, partout… Je veux être gaga, hystérique d'inquiétude, hyper-ferme, bavante d'admiration. Je ferai tout pour cela.

— Il mutera en génial avec toi comme mère, avec Arnaud comme tonton, et avec nous comme tatas, affirma Juliette.

— T'es sûre, hein ?

— Certaine.

— Vas-y, Bénédicte, lis.

— On y va… *Jon Norman a été d'une grande aide en dépit du fait que ses priorités nous demeurent floues. Il s'agit d'une de ces personnalités difficiles à cerner et qui doivent être « manipulées » avec la plus extrême circonspection. Si son but divergeait du nôtre, il nous lâcherait dans la seconde et pourrait même œuvrer contre nous. Nous sommes presque certains qu'il…*

Bénédicte crispa les lèvres, refusant de regarder Emma. Elle demanda d'une voix blanche :

— Euh… Tu veux vraiment que je continue ?

— Vas-y.

— D'ac'. *Nous sommes presque certains qu'il a abattu – ou fait abattre – Lamy à la gare de bus de la porte d'Orléans. Lamy a été descendu avec un calibre 35, équipé d'un silencieux. Une arme très compatible avec Norman. Impossible de lui tirer une confirmation et encore moins une explication. Or Lamy a travaillé pour lui à plusieurs reprises dans le passé. Lamy a-t-il raté une mission confiée par Norman ? L'a-t-il mis en grave difficulté ? S'apprêtait-il à trahir ? Nous savons par d'autres sources et par expérience que Norman n'est pas homme à s'arrêter à des « détails » tels que Lamy.*

Un silence de mort tomba dans le deux-pièces. Une main plaquée sur les lèvres, Juliette dévisageait Emma. Le regard rivé sur l'écran, Bénédicte n'osait pas relever la tête.

— Si votre question muette est : « Est-ce qu'elle va faire une crise de nerfs ? » la réponse est non. Du moins pas tout de suite. D'abord, je lui règle son compte, après je m'effondre ! lâcha Emma, mauvaise.

— Gali... commença Bénédicte, retrouvant le surnom qu'elle lui donnait lorsqu'elle était petite fille, d'après ce fichier... il y a une forte probabilité que Jon, enfin Norman... soit un tueur... tu vois ce que je veux dire.

— Tu crois qu'il me buterait ? contra Emma d'une voix paisible.

Étrangement, les deux autres femmes n'eurent pas le sentiment qu'elle avait peur, ce qui ne les rassura pas.

— Euh... tu ne préférerais pas lui régler son compte par téléphone, plutôt ? suggéra Juliette.

— Non ! Face à face. Je sais me défendre, même contre un flingue. Continue, Bénédicte. Il doit encore y avoir d'autres renseignements à glaner. Et d'abord, qui est au juste Norman ?

La lecture d'autres fichiers ne les renseigna pas sur ce point. La jeune fille lut les rapports déjà découverts par Hélène. Une phrase contenue dans le dossier consacré à Charlotte la fit bondir. Elle cria presque :

— Ça, c'est une énumération scrupuleuse et quasi exhaustive, commenta-t-elle avant d'ajouter : *Le Dr Claudanel a prêté son ordinateur portable à son amie Nathalie.*

— Et ? intervint sa mère.

— Ils n'auraient pas pris soin de noter ce truc si ça avait autant d'importance que « elle a commandé du céleri rémoulade en entrée ». Le fameux cambriolage de Nathalie, maman ! Celui lors duquel des voleurs trop honnêtes n'ont rien dérobé. Enfin, réfléchissez ! Ces types lacèrent des canapés et des rideaux pour faire plus vrai, mais, curieusement, ils n'embarquent ni la collection de bronzes de Nathalie, ni le portable haut de gamme et neuf de Charlotte ! Il faut que je l'examine… si ça se trouve, il y a un truc dessus et c'est cela qu'ils voulaient récupérer.

— Et si ça se trouve, les deux cadavres et la visite du dressing de Charlotte par ce Lamy qui s'est fait dessouder sont liés à cela ! renchérit Emma.

Pas mal secouée, Juliette proposa d'une petite voix incertaine :

— Écoutez, je me demande si ça ne déborde pas un peu de nos compétences, dans le genre grosse histoire d'espionnage. Enfin, je veux dire… nous en sommes à trois morts…

— Et tu suggères qu'on fasse quoi ? interrogea Bénédicte.

— Euh… prévenir la police… c'est pas mal, non ?

— Avec l'odieux Levasseur qui a la charge de l'enquête sur le meurtre de Gérard Malbert et qui va vouloir coincer Charlotte à toute force et nous dans la foulée, pour faire bonne mesure ? argumenta Emma.

— Ouais, ce n'est peut-être pas l'idée du siècle, admit l'esthéticienne, un peu à contrecœur.

— Tu peux consulter ses mails ? reprit Emma.

Les doigts volèrent à nouveau. Si l'on en jugeait pas la crispation de son front, Bénédicte éprouva des difficultés à faire sauter les verrous de sécurité. Toutefois, elle s'exclama soudain :

— Ben voilà… On devient raisonnable…

Elle demeura silencieuse quelques instants, parcourant des dizaines de messages en diagonale et déclara, déçue :

— Il se méfie. C'est plus que léger, des rendez-vous, dans des endroits divers et variés de la capitale, bien inoffensifs : jardins du Luxembourg ou des Tuileries… Marrant comme tous les espions adorent les jardins…

— Plus difficile d'être suivis et écoutés, je suppose, murmura Emma.

— Pas mal des mails ont été envoyés à l'adresse qui avait intrigué Hélène : interpolice.JCW@gouv.dst.fr. Ils commencent tous par « Cher Jean ». Le gars doit s'appeler Jean comme moi Cunégonde…

— J'ai beaucoup hésité, plaisanta sa mère, pas franchement guillerette.

Juliette ne parvenait pas à se défendre contre un pressentiment. Du genre affreux. Cette histoire prenait d'alarmantes proportions et les dépassait. Elles n'étaient pas de taille. La remarque suivante de sa fille ne fit que la conforter dans son idée.

— Il décline pas mal l'adresse. Gouv.dst.fr, je veux dire. Trois interlocuteurs. Des réponses cryptiques du genre « bien reçu », « m'y consacre », « fais suivre ». Le problème, c'est que je ne trouve pas beaucoup de messages entrants auxquels il aurait pu répondre. Je fouine dans la poubelle. S'il les a supprimés, je dois pouvoir les retrouver, du moins ceux qui datent de moins d'une semaine.

De longues secondes suivirent, seulement troublées par le claquement léger des touches. Des soupirs d'exaspération, de plus en plus profonds.

— Ça ne va pas ? demanda sa mère.

— Non… j'en avais entendu parler, mais je ne l'avais jamais vu en action…

— Quoi, quoi ?

— Un logiciel d'écrasement de données. Tintin pour les récupérer. Avec une périodicité de nettoyage de vingt-quatre heures. Parano, le gars.

— C'est quoi, au juste ? s'enquit Emma.

— Rien n'est jamais détruit vraiment quand tu supprimes un fichier ou un mail. Alors, un logiciel a été mis au point, qui, lui, nettoie définitivement l'ardoise. Bon, je ne peux pas en faire plus, lâcha Bénédicte, un peu déçue.

— Attends, c'est déjà génial ce que tu as dégotté… enfin… je me comprends, hésita Juliette en lançant un long regard à Emma.

— On téléphone à Hélène pour lui signaler qu'on lève le camp, on récupère Charlotte et on file chez Nathalie ? proposa la jeune fille.

— Ouais, je la préviens. J'espère que Vincent n'est pas chez elle.

— Okay. Je vous l'ai dit… Si Vivien vérifie, il saura à quelle heure au juste et durant combien de temps nous avons trifouillé sur son ordi.

— On s'en fout ! tonna Emma. Ils ne sont pas corrects. Pas de raison qu'on le soit !

Juliette aurait adoré partager sa fermeté.

Ainsi qu'il avait été convenu entre elles toutes, les conversations ou messages téléphoniques devaient être squelettiques et incompréhensibles. Ces deux conditions se résumèrent à un tonitruant :

— Ma chérie, c'est Emma. On a décidé de sortir. Si tu veux nous rejoindre, rappelle-moi.

Hélène comprendrait qu'elles en avaient terminé avec le très indélicat Vivien. Leur projet de rejoindre Nathalie tomba à l'eau lorsque Emma lâcha un cuicuitant :

— On se demandait si tu nous accueillerais pour terminer la soirée chez toi ?

Nathalie répondit, un peu tendue :

— J'aurais été ravie, les filles. Mais Vincent a eu la gentillesse de me rejoindre. Demain ?

— D'accord. Vers onze heures ?

Elles se consultèrent ensuite. Il fut bien vite décidé qu'un bon verre s'imposait et que l'appartement de Charlotte était l'un des meilleurs bars à whisky de la capitale. La limo d'Emma traversa Paris. Les consignes furent renouvelées.

— Pas d'erreur, les filles. On ne parle que de choses importantes, mais sans relation avec cette histoire. À cause des micros éventuels. D'un autre côté, il faut que ça fasse vrai.

— Comme quoi ? s'informa Bénédicte.

— Je ne sais pas moi, reprit Emma. Le nouveau low-carb, les crèmes repulpantes, est-ce qu'il faut ou non manger des choux de Bruxelles durant l'allaitement...

— La lumière pulsée pour stimuler la production de collagène, proposa Juliette. J'ai des clients qui y ont recours et qui sont satisfaits.

— Cool... que des thèmes qui me font saliver d'impatience ! commenta Bénédicte, mi-figue, mi-raisin.

— L'alcoolisme social chez les quasi-quadras ? pesta Charlotte qui n'avait toujours pas digéré cette précision.

— Non, ça on passe, décida Emma. Donc, on se boit un bon verre et ensuite...

— Ensuite ? insista Juliette que le ton vachard de son amie alarmait.

— Ensuite... je vais rendre une petite visite de charme à ce bon M. Jon Norman.

— Attends... tu ne fais pas n'importe quoi avec ce type. Il y a de bonnes chances qu'il soit dangereux.

— Elle a raison, approuva Charlotte. Tu sais, j'ai quand même côtoyé un certain nombre de fondus dans ma profession et j'ai lu pas mal d'ouvrages de criminologie. Quand on est de gentilles dames bien intentionnées et civilisées, on ignore comment fonctionnent ces gens. Nous sommes très protégées de la réalité des vrais méchants. Un meurtre nous paraît une chose inconcevable, sauf en cas de légitime défense avérée. Pas à eux. Et encore, nous on se cogne vingt ans de remords derrière alors qu'on se contentait de sauver notre peau. Tu ne sais pas où tu mets les pieds.

— Tout juste, Gali, renchérit Bénédicte. Et si ce Norman était un truand ? Les Renseignements peuvent aussi les utiliser. Rien ne prouve qu'il s'agisse d'un gars des services secrets US. Et même dans ce cas : grosse méfiance.

— Vous êtes des amours, sourit Emma. Cela étant, ne vous inquiétez pas. Je n'ai pas l'intention de le charger. Surtout pas sur son territoire. Non, non… je vais procéder avec la même fourberie que lui.

Emma, plus tard cette même nuit, huit jours après le deuxième cadavre.

Nue, le slip qu'elle avait récupéré en bas du lit à la main, plantée au milieu du salon, elle réfléchissait une ultime fois. Jon dormait d'un profond sommeil de passion, d'épuisement. Bizarre. Elle avait cru devoir feindre, simuler, une première dans sa vie puisqu'elle avait depuis longtemps adopté le raisonnement d'Arnaud : « Si un gars est incapable de te faire plaisir, autant qu'il le sache tout de suite. Tu n'es pas payée pour flatter son *ego*. Ou il rectifie et c'est génial, ou il continue sur sa lancée et bye-bye. D'autant qu'il existe pléthore de garçons de bonne volonté. »

Pourtant cette nuit, si l'on excluait les premiers baisers contraints, elle avait basculé à nouveau, oubliant tout : ses craintes, son ressentiment. Une épouvantable question la taraudait : est-ce que, véritablement, on peut se tromper soi-même ? Est-ce que l'amour, le corps, les sens peuvent vous abuser au point de vous faire prendre un homme pour un autre ? Elle avait tant envie de répondre par la négative à cette dernière interrogation. Bien sûr que non : on sentait ! Bien sûr que non : ELLE aurait su. Une voix sans concession, celle d'Hélène, argumentait dans son esprit :

— Causes-en à toutes les victimes qui ont fait confiance au serial killer qui allait les massacrer. Arrêtez de me gonfler avec l'instinct ! Si l'instinct était si puissant, les animaux ne boufferaient pas les appâts empoisonnés qu'on leur destine, les enfants ne suivraient pas un abject pédophile, les femmes n'épouseraient pas des mecs qui vont les tabasser et bien souvent les tuer. Je ne dis pas que l'on n'a pas, de temps en temps, des sortes de prescience. De temps en temps ! Toutefois, régler sa vie sur l'instinct ou l'intuition, c'est suicidaire.

Emma balança le slip qu'elle tenait à la main. La vérité toute nue. Une allégorie assez savoureuse, quoique pas drôle !

Elle entreprit sa fouille, sans hâte, tirant des piles de livres, de CD, de DVD, ouvrant les placards bas des bibliothèques du salon. D'accord, assez indélicat, surtout après ces heures d'absolue fougue, de bonheur, de confiance. Elle s'en voulait. Un peu. De deux choses l'une : ou elles se trompaient grave, Jon était pur comme l'agneau qui vient de naître et elle ne se le pardonnerait pas. Du coup, pour se racheter, elle l'aimerait encore plus qu'elle l'aimait déjà et, si l'on y réfléchissait bien, il faisait une bonne affaire. Deuxième possibilité : le gars était louche, la menait en bateau et alors là, elle serait bien gourde de se laisser faire. Rassérénée par cette imparable logique, elle poursuivit.

Au fond, n'espérait-elle pas qu'il la surprenne ? La confrontation. En venir aux mots, voire aux mains ? Peut-être. Hélène aurait rétorqué : « Tu ne nous aides pas, là ! » Charlotte : « Ça manque un peu de subtilité » Juliette : « On n'attrape pas les mouches avec du vinaigre » Nathalie… ? Qu'aurait dit Nathalie que son prédivorce – sans oublier Vincent – avait fait rajeunir d'une bonne vingtaine d'années ? B-L (Before Laurent), elle aurait lancé : « Ma chérie, surviennent des occasions où il vaut mieux fermer les yeux ». A-L (After-Laurent) ne conseillerait-elle pas plutôt : « Tu lui fonces dans le lard, et tu discutes ensuite » ?

Quel joli endroit que cette pièce nimbée par la clarté diffuse d'une lune complice. Tout était élégant, luxueux sans ostentation, masculin, chaleureux. D'un autre côté, était-ce lui, cette pièce, ou une autre ruse livrée clefs en main : « parfait appartement pour séduire une petite Frenchie, ex-plouquesse qui se targue d'aimer l'art et d'être sensible aux belles choses » ? Emma s'étonna de sa hargne. Elle lui en voulait. Elle lui en voulait avant tout de tant l'aimer. Pourquoi chercher à la séduire, elle ? Pour remonter ainsi jusqu'à Charlotte ?

La colère la secoua. Ce qu'ignoraient ces types, tous ces types, quels qu'ils fussent, c'est qu'ils étaient face à un mur, indestructible. L'amitié. La vraie. Elles ne se laisseraient jamais tomber. Elles se soutiendraient toutes les cinq jusqu'au bout. Leur terreau à eux était la trahison, la lâcheté, la cupidité. Pas le leur, à elles. Elle associait Arnaud à ce « elles », bien que sa sécrétion de testostérone ne laissât rien à désirer. Arnaud et son foutu caractère. Arnaud qui n'avait peur de rien ni de personne. Sept, si l'on incluait Bénédicte. Ça commencait à faire nombre.

Emma passa dans la cuisine. On n'avait pas dû y faire cuire un seul œuf au plat depuis deux ans. L'inspection des placards la conforta dans sa déduction. De magnifiques poêles en fonte que n'avait jamais léchées la moindre flamme, ces terres cuites qui allaient sur le feu, dans le four et qui n'avaient jamais servi. Du café, des céréales, du sucre, du thé. Rien d'autre. Derrière, tout au fond, un sac de feutrine grise. Elle le tira et le palpa. Une arme. Elle sortit le pistolet et l'examina, avec calme. Un détail, surtout, retint son attention : le silencieux. Un Beretta équipé d'un silencieux. Un calibre 35. Une arme identique à celle qui avait exécuté Lamy. Seuls les tueurs s'équipent de silencieux, non ? Elle récupéra un torchon et l'essuya soigneusement afin d'éliminer ses empreintes avant de ranger l'arme dans sa poche de protection et de la remettre à sa place.

De fait : l'amour, le corps, les sens peuvent vous abuser au point de vous faire prendre un homme pour un autre.

Tout était dit.

Emma fondit en larmes, nue, le dos plaqué contre le beau réfrigérateur inutilisé, frissonnante.

Nathalie, Emma, Bénédicte, le lendemain matin, huit jours après le deuxième cadavre.

Le code décidé par fax avait fonctionné à merveille. Quatre coups brefs d'Interphone. Trois, c'est trop risqué. Trois étant le chiffre préféré de la plupart des gens, c'est le code que TOUT le monde donne. Nathalie était aussitôt descendue rejoindre Bénédicte et Emma sur le parking de son immeuble afin qu'elles puissent papoter à l'abri des oreilles espionnes.

— Maman ne pouvait pas nous accompagner, à cause du boulot. Elle t'embrasse fort, répondit Bénédicte à l'interrogation de Nathalie.

Toute à sa nouvelle vie de reine de la fiction, Nathalie salivait de curiosité. Elle s'exclama :

— Racontez-moi tout par le menu ! J'ai bien senti au téléphone, malgré vos précautions oratoires, qu'il y avait baleine sous caillou !

— Je veux ! Bénédicte pense qu'il y a peut-être un... machin informatique planqué sur l'ordinateur portable que t'a prêté Charlotte. Ce qui expliquerait que ces cambrioleurs soient repartis sans rien...

— Et le fait que le portable gisait par terre à mon retour, compléta Nathalie, aux anges. Je vous l'avais dit ! C'est un plan services secrets !

— On finit toutes par se demander si tu n'as pas raison, acquiesça Emma.

— Une fois chez toi, tu me demandes juste de regarder la bécane parce que tu as remarqué qu'elle fonctionnait moins bien, conseilla Bénédicte.

— Je sais, les micros, lâcha Nathalie d'une voix de conspiratrice.

Emma chassa une pensée un peu amère. À part Charlotte et elle, ses amies avaient l'air de s'amuser comme des petites folles. Sortes de Mata Hari de supérettes, plongées jusqu'au cou dans une histoire d'espionnage et de sécurité du territoire. Sauf peut-être Juliette, que l'appréhension avait gagnée.

— Je nous fais un thé pendant que Bénédicte répare l'ordi de Charlotte, proposa Nathalie d'une voix si détendue qu'elle sentait l'artificiel à plein nez.

— Ouais, super… bon, attends, c'est pas un problème de défragmentation… ni de poubelles bourrées de cochonneries… Pas de bug non plus, l'antivirus est à jour. Tu sais, je trouve qu'il ne fonctionne pas si mal que ça… annonça la jeune fille.

— Ben, je ne sais pas… d'un autre côté, je ne suis pas experte… C'est surtout que j'ai craint que les cambrioleurs l'aient fait tomber… je me voyais mal rendre un appareil endommagé à Charlotte.

— Venez voir toutes les deux… il y a deux-trois manip' très simples pour nettoyer et libérer de l'espace…

Elles se rapprochèrent de Bénédicte. Sur l'écran, le message qu'elle venait de taper :

Le journal des transactions est formel : il y a cinq jours, entre dix heures vingt-huit et onze heures douze, moment où Nathalie faisait ses courses et où son appartement a été « visité », l'ordi était allumé. Il a ensuite été éteint. Pas de cookie de sécurité. À mon avis, ils ont été dérangés.

Elles échangèrent un long regard de connivence. Bénédicte effaça son message et procéda à d'autres recherches.

Lorsqu'elle les raccompagna sur le parking, Nathalie était rose d'excitation, ce qu'Emma jugea un peu déplacé. Enfin, quoi ! On en était quand même à trois cadavres, Charlotte était menacée et son cœur à elle avait été piétiné au-delà du réparable. Sans compter tous les macchabées dont elles n'avaient pas eu connaissance et qui étaient vivement priés de ne jamais refaire surface.

— Alors ? demanda Nathalie. Tu as trouvé quelque chose ?

— Non, mais ça ne veut pas dire qu'il n'y avait rien. On peut avoir affaire à des pros qui savent comment supprimer un fichier. Ce qui est certain, en revanche, c'est qu'ils ont passé un bon moment à fouiller dans les mémoires de la bécane. Quarante-quatre minutes, bonjour ! Ils ont pris des méga-risques, Nathalie pouvait rentrer à n'importe quel moment. Donc, ce qu'ils cherchaient était très important. D'un autre côté...

Bénédicte marqua une pause. Brève, puisque deux nanas passablement remontées la harcelèrent aussitôt de questions.

— Non, je me demande... un truc déraille... se défendit-elle. Ils n'ont pas envoyé des daubes pour faire ce boulot. Or, il n'y a presque rien sur l'ordinateur de Charlotte...

— Ben, non, elle m'a confié qu'elle ne s'en était pas servi trois fois, approuva Nathalie.

— En d'autres termes, ils auraient dû trouver très vite ce qui les intéressait...

— Donc, ça n'était pas sur l'ordinateur de Charlotte, conclut Emma.

— CQFD !

Soudain, une affreuse idée traversa l'esprit de Nathalie qui bafouilla :

— Tu dis que c'était très important à leurs yeux... et si j'étais rentrée plus tôt... euh... trop tôt... Vous croyez que... Enfin... ils auraient pu devenir dangereux... ?

— Ma chérie, il est des questions auxquelles il est plus sain de ne jamais apporter de réponse, biaisa Emma, ce qui ne rassura pas son amie, loin s'en fallait.

D'autres fax s'échangèrent afin d'informer les non-participantes des résultats de la fouille informatique. Hélène réagit dans le quart d'heure en envoyant à son tour une convocation de brainstorming.

Toutes ces dames, sans oublier Bénédicte, le soir même, huit jours après le deuxième cadavre.

La magnifique Mercedes intérieur cuir bleu nuit d'Emma avait servi à véhiculer une énorme marmite d'un chili con carne qui embaumait. Charlotte arriva chargée d'un cabas lourd de bouteilles, en lançant à la cantonade d'un ton toujours vexé :

— Quand on picole, au moins que ça serve aux amies !

— Il va falloir que tu t'en remettes, chérie, tenta de l'apaiser une Juliette compatissante. Pourquoi ça te fait tant d'effet alors que le coup des « relations amoureuses foireuses » est assez bien passé ?

Le menton bien dessiné trembla de chagrin. Charlotte avoua, penaude :

— Ben… parce que, rapport aux relations foireuses, on s'est toutes pris notre paquet un jour ou l'autre. (D'un ton hargneux, elle poursuivit :) Mais il n'y a que moi qu'on accuse de se piquer le pif ! C'est moche de se retrouver toute seule dans son éthylisme…

— Éthylisme, n'exagérons rien, rectifia Hélène. Ils ont juste signalé que « tu tapais un peu-beaucoup du whisky ». Et puis, nous aussi… on dépasse les quotas, surtout en ce moment…

— Oui… Seulement lorsque vous êtes avec moi… En d'autres termes, en plus, j'ai une affreuse influence sur vous, se désespéra la psy.

— Je n'ai pas eu besoin de toi au restau pour me retrouver fin bourrée, rappela Emma.

— Mouipfff, concéda Charlotte, un peu rassérénée.

— Bon, ce n'est pas du tout méchant ce que je vais dire, commença Nathalie qui passait le salon en revue depuis quelques instants. Mais… euh… c'est toujours dans cet état-là ?

Des piles de vêtements plus ou moins propres et pliés hérissaient la moquette dans les coins. L'abat-jour d'un lampadaire, orné d'une large auréole beigeasse, penchait sur le côté. Deux tasses à café et un ramequin débordant de noyaux d'olives trônaient sur la table basse, entourés d'un océan de papillons autocollants gribouillés et raturés. Une impressionnante quantité de magazines était entassée sur un fauteuil. Un ouvrage très ancien était ouvert sur un haut lutrin. Trois chaussettes étaient alignées sur ses pages, toutes dépareillées. Par terre, contre un pied du canapé, une assiette patientait avec en son centre un biscuit entamé qui portait la trace des dents de son dévoreur. En bas de la bibliothèque, dont les étagères s'incurvaient dangereusement sous le poids des livres, une bonne dizaine de coffrets de CD étaient grands ouverts, leurs disques épars.

— Non, la renseigna Hélène d'un ton las. Là, Frédéric a fourni un effort surhumain de rangement avant de nous prêter son appartement pour la soirée. C'est le seul endroit auquel j'ai pu penser qui ne risque pas d'avoir été appareillé avec des mouchards.

— C'est cool de sa part, flûta Emma à défaut d'autre commentaire.

— Remarque… c'est un artiste, proposa Nathalie, un peu gênée. Enfin… je veux dire… ils ne vivent pas comme tout le monde… d'une certaine façon.

— Sans aucun doute. C'est d'ailleurs le motif de notre divorce. J'en avais ma claque de vivre comme une autre ! (Désignant d'un geste désolé le désordre des lieux, elle conclut :) Et ça, ce n'est que la partie visible de l'iceberg. Bon, passons aux choses sérieuses.

— On mange ? se réjouit Bénédicte que le bordel ambiant laissait indifférente.

— On mange et on se ramone les neurones, compléta Hélène.

La sonnerie de son téléphone résonna à cet instant.

— Euh… c'est Frédéric… j'te dérange pas longtemps… J'ai oublié de te dire que j'avais acheté du yaourt glacé pour toi et tes amies. Trois parfums… dont choco et pépites de choco. Allez, salut, bossez bien, je t'embrasse. Tu me tiens au courant, hein ?

— Hum… Salut. (Elle raccrocha. S'adressant aux autres, elle soupira :) Le pire, c'est qu'il est adorable. Dans le genre irrécupérable.

— Irrécupérable, irrécupérable… je ne connais pas grand-chose qui le soit, argumenta Nathalie qui ne perdait pas l'espoir d'un remariage entre Hélène et son ex.

— Moi si : Frédéric ! balança l'intéressée d'un ton sec.

Il devint vite évident que Bénédicte ne souhaitait pas faire fonctionner son estomac et son cerveau de concert. Elle engloutit avec un bel appétit deux assiettes de chili et un plein bol de yaourt glacé aux noix de macadamia, en ne répondant aux questions d'Hélène et des autres que par onomatopées.

Un peu agacée, la biochimiste, dont la patience n'était pas la plus grande vertu, lança :

— Si on te dérange, tu nous le dis, hein ?

— Non. Cependant, quand on dort, on dort. Quand on mange, on mange. Quand on réfléchit, on réfléchit.

— Au fond, elle est très zen, applaudit Juliette.

Qu'on se le dise et se le répète, sa fille était la huitième merveille du monde. Simple, quand même !

— Le plus gros bug de notre époque, c'est que tout le monde fait cinq choses à la fois et passe son temps à zapper dans sa tête. Du coup, tu perds une masse d'infos ou tu les intègres mal. Je m'efforce de ne faire qu'une chose à la fois, en lui accordant toute ma concentration.

Rares étaient ceux qui parvenaient à claquer le museau d'Hélène. Bénédicte venait d'adhérer à ce cercle restreint et envié.

— Pertinent…, reconnut-elle, grand seigneur.

Une exceptionnelle preuve de bonne foi qui souffla les autres.

Durant les deux heures qui suivirent, alors que s'échangeaient mille hypothèses, dont certaines si déjantées qu'elles auraient pu être vraies, Hélène se fit à plusieurs reprises la réflexion qu'elle avait peu rencontré d'esprit aussi performant que celui de la jeune fille. Le sien se trouvant encore un cran au-dessus, bien sûr ! L'intelligence humaine avait toujours fasciné la scientifique. La véritable intelligence, cette chose si complexe et indéfinissable contre laquelle aucun ordinateur, aussi puissant soit-il, ne peut rivaliser. Cette « chose » qui sait trier, comparer, peser, rassembler ou différencier les informations qu'on lui propose ou qu'elle va chercher. Qui ensuite « sent » dans quel ordre il convient de les ranger, de les apparier ou de les éliminer.

— Ils cherchent quelque chose. Donc, ce quelque chose existe même s'ils ne savent pas où il se trouve, répéta Bénédicte d'un ton calme.

— Des informations, pas un objet, sans cela, ils n'auraient pas fouiné sur l'ordi de Charlotte, compléta Hélène.

— Moi, j'en suis encore au microfilm planqué dans une statuette maya ou zapotèque, se lamenta Emma. Je date. C'est dingue ce que je date !

— Hitchcock ne date jamais, chérie. C'est comme Shakespeare, indémodable. Sauf que, dans le premier cas, cerise sur le gâteau, tu as Cary Grant… la rassura Juliette.

— Tu m'excuses, mais avec Laurence Olivier dans la baignoire, tu ne fonces pas dans le lavabo, rétorqua Charlotte. Ah qu'il est beau quand il lance « To be… or not to be… » ! Avec ses petits cheveux blonds coupés au bol… mignon pas possible…

— Mesdames, ça vous ennuierait de participer un brin à nos cogitations ? gronda Hélène. Nathalie, tu ne voudrais pas cesser d'inventorier le désordre de cette pièce, s'il te plaît ? Quand on aura fini, tu pourras jouer avec l'aspirateur de Frédéric, s'il en possède un en état de marche.

Confuse, l'intéressée piqua du nez. De fait, depuis dix bonnes minutes, elle mourait d'envie de ranger chaque CD dans son coffret, de rectifier la pile de magazines, de débarrasser moquette et table basse. Surtout, de balancer ces chaussettes qui enlaidissaient un si beau manuscrit ancien. Il ne s'agissait pas de maniaquerie. Nathalie avait eu une enfance très modeste et l'ordre avait longtemps été son seul luxe. L'ordre rend plus belles les choses qui ne le sont pas. Moins laides, du moins.

— Reprenons : ils cherchent avec fébrilité un truc qui n'est pas un objet. De toute évidence, ils sont convaincus que Charlotte le détient.

— Je n'ai rien… Quoi, d'abord ?

— Hélène a raison, renchérit Bénédicte. Comment expliquer autrement la présence de ce tueur dans ton dressing ? demanda-t-elle à la psy. Lui aussi cherchait ce « truc », donc, également, Jon Norman, son « employeur » sur divers coups. Or, Vivien a fouillé l'appart' d'Hélène. Pensait-il que ledit « truc » pouvait avoir atterri chez elle ? À la lecture de tous les rapports que j'ai consultés lors de notre virée clandestine chez le gentil voisin, je suis presque certaine qu'ils – qui que soient « ils » – ne croient plus que l'une d'entre vous a trempé dans un plan louche. Même le pseudo-mari de Charlotte a été blanchi. Et pourtant, Dieu sait que ces gens sont paranoïaques.

— Donc, ils se doutent que le « truc » a été placé chez Charlotte à son insu et nous en revenons aux patients de la dame, renchérit Hélène.

— Oh… cata, soupira la psy.

— Malbert, rugit Juliette.

— Juste, observa Emma. Malbert ne s'est pas fait descendre dans le parking de Charlotte juste parce qu'il puait des pieds !

— Il ne puait pas du tout des pieds. Enfin, je veux dire… c'est vrai que lorsqu'on l'a retrouvé, il puait de partout, mais de son vivant… se défendit Charlotte. J'ai commis beaucoup d'erreurs sentimentales dans ma vie. Toutefois, jamais coucher avec un type qui puait !

— C'est une formule, une image…

— Je trouve que tu as des images un peu crades…

— S'il vous plaît, intervint Nathalie. On se concentre sur les débats.

— Malbert, Gérard de son petit nom, a plus ou moins vécu chez toi. En tout cas, il y a dormi, attaqua Hélène. Donc, il pourrait avoir collé le « truc » dans ton appartement. Ça expliquerait son échine basse. Tu le vires, mais il revient comme patient. Accommodant, le gars. Pas rancunier. En fait, il surveille son « truc ». L'autre, le deuxième cadavre, je ne sais pas ce qu'il fichait là, à part nous casser les pieds. Peut-être qu'il cherchait, lui aussi, le « truc » et qu'il s'est fait tomber dessus par un autre gars qui voulait ledit « truc » et qui l'a dessoudé.

— Ooohhh, mon Dieu, gémit la psychanalyste. Aaahh nooon. J'crois que je vais partir en Arabie saoudite. Voir enfin à quoi ça ressemble, me détendre au soleil, dans les champs de pétrole. Plein de gentils messieurs attentionnés avec de jolis petits casques blancs sur la tête, en combinaison, blanche aussi… qui me foutraient la paix mais qui seraient charmants avec moi… Un loukoum par-ci, un verre de thé à la menthe par-là…

La crise nerveuse était proche. Toutes se turent. Presque.

— Ma pauvre chérie, tu ne saurais pas reconnaître un litre de pétrole d'un litre d'huile d'olive, tenta de la raisonner Juliette. Moi non plus, remarque. Reprends-toi, chérie, reprends-toi…

— Oui, ma jolie, ça va passer, juste un sale moment, renchérit Nathalie.

— Ah oui ? glapit Charlotte en se levant d'un bond. Un moment ? C'est combien de temps, un moment ? Maintenant, je me retrouve avec un « truc » chez moi, qui pourrait être le détonateur de la troisième guerre mondiale, et je devrais être calme ?

— Ce n'est pas un objet. Un détonateur est un objet, contra Bénédicte d'une voix amicale qui donna envie à Charlotte de trépigner sur place.

— Charlotte, mon ange, je crois qu'on avance, temporisa Hélène. (Hurlant soudain, elle termina :) Alors tu te poses, tu nous épargnes le caca nerveux parce que ça nous retarde !

La cinglante mise en demeure figea Charlotte. Elle se laissa à nouveau tomber sur le pouf qu'elle occupait deux secondes plus tôt.

— Une tournée de whisky ou de pinard ? intervint Nathalie, très girl-scout.

Toutes acquiescèrent d'un mouvement de tête. Juliette protesta :

— Euh... pas ma fille...

— Elle est majeure, quand même, non ? argumenta Emma.

— Je n'aime que le champagne, les départagea Bénédicte.

— Elle a une classe... ! C'est inné chez elle... sauf pour les fringues... et encore... ce côté brut de décoffrage, ça a une certaine grâce, commenta sa mère, ronronnante d'admiration.

— Reprenons : le-truc-qui-n'est-pas-un-objet-mais-des-informations, et que, de toute évidence, Gérard Malbert a dissimulé, énonça Hélène. Je suggère que nous retournions tout l'appartement de Charlotte pour mettre la main dessus.

Un mince sourire dubitatif étira les lèvres de Bénédicte :

— Attends, on parle d'un support dont le contenu est injectable dans un ordinateur, donc vraisemblablement d'une puce... qui a la taille de mon ongle. Et encore, il en existe de plus petites. Ce n'est même plus l'aiguille dans une meule de foin...

Nathalie lança d'une voix un peu hésitante :

— Un détail me chiffonne, les filles. Bon, ça reste entre nous parce que, quand on leur dit, ça leur fait de la peine... Cela étant, nous savons toutes que les hommes manquent de sens commun lorsque le quotidien est concerné. Beaucoup. Toutefois, ce ne sont pas des crétins, loin de là. Sauf Laurent. Lui est minable sous tous les angles. Peu importe. Or donc, pourquoi un type irait-il chercher l'ordinateur portable d'une dame dans son dressing ? Un ordinateur se pose sur une table, un bureau, dans un couloir, même, pas au milieu des collants et des manteaux !

Un silence. Toutes la regardaient. Hélène frappa dans ses mains de bonheur :

— Oh, que tu es brillante, ma Natha ! Ce type, Lamy, savait que ce n'était pas sur l'ordinateur qu'il fallait chercher, mais dans les fringues !

Charlotte palpa inconsciemment sa très jolie veste vert profond, puis son pantalon.

— Bien… déjà, ça limite le volume à retourner, se félicita Juliette.

— Encore plus que tu ne le crois, maman, parce qu'une puce, c'est fragile. En plus, celle-ci est très précieuse, donc on aura pris soin de ne pas la planquer dans un accessoire qu'on égare souvent, genre parapluie. On aura aussi fait gaffe à ce qu'elle ne soit pas en contact avec des trucs risquant de la rayer ou de la déformer ou ayant des propriétés électromagnétiques. Pas non plus de vêtements allant à la machine à laver ou au pressing.

— Un boîtier de montre, j'ai vu ça dans un film…

— Non, parce que à moins d'avoir été conçue pour héberger une puce, la montre ne marche plus ensuite… On va procéder par élimination…

Tout ce que contenait un dressing digne de ce nom y passa et, dans le cas de Charlotte, ça faisait du monde.

Une grosse demi-heure plus tard, elles restaient avec : les meubles du dressing, les ceintures et sacs en cuir rigide, les semelles et talons de chaussures, sans oublier les bijoux assez volumineux. Les manches de parapluie semblant exclus.

— Bon, ben je m'y colle dès cette nuit ! décida Charlotte.

— Demain, je te rejoins vers onze heures, annonça Hélène. Je crois qu'il faut qu'on procède par brigades de deux. Six nanas dans un dressing, ça fait du remue-ménage, et s'il y a des micros...

— Je suis chez moi, et si je veux retourner mon dressing de fond en comble, je ne vais pas me gêner ! s'emporta Charlotte.

— D'accord. Mais on veut retrouver la puce avant eux. Il vaut mieux la jouer discrète.

Charlotte, la nuit même et le lendemain matin, neuf jours après le deuxième cadavre.

Alors là, c'était décidé, elle se trouvait mal ! Manque de bol, en dépit de louables efforts, elle n'y parvint pas. Et pourtant, ça lui aurait fait un bien fou de ne plus avoir le spectacle de ce carnage sous les yeux.

Elle avança de deux pas dans le dressing, repoussant du pied les vêtements arrachés des tringles, les débris de sacs à main éventrés, trébuchant sur le talon scié d'une botte. Tout avait été massacré avec méthode. Sa magnifique collection d'escarpins gisait, pauvres petits cadavres aux talons et semelles découpés. Les ceintures, les sacs… rien n'avait échappé à la boucherie. En bref, « ils » étaient parvenus à la même conclusion qu'elles un peu plus tôt. Toutefois, « ils » les avaient prises de vitesse. À ceci près qu'eux avaient débité en tronçons les manches des trois parapluies de Charlotte.

Hagarde, elle hésita. Que faire maintenant ? Fondre en larmes. Il y avait de quoi. Ou, sans doute plus efficace, établir une déclaration de dommages chiffrés et foncer demain à la première heure à la DST en exigeant le remboursement intégral des dégâts. Quitte à faire un gros, gros scandale. Parce que c'est facile d'abîmer les affaires des autres et de leur laisser le ménage ! Mais là, ils avaient un peu chargé la barque !

Un gigantesque coup de blues lui coupa les jambes. Elle s'affala sur la moquette, jambes étalées devant elle. Oooohhh mon

Dieu… même cette magnifique pochette en iguane n'y avait pas résisté ! Lacérée. Des voyous qui ne respectaient rien.

Toute à son désespoir, elle ne sentit pas la présence derrière son dos. Ce n'est que lorsqu'une main brutale s'abattit sur sa gorge qu'elle comprit que celui ou ceux qui avaient saccagé son dressing se trouvaient toujours dans l'appartement. Elle tenta de se débattre, de se relever, de crier, mais son agresseur lui appliqua une boule de chiffon sur le nez. Une odeur effroyablement piquante. Elle suffoqua, rua, essaya de le griffer. En vain. Charlotte s'écroula. Enfin inconsciente.

Il était six heures du matin lorsqu'elle émergea d'un sommeil comateux. Un marteau-piqueur tressautait sous son crâne et une affreuse nausée la secoua. Elle parvint à se mettre à quatre pattes et rampa jusque dans le salon. Elle se hissa tant bien que mal et se laissa choir sur le canapé. La pièce tournait autour d'elle et un goût déplaisant lui restait dans la gorge. Le chloroforme. Elle s'efforça de mettre un peu d'ordre dans le chaos qui régnait dans son esprit. En vain. Charlotte bascula à nouveau dans un lourd sommeil chimique.

Elle n'en émergea que vers dix heures, et n'eut que le temps de foncer dans les toilettes. Elle se traîna ensuite sous la douche. Une fureur comme elle n'en avait jamais ressentie la faisait trembler. Non seulement ils balançaient leurs cadavres chez elle, ils saccageaient tous ses sacs, chaussures et autres, mais en plus ils la droguaient et la rendaient malade ! Trop, c'est vraiment trop, et certaines personnes ne savent pas s'arrêter !

Un peu requinquée par la douche et après avoir avalé une demi-boîte d'aspirine à l'aide d'un bon litre de café, elle fit le tour de ses options :

1) Monter chez Dupin Charles, le plaquer au mur et exiger une explication. Problème : s'il n'avait rien à voir là-dedans, elle allait

encore se ridiculiser d'un cran et, comme elle frôlait le plafond supérieur depuis quelque temps, il était peut-être superflu d'en rajouter une couche.

2) Appeler Levasseur et lui donner les pièces qui manquaient encore au puzzle pour lui permettre de se faire une idée plus précise de la méga-cata dans laquelle Charlotte pataugeait. Toutefois, dans cette hypothèse, elle devrait évoquer le deuxième cadavre et fournir une bonne raison expliquant qu'elle ait dissimulé son existence à la police. Mauvaise pioche !

3) Consulter avant toute chose Hélène. Le plus raisonnable.

Elle composa le numéro de son amie et lui proposa de la rejoindre pour le déjeuner.

Elles s'étaient installées sur un banc, dans un petit jardin public situé non loin de l'appartement d'Hélène.

— Quoi ? glapit Hélène lorsque Charlotte en arriva à l'épisode du chloroforme.

— Je n'invente rien. J'ai une migraine, je ne te dis pas !

— Bordel, ils commencent à me souffler dans les bronches !

— Ben, pour l'instant, ce sont plutôt mes bronches à moi qui ont dégusté. Ça brûle, ce truc !

— C'est pour cela qu'on ne chloroforme plus depuis longtemps les animaux dans les labos, figure-toi.

— Ça me réchauffe le cœur d'être encore moins considérée qu'une souris !

— Tu es encore en vie, contrairement aux deux autres macchabées, lâcha Hélène.

Elle le regretta aussitôt en voyant son amie blêmir jusqu'aux lèvres. De toute évidence, Charlotte n'avait pas une seconde pensé à cette issue.

— Ouïnk, gémit-elle. Arrête... c'est vrai qu'il ou ils auraient pu me tuer. Ah, quelle horreur !

— Ne t'égare pas, concentre-toi sur l'important, reprends-toi, s'énerva la biochimiste avec un sens aigu des priorités et un manque souverain de délicatesse.

— J'ai quand même le droit de ne pas trouver sympa qu'on veuille me descendre !

— « On » n'a pas voulu tuer, sans cela ce serait fait ! rétorqua Hélène.

— Merci, ça me soulage terriblement, pesta Charlotte. Donc, je me suis écroulée, normal. Je me suis vaguement réveillée. Toutefois, je ne m'en souviens plus très bien, sauf que j'ai dû réussir à grimper sur le canapé. Je suis retombée dans les vapes et ensuite, après ma douche, je me suis rendu compte qu'il ou ils m'avaient retiré les chaussures que je portais hier soir, en avaient découpé les semelles et les talons. Ils ont aussi arraché la doublure de mon sac.

— Génial ! se réjouit la biochimiste en tapant dans ses mains de joie.

Charlotte lui jeta un regard peu amène.

— Pardon ?

— S'ils ont cherché là, c'est qu'ils n'avaient rien trouvé avant. (Elle se rembrunit aussitôt et déclara :) L'ennui, c'est que la puce était peut-être dissimulée dans les accessoires que tu portais hier !

— Impossible. Je les étrennais. Je me les suis offerts avant-hier, pour me remonter un peu le moral.

— Bien après le trépas du sieur Malbert !

Un soupir de soulagement échappa à Hélène, qui poursuivit.

— Ils ont fait chou blanc et nous restons en lice. Allez, je t'invite à déjeuner.

Gianni était aux anges. Une de ses clientes préférées, perdue de vue depuis des années, lui rendait visite pour la deuxième fois dans la semaine. Du coup, il insista pour offrir l'apéritif aux deux femmes.

Charlotte le remercia et commenta un peu pincée dès qu'il eut tourné les talons :

— Et moi qui avais décidé de commencer un carême, c'est bien ma veine ! Comment tu veux arrêter de boire dans ce pays !

— Je crois que tu es en train de te laisser bouffer par cette histoire.

Charlotte lui destina un long regard peiné :

— Ben… c'est qu'ils n'ont pas complètement tort… depuis quelque temps, j'abuse un peu pas mal. Quelle déchéance…

— Woh, on se calme ! On ne t'a encore jamais vue fin ronde, titubant dans la rue et vomissant des obscénités aux passants. Et puis… le timing n'est peut-être pas top. Je ne vais pas recommencer à arrêter de fumer tant qu'on aura deux cadavres sur les bras et qu'on ne saura pas le fin mot de cette histoire.

— Convaincant, l'argument, admit Charlotte en levant son généreux whisky. Elle en avala une gorgée et s'étrangla au point de la recracher. Désignant d'un index accusateur les pieds d'une cliente qui sortait, elle couina :

— Mes sandales ! Mes sandales.

D'abord interloquée, la femme brune la fixa. Les autres clients s'étaient tus, leurs regards passant de Charlotte, raide comme la justice, bras tendu, à la femme qui s'offusqua :

— Vous êtes folle ! Ce sont MES chaussures ! Et comment aurais-je pu vous les voler dans le restaurant ? D'ailleurs, vous portez des mocassins.

Charlotte parut revenir à elle et balança à la brune d'un ton méprisant :

— Pour qui vous prenez-vous ! Je ne vous demande rien ! Ne venez pas me casser les pieds avec mes mocassins. Est-ce que je fais des commentaires sur vos nu-pieds, moi ?

Charlotte se rassit en haussant les épaules sous les regards interloqués de la salle. Sans oublier celui d'Hélène.

— Ça ne va pas ? chuchota celle-ci.

— Si… répondit la psy d'une voix suraiguë. (Baissant le ton à devenir quasi inaudible, elle poursuivit :) Mes magnifiques sandales… Celles du soir de Malbert… Que j'ai offertes à Emma…

— Je ne peux pas le croire ! exulta la scientifique. Alors là, pour le coup, comme dit Juliette, on aurait un top-karma. Vite, on avale notre repas et on fonce.

Dès qu'elle avait reçu le fax d'Hélène, Emma avait quitté son bureau pour se précipiter chez elle.

Trépignante d'excitation, elle accueillit ses deux amies et leur tendit la paire de nu-pieds d'un geste théâtral.

Articulant sans un son, face au mur, afin de déjouer la surveillance d'éventuels micros et caméras espions, Hélène forma deux lettres avec force mouvements de lèvres : « WC ». Les trois filles s'y engouffrèrent, se collant les unes aux autres. Jouant des coudes dans l'espace exigu, grimpant sur l'abattant pour retrouver une certaine liberté de mouvement, Hélène sortit de son sac de sport la scie qu'elle avait pris la précaution d'apporter avec elle et attaqua le premier talon.

— Quel dommage quand même… de si belles…

Un « chut » péremptoire interrompit Emma.

L'appréhension monta d'un cran lorsque le talon se révéla plein… de talon. Elle bouillonna lorsque le deuxième fut aussi décevant.

— Les… suggéra la psy en désignant les semelles. Après tout… là… poursuivit-elle en pointant vers les talons. Moi, j'aurais préféré…

Pratique, Emma, que cette conversation en pointillé agaçait, se tortilla pour ressortir, manquant arracher le dévidoir de papier, et revint avec un bloc-notes. Charlotte griffonna et passa ensuite le message à Hélène.

J'aurais planqué la puce dans la semelle. On voit nettement les deux épaisseurs qui coincent entre elles les lanières.

À l'aide de la pointe de la scie, Hélène décolla les deux couches. Dans la cambrure de la sandale droite, brillait une mignonne puce.

Trois longs soupirs de contentement la saluèrent.

Des fax volèrent aux quatre coins de la capitale. Le texte en était court : *Trouvée ! Ce soir CHEZ MOI, vers vingt heures. Présence de Bénédicte indispensable.*

Toutes ces dames ainsi que Bénédicte, ce soir-là, neuf jours après le deuxième cadavre.

Hélène piaffait d'impatience. Peu avant vingt heures, le premier coup de sonnette la fit bondir. L'odieux Vivien se tenait sur le palier. Elle parvint à se fendre d'un sourire alors qu'elle lui aurait volontiers enfoncé l'index dans l'œil.

— Euh… j'ai pas grand-chose à bouffer pour ce soir. Je me demandais si…

— Écoute, là, ça ne va pas être possible. On se fait un dîner entre filles… Je peux te filer une boîte de thon.

— Je vous dérangerai pas… Moi, les réunions de filles, ça me branche bien. Je trouve vos histoires passionnantes.

— C'est gentil comme tout, répondit Hélène, que sa feinte amabilité lâchait à grande vitesse, mais c'est non. J'ai dit « filles », tu vois, comme dans « nanas », pas comme dans « mecs ».

L'imagina-t-elle, ou une ombre de dureté envahit-elle l'espace d'un instant le regard qui la fixait ?

— Bon, ben tant pis… À demain.

Il tourna les talons. Elle ne put s'empêcher de marquer un point :

— Et la boîte de thon ? Tu n'as plus faim ?

Les autres arrivèrent peu après. Pour une fois, Juliette leur fit grâce de ses sempiternels retards, peut-être parce qu'elle était accompagnée de Bénédicte.

Hélène leur tendit un petit papier qu'elles lurent à tour de rôle, se penchant ou voilant son contenu de la main.

Vivien doit avoir son canon à sons braqué vers nous. On échange par messages que nous lisons en nous cachant. Jusqu'au coup de théâtre.

Toutes approuvèrent d'un hochement de tête. Hélène passa à la conversation de salon :

— Je nous ai préparé un curry d'agneau avec riz basmati et lentilles à l'indienne.

— Génial… j'adore ! exulta Juliette comme si on venait de lui offrir son poids en Beluga.

— Et tu prépares la viande avec les légumes ou alors tu sépares ? s'informa Charlotte, que la réponse n'intéressait pas le moins du monde.

— Il y a autant de recettes que de curry, la renseigna Emma en suivant les préparatifs.

Hélène venait de tendre une petite boîte d'allumettes à Bénédicte ainsi qu'un message préparé à l'avance.

— Bénédicte, comme tu ne connais pas la maison, les toilettes, c'est cette porte, là.

La jeune fille fonça, son sac à dos sur l'épaule. Une fois dans les toilettes, elle parcourut le bout de papier :

Selon moi, il s'agit d'une puce de clef USB. Ça m'étonnerait beaucoup que les données ne soient pas protégées. Méfie-toi.

Bénédicte dévissa le boîtier de sa propre clef et y introduisit la puce retrouvée. Elle ressortit des toilettes. Les cinq autres femmes discutaient à perdre haleine afin de donner le change sur le thème du « curry dans tous ses états », au point qu'un chef de restaurant indien en aurait eu le tournis. Bénédicte adressa un regard interrogateur à Hélène qui la renseigna d'un mouvement de menton. Toutes se dirigèrent vers la chambre de la maîtresse de maison, vers son petit bureau, vers son ordinateur.

Les mystères de la confection de curry d'agneau, de porc, de poisson, végétarien, commençant un peu à s'épuiser, Nathalie eut une idée de génie :

— Juliette, raconte-nous ta journée !

Bonne pâte, celle-ci se lança dans la narration minutieuse de tous ses rendez-vous, des épilations, des onguents et embrocations révolutionnaires qu'elle avait utilisés.

Bénédicte inséra la clef dans le port USB. D'un geste ample des deux mains, Emma fit comprendre à Juliette qu'elle devait monter le volume afin de couvrir le cliquetis des touches. Telle une pensionnaire de la Comédie-Française devant une salle comble, Juliette s'époumona, articulant comme si sa vie en dépendait :

— Parce que l'épilation laser, il faut faire très attention. Je l'explique toujours à mes clients. La mode est en ce moment aux hommes imberbes. Toutefois, si le goût de la toison pectorale revenait… après le laser, tintin… !

Se dissimulant derrière son bras, Bénédicte gribouilla :

Futé : un mini-logiciel de destruction de données en cas d'intrusion. Désactivé.

— … Mieux vaut de bonnes épilations à la cire vierge pour le torse. C'est un peu contraignant parce que ce n'est pas permanent. Mais au moins, on ne risque pas de le regretter…

Des lignes apparurent, couvrant l'écran. Des noms et des adresses tronquées dont les lettres et les chiffres avaient été mélangés afin de les rendre inutilisables. Pourquoi ces gens étaient-ils si importants ? Pourquoi avait-on tué pour récupérer leurs noms et leur localisation ?

Bénédicte griffonna à nouveau :

À mon avis, il manque la moitié des infos. C'est souvent comme cela qu'on procède avec des données hypersensibles. Lorsque les deux moitiés sont injectées dans une bécane, un algorithme permet de les réassembler.

La brave Juliette déclamait toujours, en dépit de la fatigue qui la gagnait :

— D'autant qu'avec les nouvelles cires qui ont un point de fusion assez bas, c'est devenu très confortable… Elles se rincent à l'eau… pas de risque de brûlure… Il y a eu tant d'améliorations en cosmétique ces vingt dernières années… des innovations extraordinaires…

Hélène tendit un petit papier à Bénédicte qui le lut, la tête enfouie sous son gilet multi-poches :

Tu peux faire une copie ?

Un mouvement de tête.

Hélène lui tendit sa propre clef USB et la jeune fille s'exécuta.

La biochimiste lui remit un nouveau message.

Désolée, tu vas rater le feu d'artifice. Juliette te racontera tout. Tu es la seule qui puisse sortir d'ici sans trop se faire remarquer. Tu embarques ma clef et tu la planques. Tu me laisses l'autre avec la puce originale. Appelle-nous dès que tu es rentrée chez toi. Je mettrai le feu au gros pétard. Fais gaffe quand même à ne pas être suivie.

Un peu triste de ne pas savourer le reste, la jeune fille s'exécuta sous l'œil surpris de sa mère. Juliette ouvrit la bouche pour lui demander des explications lorsqu'elle la vit se diriger vers la porte, mais Bénédicte lui coupa l'herbe sous le pied d'un :

— Bon, ben les filles, je vous laisse. Je vous avais dit que j'avais rencard et que j'accompagnais juste maman.

— C'est vraiment dommage, mentit Hélène.

— Une prochaine fois.

Bénédicte partie, les conversations captivantes reprirent : pouvait-on véritablement faire confiance à une serviette périodique ultra-mince en cas de règles très abondantes ? Le débat fut houleux. Valait-il mieux remettre une touche de fond de teint dans la journée ou opter pour une poudre matifiante ? Les avis d'Emma et de Juliette étaient opposés. Enfin, épineuse controverse, pouvait-on, ainsi qu'il se disait, considérer que des ongles limés au carré étaient plus feng-shui que leurs petits frères arrondis en amande ? Un peu perverse, Hélène gloussait en imaginant la tête de Vivien, l'oreille collée à son canon à sons. Ah, il trouvait les histoires de nanas passionnantes. Il n'allait pas regretter le voyage, le gars. Enfonçant le clou à son seul profit, elle lança à la cantonade :

— Qu'est-ce que vous faites pour lutter contre les constipations transitoires pendant les règles ?

— Ah ? Ça te constipe, toi ? Moi, ce serait plutôt l'inverse, confia Emma, suave en dépit du sourire carnassier qui étirait ses lèvres.

Elles avaient patouillé avec délice dans la physiologie ovarienne, échangé leurs souvenirs de mammographies que Juliette avait résumé d'un :

— Attends, quand tu vois ton sein tout aplati partir en goutte d'huile entre les plaques, tu angoisses ! Et s'il ne reprenait plus sa forme initiale !

— Surtout que quand tu as de petits nénés, tu as l'impression qu'ils vont te les arracher ! Ils te tirent là-dessus… se plaignit Emma en plaquant une main protectrice sur sa poitrine.

À force de raconter toutes les bêtises qui leur passaient par la tête, l'hilarité les gagnait. Fort heureusement, l'appel de Bénédicte mit un terme à leur conversation surœstrogénée.

— C'est pour dire que tout va bien. J'ai… retrouvé mon rencard.

Un sourire extatique étira les lèvres d'Hélène qui brama :

— Les filles, bravo pour vos efforts. Coucou, Vivien, ça baigne ? On ne sait pas si tu es un total sale type ou un demi-sale type. Quoi qu'il en soit, nous avons la puce. Nous avons lu les données qu'elle renfermait. Et maintenant, elle est en sécurité, donc nous aussi. La balle est dans votre camp. Quel camp, au fait ? Il reste un peu de curry, si ça te branche. N'oublie pas d'éteindre ton canon à sons avant.

Trente secondes plus tard, le coup de sonnette qu'elles attendaient dans le silence.

Hélène accueillit Vivien avec un sourire torve. Cela étant, l'homme qui se tenait face à elle dans le couloir n'était plus vraiment Vivien. Le gentil endormi tête en l'air avait laissé place à un type au regard dur, aux mâchoires crispées. Il lâcha d'une voix menaçante :

— File-moi la puce, Hélène !

— Tu rigoles des genoux, là ?

— Tu ne sais pas dans quel guêpier vous êtes en train de vous fourrer !

— Peut-être. En revanche, je n'ignore rien de celui dans lequel vous nous avez collées, sans nous demander notre avis. C'était un bobard, le « humm-Jean-Luc » passé me voir, n'est-ce pas ?

— Oui. Je voulais que tu sois sur tes gardes. Pour ta sécurité. Donne-moi la puce, s'énerva-t-il.

— T'es pas à jeun, là ?

Quatre nanas se rapprochèrent de leur amie, bouchant le couloir.

— Tant que cette puce ne sera pas entre nos mains, le danger persistera pour vous.

— Oh que nenni, lança Charlotte, peste. Parce que si vous voulez récupérer cette fichue puce, il va falloir que VOUS nous protégiez !

Vivien la détailla de la tête aux pieds avant de répondre d'un ton cassant :

— Que croyez-vous que nous fassions depuis le début, Dr Claudanel ? Malbert vous aurait probablement descendue, quant à Lamy, il en avait la ferme intention. (Se tournant vers Hélène, il ordonna à nouveau :) Donne-moi cette puce !

— Va te faire foutre !

Comprenant que ni elle ni les autres ne céderaient, il biaisa :

— Qu'est-ce que vous voulez en échange ?

— La vérité.

— Quoi, la vérité ? demanda-t-il, sincèrement surpris.

— Toute la vérité sur cette histoire.

Il ne réfléchit que quelques instants avant de déclarer :

— Bien… Un homme… M. Jean, contactera demain le Dr Claudanel. Par mail. J'espère que vous ne regretterez pas votre obstination, ajouta-il en leur jetant un regard étrange.

— Oh, que c'est touchant de ta part de t'inquiéter pour nous, ironisa Hélène. Ah, une mise en garde : pas de coup foireux ou vous ne reverrez pas la puce.

Charlotte le lendemain, dix jours après le deuxième cadavre.

Elle n'avait pas déscotché de devant l'ordinateur, vérifiant toutes les dix minutes si un mail n'était pas arrivé dans sa messagerie.

Enfin, peu avant midi, elle le découvrit. Son cœur s'emballa.

Bonjour, Dr Claudanel. Vivien m'a fait part de votre exigence à toutes. Il semble donc que je n'aie pas le choix, en dépit de ma vive désapprobation. Je puis passer chez vous à quinze heures. Vous voudrez bien me remettre ce dont nous sommes convenus en échange des informations que vous exigez. Croyez-moi : vous ne serez jamais en sécurité tant que nous n'aurons pas récupéré NOTRE BIEN *et que nous ne l'aurons pas fait savoir à « l'autre » camp. Il est entendu que notre entrevue se déroulera en tête à tête. Mes salutations.*

Charlotte hésita entre une réponse hargneuse dans laquelle elle lui conseillerait de se coller sa désapprobation où elle pensait, et soulignerait que ses ordres pouvaient suivre le même chemin. Après réflexion, elle jugea plus mortifiante une réponse lapidaire :

Monsieur, vous voudrez bien me remettre à quinze heures, un chèque de dédommagement pour les vêtements que vous avez saccagés dans mon dressing. Mes sentiments.

La sonnette retentit à quinze heures précises. Charlotte était un paquet de nerfs en dépit des deux whiskies serrés qu'elle s'était octroyés. L'homme très grand, très mince, presque émacié, au regard bleu acier, qui pénétra dans son couloir avait de quoi impressionner. D'une voix grave et métallique, il se présenta.

— Commandant Jean.

Sans même regarder si elle lui tendait la main, il la devança jusqu'au salon. Aigre, elle commenta :

— Suis-je bête ! J'oubliais que vous connaissez très bien mon appartement.

Il lui remit une enveloppe sans un mot. Lorsque Charlotte en tira un chèque et découvrit le montant du remboursement, elle n'en crut pas ses yeux et fulmina :

— Vous vous habillez où, en général ? Chez les Compagnons du Besoin ?

— Il s'agit d'un barème fonction publique, madame, déclara le commandant Jean, avec le plus grand sérieux.

— Eh bien, vos espionnes ne doivent pas faire des étincelles avec un budget fringues aussi radin.

— De surcroît, nous ne sommes pas à l'origine des... dommages causés à vos affaires.

Hautaine, elle rétorqua :

— Je m'en contre-moque, cher monsieur ! Vous n'avez qu'à demander une avance à vos petits camarades de jeu, ceux de « l'autre camp » comme vous les nommez.

Haussant le ton, elle lança en s'adressant à la porte de sa chambre :

— Les filles ! L'État m'offre de grand cœur mille euros pour compenser mes sacs à main lacérés et toutes les chaussures débitées en tronçons !

Les quatre amies sortirent à la queue leu leu.

Le visage déjà sombre du commandant Jean s'allongea encore.

— Nous nous étions entendus sur un tête-à-tête, Dr Claudanel, lâcha-t-il d'un ton surpris et réprobateur.

— Faux. Vous m'avez ordonné quelque chose, je n'ai jamais promis que j'obéirais.

— Mais comment… l'immeuble est surveillé…

— Pas l'issue de secours du parking qui débouche dans une autre rue, le renseigna Emma.

— Voyez-vous, cher monsieur, je suis assez déçue, avoua Nathalie, très dame patronnesse. Vous avez une fâcheuse tendance à prendre les gens pour des imbéciles. Du coup, vous commettez des erreurs. Ça n'est pas sain.

Il la regarda comme si elle venait de proférer une énorme obscénité.

Hélène mit les pieds dans le plat, tout en finesse :

— On ne va pas y passer le réveillon et nous avons décidé de la jouer autrement. Petit rappel : nous ne sommes pas les demanderesses, contrairement à vous…

— Et si je partais ?

Charlotte gloussa :

— Faites, je vous en prie ! (Désignant la direction de la porte, elle ajouta :) Je vous raccompagne ?

— À votre place, je ne le prendrais pas sur ce ton, lâcha le commandant Jean, maintenant désagréable.

— Oh, vous me faites très peur ! ironisa Charlotte. Des menaces ? C'est une très mauvaise idée. Si vous êtes vilain avec nous, vous n'aurez pas ce que vous cherchez. Monsieur… Vous nous avez pas mal pourri la vie. Il semble donc légitime que nous fixions les règles de la conclusion. C'est à prendre… ou à prendre.

— Vos conditions ?

— La vérité.

— Hum… vaste et insaisissable programme. Quelle vérité ?

— Oh là…, intervint Hélène. On ne se la pète pas avec des effets de manche ! La vérité, c'est quand on ne ment pas.

— Vous n'allez pas nous la jouer grand espion international habitué à gérer des crises planétaires ? s'enquit Nathalie, guillerette.

On adore toutes les séries télé, Jack Bauer et tout ça… qu'il est séduisant cet homme qui ne mange jamais et ne va jamais faire pipi ! J'adore la scène de son retour après des mois de privations et de tortures affreuses dans les geôles chinoises. Il descend d'avion, il se rase et hop, dix minutes plus tard, il remet ça. Robuste carcasse, ma foi.

— Sur ce coup, on se contentera de quelques réponses bien terre à terre, intervint Juliette, suave bien que cramponnant fermement dans sa poche la paire de courts ciseaux pointus dont elle s'était armée, au cas où.

— En d'autres termes : qui a tué Malbert Gérard, qui était l'autre cadavre, pourquoi s'est-il retrouvé dans le couloir de Charlotte et qu'y a-t-il de si fondamental sur cette puce ? chargea Emma.

— Il s'agit d'informations classifiées, répondit le commandant Jean d'un ton un peu méprisant.

Il avait tort. Elles ne furent pas du tout sensibles à son dédain.

— Voyez-vous, ma fille est un génie. Un vrai, roucoula Juliette. Elle est donc parvenue à passer outre les sécurités de la puce et à lire les informations…

— C'est impossible, l'interrompit l'homme. Nos meilleurs informaticiens…

— Vos « meilleurs informaticiens » sont des… Je suis désolée… ce n'est pas méchant, je détesterais vous faire de la peine… mais bon, ce sont quand même des amateurs comparés à Bénédicte. Des noms et des adresses, tronqués, avec les lettres et les chiffres dans le désordre. Selon ma fille, il faut avoir l'autre fichier complémentaire pour que les données se réarrangent et deviennent lisibles. Donc, même vos services ne peuvent plus y accéder. Tant que vous n'avez pas les DEUX puces.

L'homme les considéra tour à tour, hésitant entre la colère et une certaine admiration. Enfin quoi, ces femmes que tous les rapports avaient décrites comme inoffensives lui tenaient la dragée haute ! Il n'en demeurait pas moins que sa mission consistait à récupérer la puce et à s'assurer que nul n'en avait fait une copie.

— Avez-vous... recopié les données qui figuraient dans le fichier ?

Cinq regards le détaillèrent comme s'il venait de baisser son pantalon pour une séance d'exhibitionnisme.

— Et pour quoi faire ? Se distraire le soir à la veillée ? Vous m'excuserez mais nous pouvons toutes penser à quelque chose de plus palpitant, ne serait-ce que dormir ! mentit Hélène avec aplomb.

— Vous avez eu raison, poursuivit l'homme, d'un ton plus affable. Il s'agit de données très sensibles, le genre qu'il ne faut jamais posséder si l'on veut vivre en paix... ou vivre, tout court.

— Et c'est quoi ? insista Emma.

— Des réseaux de trafiquants de drogue.

Les cinq filles se regardèrent et pouffèrent. Emma, faux cul, regretta :

— Mince, quelle déception... Je pensais qu'il s'agissait du nom des acteurs d'Eurodisney, vous savez, ceux qu'on ne voit jamais parce qu'ils sont engoncés dans les habits de Mme Mini ou de M. Donald...

— Et Winnie l'ourson... Oh, excellent ! renchérit Juliette. Attachant, drôle quand il se dandine avec son pot de miel...

— J'ai le sentiment que vous n'avez pas complètement convaincu, intervint Hélène.

— Tu veux dire qu'il nous prend pour de vraies gourdes. Tant pis pour lui... Il ne va pas l'avoir, sa puce, regretta Charlotte.

— Je pourrais... vous y contraindre, madame... menaça l'homme, toutefois moins sûr de lui.

— Vous faites un pas vers moi et je l'avale. C'est moins gros que mon cachet de multi-vitamines matinal. Qu'est-ce que vous me faites ensuite ? Une coloscopie ? Pensez à tout l'acide que contient mon estomac. Ouh… ça doit faire très mal à une pauvre petite puce. Tintin, les données !

Elles perçurent le trouble de l'homme, sans doute peu habitué à traiter avec cinq foldingues. Il hésita et annonça :

— Je suis… autorisé à négocier financièrement avec vous… une jolie somme…

— Oh chouette ! s'extasia Juliette… mes escarpins Chanel bicolores… Beige et noir… Ah, quelle classe… Complètement vintage.

— Juliette ! la réprimanda Nathalie.

— Quoi ? geignit l'intéressée… bon… d'accord… Mais ça n'est pas moi qui ai demandé… c'est lui qui a proposé, d'abord !

— On en revient donc à la case départ : la vérité ! s'obstina Hélène.

Le commandant Jean soupira puis se lança :

— Ainsi que vous l'avez déduit, la réunion des deux fichiers sur un ordinateur équipé d'un algorithme un peu particulier permet d'obtenir la liste de tous les agents internationaux infiltrés dans les mouvements terroristes, mais également certaines sectes ou organisations diverses et variées que nous soupçonnons de collaboration ou de complaisance à leur égard. Si cette liste tombait entre de mauvaises mains, des milliers de gens seraient assassinés dans l'heure qui suit et la lutte antiterroriste décapitée. Pour longtemps.

— Et Malbert ? le talonna Hélène.

— Une triste ordure. De petite envergure toutefois, jusqu'à une rencontre fortuite – du moins le croyons-nous – qui devait initier toute cette histoire. Malbert a eu une liaison avec un de nos agents. Appelons-le Kévin, par facilité. Un remarquable informaticien, auteur du fameux algorithme de décryptage, assez crédule toutefois. Malbert l'a embobiné avec sa prestation bien rodée du pauvre petit bonhomme brisé par une vie injuste. (Il se tourna vers Charlotte et poursuivit :) Prestation qui vous a également convaincue un temps, Dr Claudanel. C'est de cette façon que

Malbert a récupéré la puce et a pu réaliser une copie de l'algorithme. Si nos ennemis mettent la main sur la seconde puce, c'est… au-delà d'une catastrophe.

— Comment voulez-vous qu'un terroriste, quelle que soit son organisation, pénètre à la DST ou même à la CIA pour s'emparer d'une puce ? le contra Hélène.

Un sourire sans joie lui répondit d'abord.

— C'est, malheureusement, plus compliqué que cela. Beaucoup plus. Voyez-vous, les terroristes peuvent rendre d'inestimables services à qui sait les manipuler, les utiliser et leur donner ce qu'ils veulent. Ce sont ainsi les meilleurs chiens de garde du trafic de drogue ou d'armes… Ils peuvent déstabiliser des gouvernements… faire beaucoup de choses. À ce titre, ils sont parfois les précieux auxiliaires des plus grands mafieux de la planète… Qui, eux, ont les moyens de se procurer une puce. Pour les récompenser de leur bon boulot. Puis-je avoir la puce ?

— Pas encore. La suite avec Malbert, exigea Hélène.

— Contrairement à ce que Gérard Malbert avait prévu dans sa petite tête de crapule, Kévin nous a aussitôt prévenus de sa naïveté fautive. Nous nous sommes mis sur les traces de Malbert. Celui-ci a contacté l'un de ces gros mafieux, dont le nom, ou plutôt les *alias* ne vous diraient rien. C'était une grave erreur, Malbert n'avait pas la carrure. J'ignore comment, mais son… commanditaire a fini par comprendre qu'il avait dissimulé la puce chez le Dr Claudanel. À partir de ce moment-là, il n'avait plus besoin de ce minable acolyte et, au contraire, Malbert devenait une menace qui pouvait lui faire faux bond s'il trouvait un client encore plus généreux. Selon nous, pour une raison quelconque, le tueur envoyé pour régler le problème Malbert, de façon définitive, n'a pas pu faire sortir le cadavre du parking. Il l'a dissimulé quelques jours dans le local technique de la ventilation. Les empreintes ADN nous l'ont confirmé.

— Et pourquoi l'avoir collé dans ma voiture, menotté, de surcroît ? s'insurgea Charlotte.

— Leur plan était simple : vous faire arrêter, bien sûr, et cela dès qu'ils se sont douté que la puce se trouvait chez vous !

— Mais c'est ignoble, dégoûtant !

— Non, pratique. Idéal, une bonne garde à vue. Ça vous retirait du circuit pour un moment. Ça leur donnait le temps de fouiller votre appartement de fond en comble.

— Qui l'a fourré dans la poubelle le temps que Charlotte remonte et m'attende ? intervint Hélène.

— Nous, qui d'autre ? Nous n'avions rien contre le Dr Claudanel, et aucune envie qu'elle se retrouve dans les locaux de la police et aide ainsi nos ennemis. Manque de chance, vous êtes redescendues et nous avez dérangés. Il a fallu parer au plus pressé et nous avons balancé le cadavre de Malbert dans la poubelle, en espérant que vous ne le découvririez pas. Vous nous avez passablement compliqué la tâche ce soir-là, avec vos improvisations ! Fort heureusement, nous avons retrouvé feu Malbert quelques rues plus loin, et pu lui ôter ses menottes et le volant de la Mini – très révélateur – avant que la police le découvre. Nous vous l'avons ensuite rendu. Nous sommes des gens scrupuleux, ajouta le commandant Jean, très sérieux.

Nathalie se rongeait les sangs depuis un moment. D'une petite voix tremblante, elle demanda :

— Et Vincent Castelnin ?

Le commandant Jean lui destina son premier vrai sourire avant de répondre :

— Ne vous inquiétez pas Mme Dumont, votre nom de jeune fille, je crois. M. Castelnin est inconnu de nos services ainsi que de ceux de nos alliés. Il n'a strictement rien à voir dans cette histoire.

Par pudeur, par tendresse envers Emma, Nathalie ravala l'énorme soupir de soulagement qui lui montait dans la gorge.

Oh, son merveilleux Vince ! Quelle vilaine elle avait été de le soupçonner !

— Et Jon Norman ? murmura Emma.

La voix claqua, à nouveau sèche :

— Il ne m'appartient pas de discuter du cas de Mr. Norman. (Il fixa la jeune femme de son regard bleu acier et ajouta, à peine plus tendre :) Vous vouliez la vérité, madame ? Lorsqu'on l'exige, il faut être prêt à la supporter. L'inconscience et l'ignorance sont souvent des cadeaux qu'il est préférable de ne pas bouder.

Emma baissa les yeux. La rebuffade du commandant la renseignait aussi bien qu'une explication.

— Gali ? chuchota Hélène.

— Ça va. Je t'assure. Continue. Il y a encore beaucoup de points d'interrogations.

— Et Charles Dupin ? attaqua à son tour Charlotte en s'essayant à un ton léger qui ne convainquit personne.

Un deuxième vrai sourire, mi-ironique, mi-cordial :

— Je n'ai pas eu le sentiment que vous soyez une femme timorée, Dr Claudanel. Aussi, pourquoi ne pas lui poser vous-même la question ? Il s'agit de votre voisin, je crois...

Donc, la Limace faisait partie du Renseignement. Ils recrutaient un peu n'importe qui, quand même ! Les salaires peu attractifs de la fonction publique, sans doute, et des retraites plus que modestes, si on demeurait en vie pour les toucher. La Poste ou les Eaux et Forêts, c'était quand même plus sain, comme climat. D'autant que, dans le dernier cas, on voyait la nature, les petits escargots, on s'oxygénait, on parlait avec les arbres et les gentilles grenouilles.

Hélène, qui avait dû apprendre sa liste de questions par cœur, n'en n'avait pas fini.

— Et l'autre cadavre ?

— Un tortionnaire. Une... « race » très différente de celle des tueurs, ne vous méprenez pas. Ces gens-là se recrutent le plus souvent dans les rangs des sadiques criminels. Jouissifs. Ils joignent le rémunérateur à l'agréable. Ils torturent par délectation et pour de l'argent. Une race vomitive. Ils possèdent des... techniques affreuses, monstrueuses, d'une efficacité redoutable dont je vous épargnerai, par amitié, la description. Il s'agit de... choses que personne ne souhaiterait entendre. J'aurais détesté que la charmante Mme Claudanel ressemble à certaines de leurs victimes... dont nous avons ramassé les morceaux.

La pénible déglutition de Charlotte s'entendit à l'autre bout du salon. Finalement, son carême ne commençait pas ce soir, mais demain ! En ce moment, par exemple, elle avait vraiment besoin d'un verre. Elle chassa de son esprit les images qui tentaient de s'y infiltrer, certaine que, de toute façon, elle ne parviendrait jamais à imaginer jusqu'où pouvait mener la cruauté humaine. Et cela, c'était une vraie chance ! En effet, l'ignorance était parfois une bénédiction.

— C'est vous qui l'avez tué ? insista Hélène.

— Disons que nous nous sommes débrouillés pour qu'il soit... éliminé du circuit. Le commanditaire de feu Gérard Malbert avait dû penser que le Dr Claudanel savait peut-être où se cachait la puce dérobée par son ex-amant. Il avait envoyé son tortionnaire. Je vous déconseille de réfléchir à la suite, à ce qui se serait passé si Mme Claudanel était tombée entre les mains de ce psychopathe.

— Et pourquoi a-t-il atterri dans le couloir de Charlotte ? Il n'y avait pas de sang. Il a été poignardé dans l'ascenseur.

— En effet. Notre « classeur »... Chez nous, on « classe un dossier ». Cela signifie qu'il disparaît à tout jamais... notre homme, ce classeur donc, a réglé le... problème du tortionnaire... manque de chance, encore une fois, il a été dérangé... C'est fréquent et nous savons retomber sur nos pieds. Il possédait les clefs du Dr Claudanel et a donc... rangé le cadavre le temps que la voie se dégage afin de lui permettre de le faire disparaître. Il a ensuite, bien sûr, nettoyé la cabine de l'ascenseur.

— Et le sang sur les autres paliers, ceux de Dupin et des Valières ?

Un sourire amusé lui répondit :

— Allons, Dr Audibert... Nous n'allions pas laisser incriminer le Dr Claudanel, fournir à la police des preuves irréfutables. Un jeu de piste sanglant qui menait tout droit à son appartement. Il est pratiquement impossible de nettoyer le sang. Même vingt ans plus tard, on peut le révéler. La solution la plus efficace et rapide consistait donc à en répandre un peu partout.

— L'autre, ce Lamy qui a été abattu à la porte d'Orléans ? intervint Emma.

— Nous n'avons jamais eu recours aux services de M. Lamy, bien que connaissant sa réputation. Voyez-vous madame, nous sommes parfois, souvent, contraints de frayer avec la fange. Une boue dont vous n'avez aucune idée, ce qui vous rend plutôt sympathiques. C'est un des risques de notre métier. Toutefois, ajouta-t-il méprisant, il convient de ne jamais oublier qu'il ne s'agit que de cela : de détritus interchangeables.

Emma se demanda si ce mépris s'adressait à Jon Norman. Avait-il pactisé trop étroitement avec la fange ?

Un silence s'installa que rompit le commandant Jean.

— D'autres questions ? Réfléchissez bien. Vous ne me reverrez jamais, pour votre tranquillité.

— Qui a aidé Lamy à se libérer, après que M. Dupin l'a ligoté comme une perdrix ? demanda Charlotte.

— Je ne répondrai pas. Secret de boutique... Quelle importance puisqu'il est mort ? Puis-je récupérer la puce ?

Charlotte consulta les autres du regard. Toutes approuvèrent d'un mouvement de tête. Elle récupéra la petite boîte d'allumettes dans sa poche et la lui tendit. Il les remercia d'une inclinaison de tête et d'un :

— Vous êtes des femmes surprenantes. Adieu, mesdames. Soyez rassurées : vous cessez d'exister pour nous à partir de maintenant.

Au fait… vos appartements n'ont jamais été équipés de micros ni de caméras. Les canons à sons sont beaucoup plus pratiques. Vous avez ma parole de militaire.

Le commandant Jean referma doucement la porte palière derrière lui et disparut de leur vie.

— Je crois qu'un petit whisky ne serait pas de trop, suggéra Nathalie d'une voix faible.

— Pourquoi « petit » ? rétorqua Emma.

— Oh, je n'osais pas le proposer, admit Charlotte. Je vais chercher le choco.

Un whisky et une tablette plus tard, Juliette s'enquit en baissant la voix :

— Et la puce recopiée, qu'est-ce qu'on en fait ?

— On la garde quelques mois. Notre bouée de sauvetage. J'irai lui porter moi-même à la DST si on nous fout la paix. Tenancière, lança-t-elle à Charlotte, une autre tournée !

Emma, onze jours après le deuxième cadavre.

Debout devant le canapé Le Corbusier de cuir noir, il la détaillait, ne la lâchant pas du regard. Elle se fit la réflexion qu'elle ne lui avait jamais vu cette lueur au fond des yeux. Celle du chasseur qui évalue les moindres mouvements de sa proie, incertain encore du cours des choses. Frapper ou détourner la tête ?

— Je t'offre un verre ?

— Non, je vous remercie.

— Ouh là, nous voilà revenus au vouvoiement. C'est mauvais signe ?

— À vous d'en juger.

Elle aurait tant aimé que son ton soit plus agressif, métallique. Le ton d'un juge. D'un peseur d'âme. Pourtant, une sorte d'implacable fatigue l'engourdissait. Alors qu'il lui avait semblé crucial de provoquer Jon, de le pousser dans ses retranchements quelques heures auparavant, elle n'en voyait plus vraiment l'utilité. Tout n'avait-il pas été dit sans avoir besoin de mots ?

— Bien… C'est donc d'une explication qu'il s'agit ?

— Eh bien, hésita-t-elle… C'est ce que je pensais… Cela étant, je ne suis plus certaine que ce soit si important…

— De pire en pire, donc, ironisa-t-il, mal à l'aise.

— Surtout, épargnez-moi la négation en bloc, je ne vous croirais pas.

— Il me serait difficile de nier puisque vous ne m'avez encore rien opposé.

— Faites-moi également grâce des finesses rhétoriques ! balança-t-elle, cassante. Vous ne vous en tirerez pas avec des pirouettes.

Jon comprit soudain que la séduisante, l'amusante Emma n'existait plus. Il avait devant lui une femme déterminée à apprendre la vérité, une femme qu'il n'impressionnait pas et qui ne lui ferait pas de cadeau. Un malaise diffus monta en lui. Les feintes dans lesquelles il excellait n'étaient plus de mise. Étrange. Lui qui avait tant espéré la pureté pour se laver de sa vie allait en prendre plein la figure parce que la pureté est inflexible, qu'on ne négocie pas avec elle. Il risquait également de perdre Emma et cela, c'était insupportable. Elle lui était devenue bien trop précieuse, pour des tas de raisons. Il se décida en faveur d'une semi-franchise qui pût la convaincre tout en l'absolvant lui, du moins un peu. D'une voix douce, il commença :

— Emma, aussi difficile à croire que cela puisse sembler, je n'ai rien à me reprocher…

— Et le meurtre de la porte d'Orléans ? l'interrompit-elle.

— Je n'ai pas la moindre info à ce sujet, mentit Jon avec un aplomb né d'années d'expérience.

Ne jamais avouer. Rien. Laisser persister le doute dans l'esprit d'Emma, un doute raisonnable, confortable pour elle comme pour lui.

Emma lui offrit une dernière chance. Le fichier « Jon » l'incriminait presque formellement dans cet assassinat. Quant à la dérobade du commandant Jean, elle n'était vraiment pas de nature à l'innocenter.

— Vraiment ? La balle a pourtant été tirée d'un calibre 35, sans doute équipé d'un silencieux. Assez évocateur de votre arme. Celle que j'ai trouvée chez vous. Un Beretta.

— Vous en savez des choses ! rétorqua-t-il plus sèchement qu'il l'aurait souhaité.

— Je connais beaucoup de gens... biaisa-t-elle.

— Écoutez, je n'ai rien à voir avec ce qui ressemble fort à une exécution...

Emma s'étonna de l'absolue sincérité qui tendait sa voix. Comment parvenait-il à tromper avec autant d'aisance ?

Jon était passé maître dans l'art de duper. Il songea pour la millième fois qu'il ne pouvait pas laisser vivre Lamy. Il devait l'abattre. Il n'existait aucune alternative.

Elle cligna des paupières et il espéra l'avoir ébranlée. Il se trompait. Emma venait d'assister, impuissante, au saccage de la dernière chance. Celle qu'elle lui offrait de dire enfin la vérité. Il s'enfonça :

— ... cela étant, si les renseignements que j'ai glanés sont exacts, ce tueur à gages... un certain Lamy... allait descendre Charlotte Claudanel. Elle pouvait le reconnaître après le cambriolage raté chez elle. Croyez-moi, Emma, la mort de ce type n'est pas une grande perte pour l'humanité. Qui auriez-vous choisi, de lui ou de Charlotte ?

— Et Charles Dupin ? Dupin aussi était à même de l'identifier.

— Hum-hum...

— Dupin était de mèche avec lui ?

— Je l'ignore, vraiment.

La voix de la jeune femme claqua dans le salon :

— Vous mentez !

— Peut-être... Néanmoins, je crois que c'est préférable... pour vous...

Un chagrin inattendu étreignit Jon. Tout ce en quoi il avait eu foi, durant toutes ces années, tout ce pourquoi il avait lutté risquait de démolir sa vie si cette femme le quittait. Il se souvint de la phrase que répétait Carl, son mentor : « L'amour est une maladie redoutable pour des hommes de notre sorte. À éviter à toute force. Le cul, c'est bien plus sain. » À l'époque, Jon y avait vu une boutade. Aujourd'hui, il découvrait qu'il s'agissait presque d'une prophétie. Un impitoyable augure.

— … Emma… Nos mondes sont si différents du vôtre. Rien n'y est défini. Tout y est mouvant et trompeur.

— Vos mondes ? Vous, c'est lequel ? La CIA, Interpol, le grand banditisme… ?

Il le savait : avec elle disparaîtraient les quelques jolies choses qui s'étaient réinstallées dans sa vie. Sans elle reviendrait l'interminable désert de son existence. Il n'était pas certain de pouvoir à nouveau s'en accommoder. Il hésita, réfléchit, puis lâcha à contrecœur, juste pour la retenir, pour la convaincre de rester.

— La NSA. La National Security Agency américaine. Un peu comme votre DST. Ne cherchez pas trop de renseignements à notre sujet… on ne nous aime pas beaucoup, tenta-t-il de plaisanter. Nous passons souvent pour des paranoïaques, au mieux.

— Parce que vous pensez que les gens du Renseignement français sont des mimi-pinsons qui font dans la communication de grande envergure ? ironisa-t-elle.

Il pouffa, sans gaîté aucune. L'heure de vérité venait de sonner : parviendrait-il à la persuader, à retourner cette désastreuse situation en sa faveur ? Peut-être : il était outillé pour convaincre, rassurer, mentir.

— Emma… vous êtes sûre que vous ne préférez pas vous asseoir ?

Elle hocha la tête en signe de refus. Il poursuivit, pressant :

— J'ai fait un choix lorsque j'étais jeune, en sortant de l'université, avec, en poche, un doctorat de philosophie. Ça ressemble à un gag, n'est-ce pas ? Ce choix consistait à protéger mon pays. La plupart de ceux de chez vous ont fait le même. Nos méthodes sont… nos méthodes. Cependant, on ne fait pas d'omelette sans casser des œufs, comme vous dites en France.

— Qui vous demande de faire des omelettes ?

Il esquissa un sourire très triste :

— La fleur au fusil… poétique. Cela étant, ça marche rarement. Très rarement. Vous n'avez aucune idée du nombre de fois où nous avons frôlé la troisième guerre mondiale. Vous n'imaginez pas combien d'épouvantables conflits nous sommes parvenus à juguler avant qu'ils n'éclatent.

— Et vous n'en avez jamais créé ? Il s'agit d'un « vous » générique. Toutes les agences d'espions du monde. En Amérique latine ou du Sud, en Afrique, ailleurs ? Vous n'avez jamais mis des pays à feu et à sang pour renverser des gouvernements ? En installer d'autres plus propices à vos intérêts ?

Il sut, de façon certaine, qu'elle venait de trancher le dernier lien qui les unissait. Il hésita entre la rage et le désespoir, et demanda d'un ton plat :

— Que me reprochez-vous au juste ?

— Je ne sais pas trop, admit-elle. Beaucoup de choses, si emmêlées.

— Vous comprenez que l'on rejoigne une force plus ou moins souterraine afin de défendre son pays, quand même ?

— Oui.

— Mais alors quoi, à la fin ! s'emporta-t-il.

— Je ne sais pas, répéta-t-elle en évitant son regard. Peut-être de ne pas être celui que j'attendais, peut-être parce que je ne veux pas de votre vie d'ombre et de secret, murmura-t-elle comme pour elle-même.

Il lutta pied à pied contre la panique, contre la fureur.

— Vous ne savez pas, mais vous allez tout bousiller avec entrain et ne rien me pardonner, c'est ça ?

Elle ne réfléchit qu'une seconde. Vite, la crise de sanglots était toute proche.

— C'est ça.

Elle le planta là. La porte palière claqua derrière elle, résonnant comme un glas.

Jon demeura là, immobile. Le désert venait de se réinstaller.

Charlotte, un peu plus tard, onze jours après le deuxième cadavre.

Charlotte avait tergiversé toute la matinée, s'habillant avec un soin particulier, se maquillant juste ce qu'il fallait. Descendre or not descendre ? Exiger des explications du sieur Dupin ou se calfeutrer chez elle ? Elle s'était dirigée vingt fois vers la porte, pour se raviser.

Emma lui avait téléphoné, dans un état de nerfs épouvantable ; elle sanglotait au point de devenir inintelligibles. Charlotte avait tenté de la consoler un peu, enchaînant les banalités d'usage dans ce genre de cas. Sans grand succès. Son amie avait raccroché après un hargneux :

— Je suis allée chercher une bouteille de gevrey-chambertin à la cave. Je vais me cuiter… c'est un de ses vins préférés, à Jon… fondit-elle à nouveau en larmes avant de couper la connexion.

Les atermoiements de Charlotte avaient repris de plus belle.

Vers midi, un coup de sonnette péremptoire mit un terme à l'hésitation de la psychanalyste.

Dupin Charles annonça d'un ton neutre :

— Le commandant Jean m'a indiqué que… Me permettez-vous d'entrer ?

Sa preuse Limace se tenait au milieu du salon, droite, martiale, semblant avoir pris dix centimètres et vingt kilos dans la nuit.

Impressionnant, au point que Charlotte ne trouvait pas une seule phrase à prononcer.

— Commandant Druguières. Charles Druguières. DST, lâcha son ex-pseudo-voisin d'une voix ferme mais indiscutablement amusée. Toutefois, je suis bien randonneur et alpiniste. Du signe du Bélier, aussi. Vous nous avez donné du fil à retordre avec votre prétendu mari perdu en Arabie saoudite. Enfin... je suis satisfait qu'il n'existe pas. À titre professionnel et... personnel.

Il avait dit « personnel ». Charlotte, toujours aussi mutique, s'en sentit toute retournée. Déjà que le Charles l'avait pas mal secouée du temps où il n'était que Dupin, mais là, elle fondait. Gaffe ! Il lui plaisait méga. Or, de fait, elle devait s'écarter de cette catégorie d'hommes. La quadrature du cercle : en effet, si elle ne devait être sensible qu'aux hommes qui ne la branchaient pas, c'était le célibat et l'abstinence assurés et durables. Arghhh ! Réfléchissons. Au début, Dupin lui avait été indifférent. Très. On pouvait même affirmer qu'il lui avait tapé sur les nerfs dès qu'ils devaient partager l'ascenseur. En d'autres termes, il ne lui avait pas plu. Du tout. Certes, un revirement spectaculaire avait fait évoluer cet état de choses. Néanmoins, toutes équations confondues, pouvait-on, dans ce cas précis, affirmer qu'il faisait partie des hommes qu'elle devait impérativement éviter sous peine de tomber à nouveau sur un approximatif des molettes cérébrales ? Épineux problème. *A priori*, elle aurait répondu par la négative. Toutefois, elle se faisait une confiance relative, ayant démontré à maintes reprises dans le passé qu'elle avait tendance à prendre ses désirs pour des réalités. Certes, « commandant » était une carte de visite rassurante. Ces gens-là ont les pieds sur terre et, à n'en point douter, l'armée française refoule tous les timbrés graves capables de déclencher un incident diplomatique sous prétexte qu'il manque un bouton à la vareuse de l'aide de camp. Cela étant, il devait bien y avoir chez la Grande Muette quelques disjonctés de la relation humaine et surtout sentimentale, des planqués qui n'attendaient qu'une chose :

fondre tels des aigles sur la pauvre et innocente Charlotte dès qu'elle pointerait le bout de son nez. D'autant que même s'il n'existait qu'un seul plombé sévère de la case « engagement envers l'autre », il était pour elle. Comme les moustiques, ils la repéraient à quinze kilomètres à la ronde, perdue au milieu d'une foule, dégoulinante d'huile essentielle de citronnelle. En conclusion, une consultation de filles s'imposait avant de se coller dans la panade jusqu'aux sourcils. Ce que les hommes peuvent compliquer la vie des femmes, on n'a pas idée ! Et ensuite, ils prétendent que ce sont elles qui se font des nœuds aux neurones ! Le culot, quand même !

Reprenant ses sens, elle attaqua d'une voix peu amène :

— Le sang, celui du deuxième cadavre, c'est vous ! Vous l'avez répandu sur votre palier et celui des Valières.

— Bien sûr, répondit-il un peu surpris. S'il n'y avait eu qu'une seule traînée conduisant de l'ascenseur à votre porte, vous étiez immédiatement coupable aux yeux de la police. Je suis donc allé recueillir son sang et l'ai fait goutter aux étages inférieur et supérieur. Le meurtre devenait incompréhensible et notre bon Levasseur se retrouvait avec trois suspects sur les bras. C'est-à-dire aucun.

— Assez dégoûtant !

— Pourquoi ? Ce n'était que du sang.

— Et Lamy ? Qui lui a procuré le couteau avec lequel il a coupé la corde qui l'immobilisait ?

Il n'hésita qu'une seconde.

— Moi, en remontant habillé.

— Enfin… il s'agissait d'un tueur !

— Oh, je connaissais M. Lamy de réputation.

— Il voulait me zigouiller et vous lui permettez de s'enfuir ! Vous êtes un grand malade ou quoi ?

— Non, sur le moment, il n'avait aucune intention de vous tuer. Il voulait juste disparaître. En revanche, il serait revenu…

effacer le témoignage. Cela étant, il était hors de question que la police pût l'interroger. Il aurait pu négocier et passer à table. Nos affaires sont nos affaires. Nous sommes des gens très discrets. De surcroît, j'étais certain que Norman abattrait ou ferait abattre son homme de main. On n'aime pas trop les échecs cuisants dans nos professions. Ils sont dangereux. En plus, Norman n'est pas un dingue. C'est même plutôt un type bien. Insaisissable mais droit. Il n'aurait jamais toléré qu'un voyou comme Lamy vous descende. Entre deux maux, il a choisi le moindre.

— C'est un tueur quand même, argumenta Charlotte, teigneuse. Il a brisé le cœur d'Emma, et ça… on ne lui pardonnera pas ! Aucune d'entre nous !

Il la détailla, d'abord grave. Puis un sourire infiniment triste lui vint :

— Charlotte… Ah, Charlotte… J'aurais fait la même chose que Norman. Lamy jouait sa peau. Il aurait été jusqu'au bout. J'étais hors jeu. Lorsque j'ai coupé ses cordes, Lamy s'est douté de mon appartenance au Renseignement. Du coup, mon silence lui était acquis et il le savait. Vous, il vous aurait tiré une balle dans la tête afin que vous ne puissiez jamais l'identifier. Vous ou lui. Il n'y avait pas photo. Ça fait de moi un monstre ? ou de Norman ? Charlotte, jurez-moi que nous n'en reparlerons plus jamais. Pourtant, auparavant, il faut que vous sachiez une chose : vous n'avez aucune idée du monde qui se trouve en dessous. Vous n'avez aucune idée de sa fureur, de sa cruauté, de sa cupidité, de sa dangerosité… Il n'existe rien de bon ni d'attachant dans ce monde. Les seules belles choses sont salies parce qu'elles peuvent être exploitées. Vous pensez que nous sommes de grands paranoïaques ? C'est vous qui êtes de gentils inconscients…

Il lui étreignit les mains et ferma les yeux. Elle le trouva si bouleversant qu'elle sentit les larmes lui monter aux yeux. Il soupira et reprit d'une voix altérée :

— Je crois... Enfin... c'est pour cela que je suis tombé très amoureux... Vous devez me trouver assez brutal, non ? L'avantage dans ma profession, c'est que lorsqu'on parvient à une certitude, on ne fait pas traîner les choses... Vous voyez... on apprend vite que tout est fugace, fragile, il faut en profiter dès que cela se présente. Charlotte, ne changez jamais. Restez un peu folle, drôle, craquante, bienveillante, intelligente... Nous n'évoquerons plus jamais mon métier. S'il vous plaît. Ce n'est pas un joli métier... mais il faut que des gens s'y collent.

Elle fondit en larmes, bafouillant entre deux sanglots :

— Oh, Charles... Charles... Et si on faisait une petite randonnée... Pas très longue... facile...

Il la serra entre ses bras et murmura contre sa tempe :

— Trois kilomètres ? En terrain plat ? Ensuite un excellent déjeuner dans une auberge de charme à Barbizon ?

— Oh Charles, sanglota-t-elle, aux anges. En plus, je ne sais pas préparer les quiches !

Nathalie, onze jours après le deuxième cadavre.

Une vague angoisse avait peu à peu remplacé l'allégresse et le plaisir de Nathalie.

Vincent avait insisté pour qu'ils dînent au restaurant, un établissement prestigieux dont la carte était un feu d'artifice d'inventivité et de délicatesse et le cadre une perfection. Toutefois, Vincent était très silencieux depuis qu'elle l'avait rejoint. Après les banalités sur la météo, les propos au sujet des plats qu'ils choisiraient, la conversation s'était embourbée. Rien à voir avec le charmant Vincent plein de vitalité qui avait toujours mille histoires amusantes et intéressantes à raconter.

— Quelque chose te préoccupe ? osa enfin Nathalie.

— Non, non… rien du tout.

Le silence retomba.

Une sourde appréhension envahit Nathalie. Cent idées tournèrent dans sa tête. En femme amoureuse, donc parano, qui se respecte, une seule s'imposa : il la quittait et ne savait comment le lui annoncer. C'était pour cela qu'il avait tant insisté pour dîner à l'extérieur. Elle n'était pas du genre à faire un scandale dans un lieu public et il le savait. Elle faillit fondre en larmes lorsque le serveur déposa devant elle une mise en bouche, petit verre d'une soupe de potiron à l'émulsion de caviar.

Se cramponnant de toutes ses forces à sa volonté, elle parvint à sourire :

— Ça m'a l'air délicieux...

Vincent jeta d'un geste nerveux sa serviette sur la table. Ooohhhh, mauvaise limonade. La curée commençait !

— Nathalie, attaqua-t-il d'un ton grave, pesant... j'ai quelque chose à te dire...

Elle avala d'un trait son verre de chablis, attendant le couperet.

— ... Je sais que mes quatre mariages et mon... palmarès de liaisons ne plaident pas en ma faveur aux yeux d'une femme, surtout une championne de la monogamie... mais, là, je crois qu'un cinquième mariage s'impose... du moins pour moi...

— Pardon ? demanda-t-elle un peu perdue.

Il soupira d'agacement envers lui-même et avoua :

— C'était tellement mieux, ce que j'avais préparé avant d'arriver. Enlevé, poétique, très émouvant, enfin, je crois, bref, tout... Là, je me fais l'effet d'un bulldozer ! En résumé, il s'agissait d'une demande en mariage. Enfin, je veux dire te concernant. Et moi aussi...

Une trombe fondit sur lui, renversant la mise en bouche dans son élan.

Nathalie se rassit, fondit en larmes, incapable de prononcer un mot, se contentant de secouer la tête avec véhémence en signe d'acquiescement et de s'éventer de petits gestes de la main.

Hélène, douze jours après le deuxième cadavre.

Stéphane insista, l'air pénétré et conciliant :

— Tu vois… c'est juste dans un souci de rentabilité et d'optimisation de nos forces.

Cela faisait plusieurs fois qu'il revenait à la charge et Hélène voyait où il voulait la mener. Gros comme une maison.

Jusque-là, elle était parvenue à garder son calme, feignant un profond intérêt pour ce que lui expliquait son collègue et néanmoins pas ami. Du tout. Problème : le calme s'effritait dangereusement. D'une voix paisible, elle résuma en quelques mots les interminables circonlocutions de Stéphane, toutes destinées à noyer le poisson et à lui tondre la laine sur le dos. À Hélène, pas au poisson.

— Si j'ai bien compris, tu veux créer un pôle technique qui regrouperait les ingénieurs et techniciens, lesquels pourraient donc travailler pour toutes les équipes, en fonction des priorités ?

— C'est un peu cela, hésita Stéphane qui préparait son coup depuis six mois.

Il avait obtenu le soutien d'autres chercheurs qui partageaient tous un point commun avec lui : le manque chronique de personnel. Or, qui dirigeait une équipe bien pourvue ? Hélène. Hélène était donc la femme à déposséder.

— Un peu ?

— Avoue que c'est la meilleure option pour rentabiliser le temps disponible de chacun.

Elle croisa les bras et lui destina un sourire enjôleur avant d'exploser en abattant son poing sur le bureau :

— Tu te fous de qui, là ? De moi ? C'est une mauvaise idée !

Impressionné, Stéphane recula d'un pas, bafouillant :

— Mais, je…

— « Tu » quoi ? J'ai mis plus de dix ans à monter cette équipe, à obtenir du personnel. Votre idée géniale, c'est que JE mets MON personnel et MON matos en commun parce que VOUS n'en avez pas et dans six mois JE n'y ai plus accès pour MES recherches parce que VOUS me les avez piqués avec de prétendues urgences expérimentales.

— Je t'assure, enfin…

Hurlant, Hélène pointa du doigt vers la porte :

— Casse-toi, pauvre nul. Tu me fous de l'eczéma !

Stéphane s'enfuit presque.

Hélène compta jusqu'à dix en respirant avec lenteur. Ça n'arrêterait jamais !

La sonnerie du téléphone retentit. Elle arracha presque le combiné de sa base et cria :

— Quoi ?

— Euh… salut… c'est moi, Frédéric. Je te dérange là ?

Elle n'hésita qu'une demi-seconde :

— Non, non…

— Ben… je me demandais, comme ça, si on ne pourrait pas dîner ensemble… ce soir, ou demain ?

— Ça marche.

— Euh… quand ?

— Ce soir ET demain, aboya-t-elle. J'ai envie de me changer les idées et de voir des gens normaux… Enfin, c'est vite dit dans ton cas, mais ça fera l'affaire.

Un éclat de rire heureux lui répondit.

Dans la collection
Girls in the city
chez Marabout :

Embrouilles à Manhattan, Meg Cabot
Mes amants, mon psy et moi, Carrie L. Gerlach
Sexe, romance et best-sellers, Nina Killham
Et plus si affinités, Amanda Trimble
Projection très privée à Tribeca, Rachel Pine
Mariage mania, Darcy Cosper
Mariage (en douce) à l'italienne, Meg Cabot
L'ex de mes rêves, Carole Matthews
Divorce à petit feu, Clare Dowling
Un bébé made in L.A., Risa Green
Une maman à L.A., Risa Green
Le Prince Charmant met de l'autobronzant, Ellen Willer
Cleptomania, Mary Carter
Happy end à Hollywood, Carole Matthews
Sexe, amitié et rock n' roll, A.M. Goldsher
Ma vie privée sur Internet, Carole Matthews
Plaquée pour le meilleur, Clare Dowling
Bimbo mais pas trop, Kristin Harmel
Le Prince Charmant fait péter l'audimat, Ellen Willer
Double Jeu, Emma Lewinson
En finale de Fame Game, Carole Matthews
Arnaque à l'amnésie, Caprice Crane
Ma vie de star est un enfer, A.M. Goldsher
Blonde létale, Kate White
Un break pour Kate, A.M. Goldsher
The boy next door, Julie Cohen

Girls in the city

Chère lectrice,

Merci d'avoir choisi ce Girls in the city
pour passer un moment agréable.
Mais savez-vous que Girls in the city, c'est une nouvelle comédie
tous les mois pour faire le plein d'intrigues pleines d'humour,
pour entrer dans les coulisses de la mode, du cinéma,
de la téléréalité, des magazines people ?
Parce qu'on a toutes en nous quelque chose de Bridget,
retrouvez-nous chaque mois chez votre libraire préféré !

EMBROUILLES À MANHATTAN
Meg Cabot

Fandesleaterkinney : *Qu'est-ce que tu fous ?*
Katylafait : *Je BOSSE. Et arrête de te connecter sur ma messagerie instantanée pendant les heures de travail, tu sais que la RATT n'aime pas ça.*
Fandesleaterkinney : *La RATT peut crever. Et tu ne bosses pas. Je te rappelle que je vois ton bureau du mien. Tu es encore en train de rédiger une de tes fameuses listes. À faire, hein ?*
Katylafait : *Même pas vrai ! Je réfléchis seulement aux multiples échecs et aux innombrables erreurs de jugement qui semblent avoir constitué ma vie jusqu'à présent.*
Fandesleaterkinney : *Tu n'as que vingt-cinq ans, crétine ! Tu n'as même pas encore commencé à vivre.*

MES AMANTS, MON PSY ET MOI
Carrie L. Gerlach

Règle n° 1 : *Ne jamais sortir avec son boss.*
Règle n° 2 *: Se méfier des promesses faites un soir de pleine lune sur plage déserte ; elles ne survivent jamais au voyage du retour.*
Règle n° 3 *: S'il vit encore chez ses parents, il y a de fortes chances pour qu'il vous prenne pour sa mère et qu'il vous réclame de l'argent de poche.*

Ce roman drôlissime vous fera économiser les frais d'une épuisante et interminable analyse chez votre psy favori !

SEXE, ROMANCE ET BEST-SELLERS
Nina Killham

Décoiffé, la chemise déchirée, les chaussures dégoulinantes de boue, il était appuyé contre le bureau du commissariat de Venice Beach. Depuis des années, les femmes essayaient de le séduire. Et depuis des années, malgré leurs efforts vraiment héroïques, elles échouaient. Les conséquences prenaient même parfois des proportions insoupçonnables pour certaines d'entre elles : spasmes musculaires, crises cardiaques, blessures provoquées par des tirs croisés. Mais c'était la première fois que quelqu'un en mourrait.
— Profession ? demanda le brigadier.
— Auteur de romans d'amour.

ET PLUS SI AFFINITÉS
Amanda Trimble

Ah ! Au secours ! Mais c'est quoi cet… ?
En passant devant le kiosque de Lincoln Park, j'attrape mon magazine préféré et là, je me sens mal. Cramponnée au *City Girls* qui est quand même l'hebdomadaire le plus lu de Chicago, je lis, écrit en énorme : « Un agent très spécial dévoile tout. » Mais ce n'est pas tout car sous le titre, on voit une paire de fesses en gros plan. La poisse ! Dites moi que j'hallucine… Non, c'est bien moi.

Comment gagner sa vie quand on est jolie, pressée et dingue de fringues ? Victoria Hart a trouvé la solution en devenant « agent très spécial », sorte d'entremetteuse de charme. Ne le dites surtout pas à sa mère…

PROJECTION TRÈS PRIVÉE À TRIBECA
Rachel Pine

Tout juste embauchée par une puissante maison de production cinématographique, Karen pense enfin vivre son rêve. Située à Tribeca, le nouveau quartier à la mode de Manhattan, cette maison est aux mains de Phil et Tony Waxman, des jumeaux sans scrupules.
Karen saura-t-elle résister et garder la tête sur les épaules ? Ou devra-t-elle partir si elle tient à sauver son âme ?

Une plongée hilarante et époustouflante dans le monde sans pitié des producteurs de cinéma.

MARIAGE MANIA
Darcy Cosper

17 mariages en 6 mois ! Malgré son aversion épidermique pour l'institution, Joy, 30 ans, ne peut échapper à ces invitations. Mais le plus important est que le garçon avec lequel elle vit depuis 18 mois, Gabriel, partage son point de vue : aucun des deux ne souhaite se marier.
Non, ça, jamais !
Au cours des 6 mois qui vont s'écouler, Joy pourra-t-elle concilier ses convictions les plus profondes avec l'affection qu'elle éprouve pour ceux de ses amis ou de sa famille qui s'engagent ? Son couple supportera-t-il les épreuves ?

Une comédie new-yorkaise décapante et drôlissime.

MARIAGE (EN DOUCE) À L'ITALIENNE
Meg Cabot

Que feriez-vous si votre meilleure amie partait se marier en douce en Italie ? Et si vous décidiez de tenir le livre de bord de cette fugue romantique alors que le témoin de son futur mari est un journaliste prétentieux, égoïste et, par-dessus le marché, opposé à cette union ? Si vous deviez faire avec lui le voyage jusqu'à un village isolé des Marches ? Que, cerise sur le gâteau, vous étiez contrainte et forcée de passer les quelques jours précédant la noce avec cet insupportable snobinard terrorisé à la vue d'un chat ?

Une comédie absolument moderne, résolument décapante et connectée via Internet.

L'EX DE MES RÊVES
Carole Matthews

Comment garder le sourire quand on vient de se faire plaquer pour une bimbo affublée d'un 90 D ? Josie décide de faire bonne figure en se rendant au mariage de sa cousine à New York, la capitale des célibataires ! Mais saura-t-elle résister à un futur ex-mari qui ne veut plus divorcer ? D'autant plus qu'elle a rencontré un séduisant journaliste spécialiste de rock'n'roll dans l'avion pour New York… Et comment préviendra-t-elle le jeune marié que sa femme vient de s'enfuir avec son ex-petit ami ? Et si, grâce à John Lennon, tout se terminait bien ?

Une comédie romantique et désopilante avec des personnages attachants et des scènes hautes en couleur.

DIVORCE À PETIT FEU
Clare Dowling

À peine mariée, Jackie quitte Henry sur un coup de tête et croit trouver en Dan l'Homme à épouser. Et s'il suffisait de divorcer ? Mais ce qui devait être une pure formalité s'éternise et devient chaotique. D'autant plus que l'avocate de Jackie finit par coucher avec l'avocat de la partie adverse, que sa copine, complètement coincée, se découvre une passion sexuelle irrépressible pour un Polonais, et que sa soeur se retrouve enceinte de jumeaux après une nuit bondage passée entre les bras d'un juge sexagénaire…

Une comédie à l'anglaise, excentrique et déjantée.

UN BÉBÉ MADE IN L.A.
Risa Green

Et si Andrew avait raison ? Et si je n'étais pas prête pour avoir un enfant ? Je m'empare d'une feuille de papier et trace 2 colonnes :

Contre le bébé :
Je vais devenir grosse.
Je vais mettre des vêtements de grossesse.
Je ne suis pas faite pour devenir mère.

Pour le bébé :
Suis encore jeune : plus facile de maigrir après.
Habits de bébé, surtout de fille !!!!!

Bon. Ma liste a l'air bancal sans le dernier « pour ». Je ne vais pas trop forcer. Je trouve que j'ai déjà bien avancé pour ce soir.

Une comédie vivante, drôle et sarcastique, calée sur les 9 mois de grossesse de l'héroïne.

UNE MAMAN À L.A.
Risa Green

Très bien. Je vais réussir à le déclarer ouvertement : c'est chiant d'avoir un bébé et ça ne ressemble en rien à ce que j'avais imaginé.

Je sais ce que vous pensez. Vous vous dites : qu'y a-t-il de si horrible ? En quoi est-ce pénible à ce point ? D'accord. Premièrement, il y a le manque absolu de sommeil. Sans compter qu'il faut lui donner le sein. Mais ce n'est pas tout. Il y a pire que pleurer, se lever la nuit, avoir des seins douloureux et être dans l'incapacité de régler les heures de tétées. Quand vous avez un bébé et que par malchance vous en êtes la mère, la vie s'arrête brutalement. « Vous » n'existe plus. Il n'y a plus de « nous ». Il y a le bébé et, tout simplement, plus rien d'autre n'existe. Et ma vie de femme dans tout ça ?

La suite de Un bébé made in L.A.

LE PRINCE CHARMANT MET DE L'AUTOBROZANT
Ellen Willer

Il s'appelle Frantz, il est grand et il est beau. On le dit riche, intelligent et bien élevé. C'est le célibataire dont toutes les femmes rêvent. Dans l'émission de télé-réalité produite par Emmanuelle, il va devoir faire son choix entre dix candidates au mariage.
Qui séduit qui ? Qui court après qui ? Qui trahit qui ?
Producteurs sans scrupules, paparazzis, palaces de la côte d'Azur et plateaux TV donnent un rythme d'enfer à ce roman drôle et percutant. Plus vrai que nature, il nous plonge dans un monde cynique et fascinant, en plaçant la caméra là où on ne l'attend pas : en coulisses.

Les coulisses d'une émission de télé-réalité comme si vous y étiez.

CLEPTOMANIA
Mary Carter

« Je, soussignée Melanie Zeitgar, saine de corps (moins sept kilos) et d'esprit, m'engage à : ne plus jamais voler*.
* Exceptions : ruptures, gain de poids, perte d'emploi, auditions ratées, auditions réussies après lesquelles personne ne me rappelle, factures de carte Bleue élevées, caries, traumatisme lié à l'utilisation d'un menu de téléphone automatisé, visite-surprise d'un tueur en série ou d'un cambrioleur, visite-surprise de ma mère ou de Zach, pas de visite ni de coup de fil de AMVM (l'Amour de Ma Vie du Moment) – c'est-à-dire Ray. »

Melanie Zeitgar, 29 ans, vit à New York et rêve de devenir actrice. Entre les petits boulots humiliants et les castings de pub, elle cache un lourd secret : elle est cleptomane. La rencontre avec le beau et célèbre Greg donnera-t-elle un nouveau sens à sa vie ?

Les aventures abracadabrantes d'une cleptomane dans la Grande Pomme.

HAPPY END À HOLLYWOOD
Carole Matthews

« Je sais précisément à quel moment je suis tombée amoureuse. À quel endroit aussi. Au Salon du livre de Londres. Je me souviendrai éternellement de l'heure exacte : 15 h 45.
Si je n'ai aucune idée de qui il est, ou pas encore, je suis déjà mordue, folle amoureuse de lui. Il y avait bien longtemps que je n'avais pas ressenti de tels picotements dans tout le corps.
J'ai également des fourmis dans les pieds mais cette sensation provient sans doute davantage de mes chaussures et d'un oignon naissant que de la flèche de Cupidon ».

Lorsqu'elle rencontre Gil, un riche producteur hollywoodien, Sadie se dit qu'il est temps de changer de vie. Mais à peine arrivée sur Sunset Boulevard, elle enchaîne les désillusions…

Une héroïne parachutée dans l'univers d'Hollywood avec ses bimbos aux dents longues et ses vieilles stars déchues.

SEXE, AMITIÉ ET ROCK N'ROLL
A.M. Goldsher

Meilleures amies depuis l'enfance, Naomi et Jenn partagent la même passion pour la musique. Elles décident de tenter leur chance à Manhattan en jouant dans des clubs. Très vite,
le groupe qu'elles ont formé avec Travis et Franck est remarqué par un label qui les prend en main : conseillers en tous genres, relooking, plans promo, passages télé, photos... tout s'enchaîne à un rythme d'enfer. Mais le succès a un prix : tensions, rivalités, mensonges... Naomi saura t-elle tirer son épingle du jeu sans y perdre son âme ?

L'ascension fulgurante d'un groupe de musique qui catapulte l'héroïne dans le monde des célébrités.

Une comédie rock'n'roll dans un univers électrique.

MA VIE PRIVÉE SUR INTERNET
Carole Matthews

Le jour où Emily découvre que son petit copain a mis sur Internet une photo d'elle nue, dans une position ridicule et coiffée d'un chapeau de mère Noël, elle pense que rien de pire ne peut lui arriver. Erreur, les ennuis ne font que commencer : Emily perd son travail, sa maison, son boy-friend, devient la risée de tous et la cible des paparazzis. Jusqu'à ce qu'elle rencontre un photographe qui lui propose de tirer profit de la situation... Ce qui lui semble être la fin du monde n'est en fait que le début d'une meilleure vie.

Un roman drôle, riche en rebondissements et coquin juste comme il faut !

PLAQUÉE POUR LE MEILLEUR
Clare Dowling

Comment ne pas se laisser abattre alors qu'on s'est fait plaquer par celui qu'on croyait depuis toujours l'homme de sa vie ? C'est la question que se pose Judy, 30 ans et des poussières. Alors qu'elle s'apprête à vivre « le plus beau jour de sa vie », la nuit précédant le mariage, Barry, son futur mari, disparaît sans laisser de trace. Le mariage est annulé.
Où trouver un peu de réconfort dans un moment pareil ? Auprès de ses amis, de sa famille ? Ou mieux, auprès du séduisant Lenny, un vieil ami de Barry parti vivre en Australie et qui a la réputation d'un tombeur ? Et si le bonheur était à ce prix…

Une comédie drôle et enlevée où l'héroïne voit son image traditionnelle du « bonheur »… comment dire… légèrement bousculée !

BIMBO MAIS PAS TROP
Kristin Harmel

Belle, intelligente et drôle, Harper, 35 ans, a tout pour elle. Tout sauf quelqu'un qui l'aime. Depuis que Peter l'a quittée, elle a bien rencontré des garçons mais tous ont fini par s'enfuir. Et si elle était trop brillante, trop impressionnante ?
Harper et ses trois meilleures amies décident de mettre au point un plan pour en avoir le coeur net : le plan Bimbo. Le jeu consiste à enchaîner les rendez-vous pendant quelques semaines travestie en blonde idiote afin de voir si les hommes réagissent différemment. Les paris sont lancés !

Encore une histoire de blonde idiote qui rigole pour un rien et bat des cils en posant des questions stupides ? Pas vraiment ! Plutôt une comédie qui ne se termine pas par un classique : « Ils se marièrent et eurent beaucoup d'enfants » !

LE PRINCE CHARMANT
FAIT PÉTER L'AUDIMAT
Ellen Willer

Frantz est de retour. Emmanuelle, la trentaine séduisante, est à ses côtés. Chargée de tourner une fiction adaptée d'une série américaine à succès, elle l'entraîne dans son tourbillon : stylisme, décors, scénaristes, comédiens... tous les ingrédients pour faire exploser l'audimat. Et pourtant...
Pour compliquer encore les choses, lors d'un séjour à New York, elle tombe dans les bras d'un très jeune homme...
Entre Paris et New York, une comédie drôle et enlevée qui dévoile les dessous d'une série télé. Du casting à la diffusion, de l'écriture au tournage, des coulisses au plateau, les histoires d'amours, les ruptures, les trahisons, sous le regard amusé des paparazzis.

Le nouvel épisode très attendu des aventures de Frantz, le plus irrésistible des princes charmants.

DOUBLE JEU
Emma Lewinson

« Dis donc, c'est vraiment le prince charmant ton mec ! Tu me le présentes quand ? »
Quand Emma rencontre Mark, elle le trouve tellement parfait qu'elle ne peut s'empêcher d'en vanter les mérites à Candice, sa meilleure amie : Mark est tellement beau, tellement attentionné, tellement talentueux... tellement la perle rare. Candice, un poil jalouse, finit par trouver, elle aussi, chaussure à son pied...
Et si Candice avait juste piqué le fiancé de sa meilleure amie ? Et si Candice, pharmacienne, approvisionnait Emma en antidépresseurs pour la rendre K.-O. ? Et si elle avait un plan machiavélique en tête ?

Une intrigue à l'humour acéré où le suspense prend vite le pas sur la comédie.

ARNAQUE À L'AMNÉSIE
Caprice Crane

À 25 ans, Jordan n'aime pas sa vie. Si elle a tout pour elle, elle manque de confiance et d'amour propre. Au travail, sa supérieure hiérarchique lui vole ses idées et sa promotion n'arrive jamais. Dirk, son petit ami, la trompe mais là encore, elle se tait. Sa mère et sa soeur sont unies contre elles, lui faisant sentir qu'elle n'est que la fille d'un premier mariage. Jordan rumine tout cela sans trouver de solution. Jusqu'à ce qu'elle se fasse renverser par une voiture. Elle décide alors de feindre l'amnésie. Une nouvelle vie commence pour elle…

Feindre l'amnésie pour tout recommencer à zéro, voilà un sujet fascinant qui permet toutes les fantaisies !

EN FINALE DE FAME GAME
Carole Matthews

Fern, 35 ans a une voix sublime mais n'a pas encore trouvé le moyen d'en vivre. Serveuse dans un pub, elle y joue deux soirs par semaine avec un guitariste, Carl. Elle cumule les petits boulots jusqu'à ce que Carl, fou amoureux d'elle, lui trouve une mission d'intérim en tant qu'assistante… d'un grand chanteur d'opéra, Evan. Sans le lui dire, Carl envoie leur candidature au jeu télévisé Fame Game, qui chaque année découvre une nouvelle star. Parachutée dans un monde d'ados formatés aux présélections, Fern passe avec succès toutes les sélections, dont un membre du jury n'est autre qu'Evan…

Une comédie riche, dynamique et drôle avec la rencontre de deux univers que tout sépare, l'opéra et la pop.

MA VIE DE STAR EST UN ENFER
A.M. Goldsher

Tout s'est enchaîné très vite pour Naomi et Jenn : à peine remarquées par un label, leur groupe s'est retrouvé propulsé en tête des charts. Difficile de garder la tête sur les épaules lorsqu'on est catapulté dans le monde des célébrités. Tandis que Naomi plaque tout pour aller vivre sur la côte ouest, Jenn décide de suivre une carrière en solo. Harcelée par les paparazzis,
épuisée par les tournées, elle craque. D'autant plus que son dernier album a connu un succès mitigé et qu'elle ne sait plus trop sur qui elle peut compter. Heureusement, le fantôme de Billie Holiday va jouer le rôle de la bonne étoile...

L'envers du décor ou la vie pas tous les jours rose de la vie d'une pop star.

BLONDE LÉTALE
Kate White

Tout avait commencé par une coïncidence. Pas une de ces coïncidences glaçantes qui vous donnent l'impression que quelqu'un vient de piétiner votre tombe. En fait, je me suis par la suite rendue compte que l'appel téléphonique que j'avais reçu cette nuit-là, à la fin de l'été, n'était pas si imprévisible que cela. Mais, sur le coup, il m'avait laissé sans voix. Et, bien entendu, il marqua le début d'une série d'événements atroces...

Une comédie doublée d'une énigme policière, avec des suspects et des mobiles à foison, et un suspense qui vous tiendra en haleine jusqu'à la dernière page...

UN BREAK POUR KATE
Carole Matthews

Kate, 35 ans, mène une vie de femme au foyer qui frise la perfection. Son mari occupe son temps libre entre le jardinage et le golf, ses enfants sont des modèles d'équilibre alimentaire et son souci du jour est de savoir quand faire son repassage... Kate n'a aucune raison de se plaindre mais elle commence à se lasser de cette vie trop parfaite. Son mari lui propose de se prendre un week-end pour elle toute seule. Relevant le défi, elle s'inscrit à un séminaire de taï chi et entraîne son amie Sonia avec elle. Mais faire le point n'est pas facile, surtout quand on trouve le prof de tai chi très très séduisant...

Enfin une comédie brillante sur la lassitude de la femme au foyer ! Pour ne plus jamais associer desperate à housewife !

THE BOY NEXT DOOR
Julie Cohen

Le lendemain matin, j'ai ouvert les yeux. J'avais mal à la tête. Très mal. Ma table de chevet m'est apparue clairement. Sur le dessus était posée une bouteille d'alcool que j'avais achetée un an plus tôt pendant des vacances à Naxos, et qui était restée pleine aux trois quarts depuis onze mois. Elle était vide. Un souvenir me chatouillait l'arrière de la migraine. J'avais travaillé au pub et rencontré cet homme. Et puis… la nuit dernière… Ce n'est qu'en vidant le contenu de la poubelle de la cuisine par terre, assise parmi les peaux de banane, le marc de café et les emballages de fromage que j'ai dû admettre l'inévitable conclusion. J'avais couché avec un homme qui ressemblait à une star des années 1980 sans utiliser de préservatif.

Ou comment l'histoire d'une nuit peut bouleverser sa vie…

Pour l'éditeur, le principe est d'utiliser des papiers composés de fibres naturelles, renouvelables, recyclables et fabriquées à partir de bois issus de forêts qui adoptent un système d'aménagement durable.

En outre, l'éditeur attend de ses fournisseurs de papier qu'ils s'inscrivent dans une démarche de certification environnementale reconnue.

Photocomposition Nord Compo

Impression réalisée par
CPI BRODARD ET TAUPIN

Pour le compte des Éditions Marabout
Dépôt légal : mars 2009
ISBN : 978-2-501-05806-3
40.80.44.6
Édition 01
N° d'impression : 51365

Imprimé en France